ЗОНА ТАЙНЫ

ИЗДАТЕЛЬСТВО **«АСТРЕЛЬ»**
ПРЕДСТАВЛЯЕТ СЕРИЮ «ЗОНА ТАЙНЫ»

АНДРЕЙ ЛЕВИЦКИЙ «АНОМАЛЫ»
АЛЕКСЕЙ БОБЛ «МЕМОРИЯ»
ГЛЕБ ОСТРОЖСКИЙ «ЭКСПАНТЫ»

Андрей ЛЕВИЦКИЙ

АНОМАЛЫ

Астрель
Москва

УДК 821.161.1-31
ББК 84(2Рос=Рус)6-44
Л37

Любое использование материала данной книги, полностью или частично, без разрешения правообладателя запрещается.

Подписано в печать 15.01.2012. Формат 84х108 $^1/_{32}$.
Бумага газетная. Печать офсетная.
Усл. печ. л. 21,84. Тираж 15 000 экз. Заказ 214.

Общероссийский классификатор продукции
ОК-005-93, том 2; 953000 — книги, брошюры

Произведение является литературно-художественным изданием, содержит вымышленные события и факты.
Мнение автора может не совпадать с мнением издательства.

Иллюстрация на переплете — Владимир Манюхин
Серийное оформление — Александр Кудрявцев

Левицкий, А.
Л37 Аномалы. Тайная книга: [фантаст. роман] / Андрей Левицкий. – М.: Астрель, 2012. – 411, [5] с. – (Зона тайны).

ISBN 978-5-271-41337-7

Что бы ни утверждала наука, на Земле еще происходят необъяснимые события. Несколько молодых людей попадают в одну из аномальных зон — и в результате невероятного происшествия становятся... не совсем людьми. Кем-то более сильным и опасным, странным и чуждым. Они превращаются в аномалов.

Герои хотели бы забыть обо всем, вернуться к обычной жизни, но теперь это невозможно. Сразу несколько сил заинтересовались ими. Тех сил, о которых не пишут в газетах и не рассказывают по телевидению.

Аномалам приходится вступить в схватку с правительственной спецслужбой, а еще им объявляет войну Пси-Фронт — тайная секта охотников за чужими. Теперь героям надо не только выжить. Необходимо понять главное: кто командует врагами, кто эти темные Кукловоды, которые стоят за всем происходящим?

УДК 821.161.1-31
ББК 84(2Рос=Рус)6-44

ISBN 978-985-18-0904-8
(ООО «Харвест»)

© А. Левицкий
© ООО «Издательство Астрель»

> Есть ряд явлений, правда, в большинстве случаев кажущихся сомнительными. Они говорят нам о проникновении каких-то разумных сил в наш мозг и вмешательстве их в человеческие дела. Я сам два раза в жизни был свидетелем таких явлений и потому не могу их отрицать.
>
> *К.Э. Циолковский*

В начале двадцатого столетия американец Чарльз Форт (англ. Charles Hoy Fort, 1874–1932(?), Нью-Йорк) унаследовал бизнес дяди, ликвидировал его и получил достаточно средств, чтобы предаться любимому занятию, а именно — просмотру подшивок всех научных и научно-популярных изданий на английском языке в поисках фактов, необъяснимых с точки зрения науки. На протяжении тридцати лет Форт составлял картотеку необъяснимых случаев и написал несколько романов, в том числе и знаменитую «Книгу проклятых». Чарльз Форт считается основателем уфологии. Его последователи, среди которых был классик американской литературы Теодор Драйзер, уверены, что в конце жизни Форт сумел раскрыть тайну, стоявшую за большинством аномальных событий, происходящих на Земле. Он изложил свое открытие в рукописи под названием «Тайная книга», но прежде чем сумел обнародовать ее, был убит — облучён, в результате чего скончался от лейкемии. «Тайная книга» была утеряна или похищена.

А может, ее постигла иная участь? И что же в действительности произошло с самим Чарльзом Фортом?

ПРОЛОГ: СОБЫТИЕ

11 сентября, Карелия, Ладожское озеро

Объезжая ствол упавшей сосны, Стас сказал:
— А я уверен, осталось много тайн, разгадки которых люди не знают. Много всяких странных событий, катастроф, мест... Вот, например, это называют Косой Смерти. Как вы думаете — почему?

Дорога шла через ельник, которым заросла длинная коса, на несколько километров выступающая в озеро. Древний рассыпающийся микроавтобус, который Стас одолжил у московского приятеля по прозвищу Делон, хрипло порыкивал мотором. Заднюю часть салона занимали рюкзаки, палатки и спальники, а за водителем сидели шестеро молодых людей — три парня и три девушки. Всем им было немного за двадцать.

— Ну и почему? — спросил Артур, начавший этот спор. Он был реалистом и не верил ни в какую «мистику»... Стас, впрочем, тоже не верил — просто допускал, что в мире существуют пока еще не объяснимые наукой явления.

Он стал пояснять:

— На этой косе исчезали и гибли люди, причем при странных обстоятельствах. Местные тут боятся ночевать, рыбаки или охотники никогда не останавливаются.

— Тогда зачем ты нас именно сюда повез? — подала голос Алена.

Она сидела в первом ряду позади водителя, возле окна, и вся будто золотилась в косых солнечных лучах — русые волосы, серые глаза и белая кожа, пышные светлые ресницы, веснушки... Лицо, как всегда, немного сонное, не от мира сего, на полных губах мягкая улыбка. В интернате Алену так и называли — Золотистая.

— Необычное место, к тому же тихое, здесь никогда никого не бывает. — Стас умолк, заметив между деревьями у дороги человека: высокого, очень худого, в длинном глухом плаще. На голову наброшен брезентовый капюшон, лицо узкое и какое-то серое, нездоровое. Незнакомец стоял, привалившись плечом к сосне, и внимательно глядел на микроавтобус. В одной руке он держал сучковатую палку, в другой — раскладной нож, на спине висел рюкзак.

— Никогда никого не бывает? — хохотнул Мишка.

Толстый Мишка развалился между Аленой и Яной. На поясе его висел медальон: металлическое кольцо, а в нем стрелка наискось вверх — это был секретный знак их компании, который они, еще в интернате, рисовали на асфальте и стенах, обозначая тайное место встречи. На цепочке, прицепленной к ремню, болтался перочинный ножик, Мишка то и дело его теребил, вертел между пальцев, извлекал лезвие и снова защелкивал. Круглая розовощекая физиономия толстяка лучилась здоровьем, весельем и любопытством.

Серолицый у обочины медленно поворачивал голову, наблюдая за микроавтобусом. За спиной Стаса раздался звонкий голос Яны:

— Может, его подвезти?

— Он бы голосовал, если бы ему надо было, — возразил Стас.

Когда они проезжали мимо, незнакомец сделал движение к машине, поднимая палку, будто хотел остановить их, но сразу подался назад. Стас, уже почти вдавивший педаль, все же не стал тормозить — ему не понравился взгляд мужчины, глаза как-то подозрительно блестели.

— Так что там насчет Косы Смерти? — напомнил Артур, поправляя очки в тонкой оправе, и указательным пальцем отвел со лба длинные светлые волосы.

Он сидел во втором ряду вместе с Ксюхой, которая, как всегда, мяла сильными пальцами резиновый эспандер. На шее у Ксюхи висел серебряный крестик, который не очень-то вязался со спортивным костюмом и кроссовками «найк».

— Еще до революции здесь стоял небольшой монастырь, — принялся рассказывать Стас, внимательно глядя на дорогу. — И как-то ночью из него исчезли монахи. В Интернете я читал копии полицейских донесений, за 1910 год, кажется. Протокол осмотра места и так далее... В общем, монахов было девять, они жили рыбной ловлей, собирали ягоды, грибы. И вдруг исчезли. Монастырь стоял где-то в двух-трех километрах дальше по косе. Говорят, остатки фундамента видны до сих пор, хотя то место совсем заросло, все-таки лет сто прошло.

— Рыбу ловили? — спросил Артур многозначительно.

— Точно! — подхватил Мишка и в такт словам защелкал ножиком. — Монахи твои, может, на рыбалку ночную поплыли, лодки перевернулись, они и утопли.

— Не-ет... — протянул Стас. — По свидетельству допрошенных крестьян из ближайшей деревни у монахов было всего две лодки. И обе остались на берегу.

Микроавтобус закачался на крупных корнях, торчащих из твердой, усыпанной сухими иглами земли, и Стас сосредоточился на управлении.

— Давай, Капитан, трави байку! — крикнул Мишка.

Услышав свое старое, еще интернатское прозвище, Стас улыбнулся. Так его называли, потому что он был заводилой в их компании, всегда всех тянул куда-то, то в ночной поход на чердак интернатского здания, то на заброшенную стройку...

В зеркале заднего вида отражался весь салон. Вот они: Алена, Мишка, Яна, за ними Артур с Ксюхой, а еще дальше Борис, сидящий отдельно от всех. С начала поездки он не сказал ни слова — молчун, что с него возьмешь.

Семерых закадычных друзей после интерната судьба разбросала по СНГ, но они по-прежнему раз в год собирались вместе. Стас теперь работал в турфирме, возил туристов на Байкал и за Урал примерно на таком вот микроавтобусе, как взял сейчас в аренду, только раз в десять новее и в сто дороже... Все как-то устроились в жизни, кто лучше, кто хуже, кто далеко от Москвы, кто в ней, — но это пока не мешало их ежегодным встречам.

— Ты давай дальше про монахов, — звонкий голос Яны вернул его из воспоминаний.

— Так вот, монахи с этой косы просто исчезли. Тел не нашли. Никаких намеков на то, что произошло, вообще ничего. Были девять здоровых мужиков — и не стало. Ну и всё, больше ничего не выяснили. Такое вот событие.

— А группа Токарева? — спросил Борис, и Стас едва не вздрогнул, услышав его спокойный глуховатый голос впервые с начала поездки. Интересный человек Боря... Совсем не такая судьба, как у интеллектуала Артура, а ведь они братья, пусть и сводные, от разных матерей.

— Ты про нее знаешь? Ну так сам и расскажи.

Все притихли, ожидая ответа. Борис говорил редко, и любые его слова казались вескими, значительными. Мишка даже развернулся к нему, прижав Алену к борту автобуса. Яна или Ксюха уже давно пихнули бы толстяка локтем в бок, а то и прикрикнули бы, чтоб отодвинулся, но Алена лишь улыбалась, немного напряженно — вряд ли из-за Мишки, скорее уж из-за зловещего рассказа Стаса.

— Кажется, группа состояла из семерых? — уточнил Борис. — Нас столько же. В общем, рассказывай сам.

Они с Артуром были совсем не похожи. Боря — брюнет, Артур — блондин. Боря коренастый, плотный, коротко стриженный, насупленный, говорит глухо. Артур худой, изящный, волосы носит длинные, говорит певуче и часто улыбается. Артур — серьезный программист. Боря — начальник охраны в супермаркете. Отец их, крупный бизнесмен, разводился трижды и двух своих сыновей отдал в дорогой московский интернат. А вот родители Стаса разбились на самолете, летевшем рейсом Бангкок–Москва, его обучение в интернате оплачивал дядя. У каждого из находящихся в машине была своя история...

— Так что там насчет группы Токарева? — спросил Мишка с энтузиазмом. — Еще одно офигенно жуткое событие, и произошло оно прямо здесь, на косе, по которой мы едем, так, Капитан? Ты ж шебутной, вечно нас во всякие такие места тянешь.

— Это ты у нас шебутной, — возразил Артур. — Помолчи, дай Стасу рассказать.

Миша смолк — Артура он уважал, тот был чуть ли не единственным человеком, способным унять болтливость толстяка.

— Рассказывай уже, — бросила Ксюха, продолжая мять эспандер.

Она, как и Боря, редко открывала рот. И сейчас заговорила только чтоб поддержать Артура... да и села она с ним рядом по своей инициативе, это Стас четко просек, когда устраивались в машине. Выходит, Ксюха до сих пор к Артуру неровно дышит? Ведь так мучилась перед выпуском... Интеллигентный, мягкий Артур мог быть с людьми иногда слишком, на взгляд

Стаса, жестким — и робкую девичью любовь Ксюхи отверг с ходу, не раздумывая.

— Капитан, ну! — прикрикнул Мишка.

— Я рассказываю, рассказываю. — Стас вел микроавтобус по обочине, чтобы объехать глубокую яму посреди дороги. — В общем, второе событие произошло в шестьдесят первом году. Токареву был двадцать один год, остальным по девятнадцать-двадцать, три девчонки, три парня. Все — студенты из Ленинграда. На лыжах, зимой, недельный поход. Должны были заночевать на этой косе, утром идти по льду через озеро, потом — до Олонца, оттуда дать телеграмму начальнику своего туристического кружка... но телеграмма не пришла. Через два дня их начали искать, ну и нашли палатку на конце этой косы.

Дорога круто повернула, и Стас навалился на руль.

— Палатка в двух местах была распорота, вещи разбросаны, тел нет. Начали искать. Мороз и сильный ветер затрудняли поиски... Первыми отыскали Токарева и одну девушку, не помню, как звать. Они лежали возле небольшого кострища, в двухстах метрах от палатки, Токарев прямо головой в нем, обгоревший, девушка рядом. Потом — еще двух парней. В подробности вдаваться не буду, в общем, они замерзли, но на телах были необычные раны. Определили, что один из них, Павел Дюганов, залез на дерево, свалился...

— На какое дерево? — перебила сообразительная Яна.

— То-то и оно — на сосну. Тут везде сосны.

— Но там же...

— Да, в нижней части ветки не растут. А была зима, ночью мороз около тридцати, руки у Дюганова наверняка задубели. Но исхитрился залезть на эту сосну — какая сила его заставила? Ну вот, а дальше... — Стас замолчал, привстав на сиденье, когда между деревьями слева мелькнуло синее. — О, подъезжаем! У основания коса шириной в пару километров, а тут, видите, сузилась, теперь метров сто, не больше. Значит, скоро остановка.

— А где палатка той группы стояла? — с подозрением осведомился Мишка, все щелкающий своим ножиком. — Небось на том месте, куда едем? Колись, Капитан! Ты не мог пройти мимо такой возможности!

— На том, — кивнул Стас. — Хотя точно я не уверен, но увидим. В Интернете читал протокол с описанием, фотографии видел, надеюсь, узнаю его.

— Ты про остальных членов группы расскажи, — подал голос Артур.

— Да, остальные... В общем, еще двух девушек нашли далеко в стороне, на самом конце косы. Одна лежала головой во льду, лицо прямо в него вмерзло. У нее не было глаз. А другая — еще дальше на льду, в километре. И...

— Постой, почему не было глаз? — перебила Яна, и на этот раз ее голос был не таким звонким.

Стасу ничего не оставалось, как пожать плечами.

— Я не знаю. Читал разные версии, по одной — лед возле берега был тонким, упав, девушка пробила его головой, а потом лежала столько, что вода вымыла глазные яблоки, когда те начали разлагаться. В озере ведь течение есть.

— А по другим версиям? — спросил Мишка.

— Да там бреда много всякого. Это ж Сеть... на такие темы уфологи набегают, конспирологи, всякие эзотерики. Кто-то утверждает, что на основе путаного заключения медэксперта можно решить, что глаза у девушки были выжжены кислотой, другие — что она сама их вырвала.

— И мы едем туда, где это произошло, — заключила Алена.

Голос у нее был совсем тихий, Стас едва разобрал слова сквозь гул мотора.

— Ну да, туда и едем. Это ведь интересно, разве нет? Мишка, сдвинься наконец, ты же ее совсем зажал.

— Ну ты даешь, Капитан! — Мишка отодвинулся. — В такое место старых друзей и подруг привезти!

— А мне интересно! — с вызовом ответила Яна.

Она всегда была отчаянной, всегда бросалась в бой, поддерживала Стаса во всяких авантюрах, лезла за ним хоть на подъемный кран, хоть в подвал брошенного дома...

— Но какие выводы из всего этого сделала милиция? — спросил Артур, поправляя очки. — Заключение следствия?

— Дело закрыли, а в заключении было сказано, что «группа столкнулась с действием непреодолимых природных сил»... Как это перевести на человеческий язык? Я не знаю.

— Но если все из палатки разбежались в разные стороны, значит, их что-то напугало? — принялся вслух размышлять Артур. Он любил строить логические цепочки и на основе их делать выводы — «умозаключать», как иногда с уважительным смешком называл это Мишка. — Если отбросить всякую фантастику, то причина какая? В палатке их что-то напугало.

— Или кто-то, — сухо добавила Ксюха, продолжая сжимать эспандер.

Артур кинул на нее взгляд, помедлил и сказал:

— Имеешь в виду, один из них напал на других?

Ксюха молча глядела в спинку сиденья перед собой. Стас возразил:

— Про это тоже писали. То есть писали, что такого не могло быть. Мол, группа проверенная, ходила в походы уже несколько раз, да и не мог ни один из них так напугать остальных шестерых, чтоб часть выскочила из палатки через выход, а другие схватили ножи и прорезали полог, да все рванули наружу полуодетые... Кстати, было установлено, что ткань разрезана именно изнутри.

— Но что-то их напугало, такая ведь картина складывается? — напирал Артур.

— Да. Что-то, вдруг появившееся в палатке, или нечто снаружи... Или, может, какое-то излучение? Ультразвук? Еще что-то...

— Маньяк! — заговорщицким шепотом выдал Мишка.

— ...Или снежный человек, палаточный полтергейст, беглый заключенный. Но только все свидетельствовало за то, что источник панического ужаса возник именно внутри палатки, а не снаружи, и они сыпанули от него во все стороны.

— Тогда излучение, — заключил Артур. — Направленное излучение. Инфразвук определенной модуляции вызывает панику, это известно. Они разбежались и, полуголые, на тридцатиградусном морозе, быстро замерзли. Ночь, наверное, еще пурга — все понятно.

— Не все, — коротко бросил Боря.

Сзади воцарилась тишина. Вода озера сквозь деревья была видна все лучше — ширина косы в этом месте едва ли превышала пятьдесят метров, а значит, пора сворачивать к берегу и выгружаться. Дорога исчезла, теперь они ехали между сосен, которые смыкались все теснее. В лесу было сумрачно, а вот на берегу, отсюда хорошо видно, — яркое солнце, волны плещутся о берег, блики играют на воде, песок золотится... Представляя, как друзья будут ставить палатки, а он в это время запалит костер, Стас сказал:

— Да, не все понятно. Например, совсем неясно, почему в черепе Токарева, командира группы, была трещина от глазницы до виска — простым падением ее не объяснишь. Почему у Любы Коротковой, той, которая осталась без глаз, были вывихнуты четыре пальца правой руки, то есть просто согнуты в другую сторону, а еще — почему в брюшной полости Дюганова нашли...

— Прекрати! — вдруг зло сказала Алена. — Поверни, езжай назад!

Стас бросил на нее взгляд — нет, не злая, она выглядела скорее испуганной.

— Развернись, пожалуйста, — повторила она.

— Зачем, мы ведь...

— Развернись, — угрюмо сказал Боря.

Все сразу зашевелились, Мишка заерзал на сиденье, Яна оглянулась.

— Почему? — спросил Стас. — Зачем разворачиваться?

— Думаешь, это хорошая идея — ночевать в месте, где умерли те монахи, а потом группа Токарева?

— Да по-моему, хорошая, — ответил Стас, начиная злиться.

В конце концов, ну что за чушь! Да, погибли здесь когда-то люди — и что? Не верит же Борис, в самом деле, на полном серьезе во всякую чертовщину. Ладно — Алена, она такая... поэтичная натура, но приземленный реалист Боря почему с ней согласен?

Притормозив, но не заглушив мотор, Стас спросил:

— Вы все не хотите дальше ехать?

— Я — хочу! — отрезала Яна и добавила укоризненно: — Алена, что ты, в самом деле? Борька!

— Это неправильная идея, — повторил тот.

— Что значит «неправильная», брателло? — хмыкнул Мишка, ерзая и щелкая ножиком. — Что ты под этим подразумеваешь? А давайте проголосуем! Кто за то, чтобы валить на фиг с этой косы? Ну, ручки тянем, не стесняемся!

Подняли руки Алена и Борис.

— Та-ак, а кто за то, чтобы разбить тут лагерь?

Мишка вскинул руку первым, потом Стас и Яна.... и, помедлив, Артур — и сразу за ним Ксюха.

Еще до того, как сводный брат Бориса проголосовал, Стас, следивший за выражениями лиц сидящих в салоне друзей, понял: Артур будет «за». Просто потому, что Боря — «против». Он не знал, отчего так, но давно заметил — между братьями есть скрытое противостояние. Во всяком случае, со стороны Артура.

— Пятеро — «за», двое — «против»! — провозгласил Мишка. — Аленка, что ты побледнела так? Не нервничай, я тебя защищу от любых посягательств, слышишь? Прикрою своим большим мягким телом, а ты потом сможешь написать романтическую поэму «Баллада о Косе». Нет, не романтическую, а эротическую... Ой!

Задрав брови, толстяк уставился на ножик в своей руке. Осторожно провел по лезвию большим пальцем и недоуменно огляделся.

— Что за черт? Я ж его наточил — он как бритва был!

— И что? — спросил Артур, нагибаясь вперед между спинками сидений. Ксюха с Борисом привстали, глядя на Мишку.

— Да то, что вот сейчас крутил-вертел его и по пальцу себя случайно полоснул. Сильно так — а крови нет! Глядите, он... он тупой совсем! Как такое может быть? Я ведь...

Артур пренебрежительно махнул рукой.

— Перепутал, забыл наточить. Стас, мы приехали? Ксения, вставай, пожалуйста, надо вещи брать.

— Да нет же! — протестовал Мишка. — Я его правда наточил! Это моя любимая побрякушка, я его всегда... а теперь он тупой — полностью! Стас! Ты чего на меня вытаращился?

Заглушив мотор и отпустив руль, Стас развернулся на водительском сиденье.

— Ты правда наточил его?

— Да, — кивнул Мишка, слегка испугавшись. — Да, и... А что такое?

— Все ножи, бритвы, топоры, которые нашли в палатке и возле тел погибшей группы Токарева, были тупые, — произнес Стас. — Хотя в таком походе нельзя обойтись без нормально заточенных ножей. И еще писали, что их фонарики полностью раз...

Он вытащил из кармана мобильный телефон. И тут же Ксюха сказала:

— Мой разряжен.

— И мой! — крикнула Яна в изумлении. — Я ведь только утром сняла с зарядки, а его на пять суток...

Стас разглядывал мертвый аппарат на ладони. Артур, Борис, Алена — все смотрели на свои телефоны. В салоне стояла тишина. Снаружи на ветру заскрипела сосна, громче, потом другая. Зашуршало. Хрустнуло. Алена сказала:

— Там что-то движется.

Лицо Мишки обмякло от ужаса. Он уставился сквозь заднее окно, беззвучно разевая рот, не в силах произнести ни слова. Ахнула Яна. Сдавленно выругался Борис. Ксюха схватилась за крестик на шее, а Стас вскочил, выпустив из рук трубку. Яркий, пронизанный солнечными лучами ужас катил на них между сосен. А еще был свет — трепещущий дикий свет, который пришел откуда-то извне.

И тени, узкие, как лезвия ножей, тянущиеся к машине.

Часть первая
ДВОЙНОЕ ПРЕСЛЕДОВАНИЕ

Глава 1
ПОБЕГ

Пять месяцев спустя.
Москва, Варшавское шоссе, 01.30 ночи

Два черных микроавтобуса «Мицубиси» быстро ехали прочь от Москвы, когда перед задней машиной с грохотом провалился асфальт. Взвизгнули тормоза, но водитель не успел остановиться или отвернуть в сторону — «Мицубиси» влетел в провал. Капот смялся, багажник задрало к небу, от машины повалил дым.

И тут же из первого автобуса донеслись три выстрела. Он вильнул, едва не перевернулся, наскочив на бордюр, и вылетел на пустырь у дороги. Колеса взрыли землю, после чего машина врезалась в неработающий фонарь. С хрустом и треском тот накренился, а потом двигатель заглох, и все стихло.

Но ненадолго. В салоне автобуса раздался всполошенный голос:

— Очнись! Надо уходить! Быстрее!

* * *

— Очнись! Надо уходить! Быстрее!

Сначала оба ощутили сильнейшую головную боль. За нею пришли растерянность и непонимание... Где они находятся? Что происходит?

Голос в полутьме настойчиво повторял:

— Вставайте! Сейчас они будут здесь!

Парень и девушка, одетые в свободные серые пижамы наподобие кимоно, лежали на двойной койке-каталке. Над ними склонился санитар в забрызганном кровью белом халате и тряс их. Лицо у него было перекошенное, глаза бегали.

Они находились в машине — вроде «скорой помощи», но просторнее, которая только что куда-то врезалась. На полу валялись два охранника с автоматами, у одного из глазницы торчал скальпель. Посыпавшиеся со стеллажа склянки, бинты и флаконы, лужа крови, осколки... В машине остро пахло лекарствами.

— Очнулись?! — Отпрянув от койки, санитар бросил на пол шприц с остатками мутной жидкости. — Я хотел вам еще раз вколоть... Вставайте, бежим!

Он несколько раз врезал ногой в заднюю дверцу машины.

От звука ударов заломило в висках. Парень сел, свесив с койки ноги в легких тапочках-лодочках, и растерянно спросил:

— Где я?

Голос у него был сиплый и слабый, дрожащий, а в голове — хаос из обрывков мыслей, образов, звуков... Он прижал ладони к вискам, мучительно пытаясь понять, как оказался в этом месте.

Рядом села девушка. Судя по всему, она ощущала примерно то же самое. Молодые люди переглянулись. Она увидела среднего роста коротко стриженного шатена, он — невысокого роста девчонку с косичками и круглым симпатичным лицом.

Охранники на полу лежали неподвижно. Один, прижимая к груди автомат, свернулся калачиком, отчего в своем камуфляже и бронике выглядел нелепо и жалко. На лице второго, со скальпелем в глазу, застыл ужас.

Санитар еще несколько раз ударил в дверь, но ту заклинило намертво. Бормоча что-то бессвязное, он полез мимо каталки ко входу в кабину. По дороге наступил на плечо охранника, поскользнулся. Глянув вниз, подскочил, едва не упал и поднес к лицу правую руку. Рукав был в крови, а пальцы дрожали.

— Что я сделал, что я сделал, что я сделал... — Монотонно бормоча это, санитар плечом толкнул дверцу и выпал в кабину.

Девушка первая последовала за ним, потом шагнул парень. Через лобовое стекло проникал свет одинокого фонаря. Неподалеку было шоссе, озаренное редкой цепочкой огней, а здесь — пустырь, куда машина, судя по всему, вылетела на скорости и врезалась в фонарный столб.

Водитель уткнулся лицом в подушку безопасности. Спина его была окровавлена, сиденье позади пробито пулями. Три дырки виднелись в перегородке, отделяющей кабину от салона.

— Это не я его! — Оттолкнув парня с девушкой, санитар сунулся обратно, схватил автомат мертвого охранника и стал выбираться из машины через дверцу со стороны пассажирского сиденья. — Это один из этих, в салоне, начал с перепугу стрелять! Не я это! Не я!

Спрыгивая на землю, он зацепился за подножку и упал, выпустив оружие. Громко охнул.

Молодые люди тоже выбрались из кабины. Стало видно, что раньше они находились в длинном черном микроавтобусе «Мицубиси» с тонированными стеклами.

Метрах в ста от пустыря высился на металлической колонне предвыборный билборд с изображением президента страны. Немного в стороне от колонны, на краю шоссе, асфальт провалился, из дыры торчал багажник микроавтобуса, судя по зализанным очертаниям — той же модели, как и «Мицубиси», в котором ехала эта троица. Над автобусом поднимался дым.

— Что происходит? — спросил парень. — Я ничего не понимаю!

Девушка обхватила себя за плечи — было холодно. Но снега не видно... зима, кажется, недавно закончилась.

Над краем провала, где лежала дымящаяся машина, показалась голова с соломенными волосами, затем оттуда выбрался крупный мужчина. Оглядевшись, присел, помогая выкарабкаться кому-то еще.

Позабыв про автомат, санитар вскочил и крикнул:
— Они вас убьют! И меня!
— Кто? — спросила девушка.
— Люди из той машины — это оперативники Комитета, они ехали за нами!

— Но почему убьют?..

— А если не убьют, так закроют навсегда! Надо спрятаться в схроне Шута! Он за дискотекой, на фабрике!

Слово «Шут» прозвучало как-то совсем уж дико во всей этой ситуации, дико и непонятно, — а особенно потому, что санитар произнес его с такой интонацией, будто это было имя.

Он побежал в глубь пустыря, прочь от шоссе. На ходу оглянулся, махнув рукой, крикнул:

— За мной, иначе вам конец! Да скорей же!

В его голосе было столько искреннего страха, что сначала девушка, а после и парень — ошарашенные, ничего не понимающие — поспешили с места аварии вслед за человеком в забрызганном кровью белом халате.

Вскоре после того, как они исчезли в темноте, к разбитому «Мицубиси» подошли четверо молодых мужчин, выбравшихся из машины, что дымилась в провале на краю шоссе. На всех были длинные кожаные куртки и темные костюмы, под ними — черные сорочки без галстуков.

Двое сильно хромали, у третьего на лице была кровь, и только увалень с коротко стриженными соломенными волосами, казалось, не пострадал.

— Окружить! — приказал он и полез в кабину микроавтобуса. Выставив перед собой пистолет, заглянул в салон и, когда понял, что тот пуст, громко выругался.

А затем, подняв руку к уху, включил гарнитуру мобильника.

* * *

Иван Титор подъехал к месту происшествия на служебном «Мицубиси». За рулем сидел его молодой помощник Сергей Мальков. Титор — высокий грузный мужчина с сутулой спиной и длинными руками — руководил оперативным отделом КАСа, организации, занимающейся аномалами.

Прежде чем Мальков отстегнул ремень безопасности, его шеф, сидевший рядом, распахнул дверцу и полез наружу. Заканчивалась небывало теплая, каких в окрестностях Москвы никто и не помнил, зима. Снег недавно сошел. Титор с Мальковым по Варшавскому шоссе возвращались из командировки на Подольский полигон, который инспектировали на предмет готовности к прибытию двух аномалов, когда им позвонил Василий Караулов, старший оперативник КАСа. Василий сообщил, что машина боевого охранения попала в провал, неожиданно возникший прямо перед ней на шоссе, а та, что везла аномалов, потерпела аварию на пустыре у шоссе.

Когда они вышли, оперативники замерли с трех сторон от фонаря, в который врезался «Мицубиси», контролируя каждый свой сектор. Из кабины выглянул Василий Караулов — широкоплечий увалень с грубым лицом и отвисшей нижней губой. Титор, приостановившись, кинул взгляд в сторону второго микроавтобуса, чей капот торчал из провала на краю шоссе. Билборд над ним сиял огнями в черном небе, президент по-отечески, мужественно улыбался Титору, показывая рукой на ряд по-деловому одетых мужчин и женщин — надо полагать, представителей правящей в стране партии.

— Что произошло? — спросил Сергей Мальков у спрыгнувшего на землю Василия.

Разговаривал заместитель Ивана Титора всегда тихо, ровным голосом, был он неулыбчив, сух, подчеркнуто спокоен, почти чопорен, деловит и нечеловечески предусмотрителен — золото, а не помощник.

— Землетрясение, — прогудел Караулов. — Серега, я не знаю, как объяснить... Едем, автобус с аномалами впереди, вдруг — бац! — земля дрожит, нас качает, а потом прямо впереди дыра, и мы в нее валимся.

— А первая машина?

Василий взъерошил короткие светлые волосы.

— Когда вылезли, она здесь стояла. И внутри никого. Аномалы сбежали, ты понимаешь? А охранники... Короче, сам посмотри.

Вася замолчал, когда к ним с Мальковым широкими шагами подошел Иван Титор. Пальто шеф снял и бросил на сиденье микроавтобуса, под расстегнутым пиджаком на боку виднелась кобура со служебным «глоком». Титор имел привычку ходить, немного подавшись вперед, большие руки покачивались, цепляя ладонями штанины, голова наклонена к груди, взгляд из-под нависающих надбровных дуг равнодушно-угрюмый.

— Нашу «скорую» уже вызвали? — спросил Мальков.

Василий кивнул и посторонился, пропуская Титора в кабину. Сергей Мальков дважды щелкнул ногтем по пластиковой «капле», прикрепленной к уху. Когда дежурный откликнулся, сказал:

— Мы с Иван Степановичем на месте происшествия. Медики уже выехали? А Яков?.. Да, хорошо, что разбудили. До связи.

Когда он забрался в кабину, Иван Титор, включив фонарик, осматривал салон.

— Сбежали, — констатировал шеф после того, как заместитель шагнул в салон, тоже включив фонарь. — Сначала Жрец с Шутом и Амазонкой, а теперь Маг и Тьма. Твою мать!

— Тут что-то очень странное, Иван Степанович, — заметил Мальков. — Эта дыра на шоссе...

— Я видел, — хмуро отрезал шеф. — У нас постоянно что-то странное, работа такая.

Мальков присел на корточки возле обнявшего автомат охранника и пощупал пульс. Титор быстро осмотрел второго.

— Надо выносить тела, — сказал Мальков. — Этот спит, по-моему.

— Спит? — поднял голову шеф.

— Хлороформ, — пояснил заместитель, кивнув на смятый тампон в углу салона. — Запах чувствуете?

— Воняет, как в больничке.

— Василий, сюда! — крикнул Мальков. — Открой заднюю дверцу!

Иван Титор медленно повел лучом фонарика по салону. Ремешки на койках расстегнуты — аномалы не могли сами это сделать, кто-то их освободил — крови на железе нет, хотя на полу ее хватает, натекла из выколотого глаза охранника.

— В машине был еще санитар, Паша Сковорода, — напомнил Мальков, выпрямляясь.

Задняя дверца салона дернулась, и он повысил голос:

— Заклинило — сильней тяни!

Титор полез обратно в кабину. Дверцу рванули и с хрустом выдрали из петель. Василий запрыгнул внутрь, следом забрались двое оперативников.

— Я тут уточнил — никто из моих аварию не видел, — доложил Василий, приподнимая за плечи спящего охранника.

— И как из этой машины трое убегали, тоже никто не видел? — спросил Титор.

— Нет, Иван Степаныч. Не до того ж было. У нас вон капот весь смят, один с сотрясением, у второго плечо вывихнуто, вправлять пришлось....

Оперативники стали выносить тела. Мальков, прежде чем перейти в кабину вслед за шефом, поднял что-то с пола, оглядел внимательно и положил на край каталки.

В кабине они с Титором быстро осмотрели водителя и пулевые отверстия в перегородке позади кресла, спинку которого пули тоже пробили.

Под дверцей со стороны пассажира лежал автомат мертвого охранника. Титор спрыгнул на землю, оглядел жухлую траву вокруг брошенного оружия. Осторожно, чтобы не стирать чужих отпечатков и не оставлять своих, поднял и положил на сиденье.

При мысли о том, что теперь надо ловить еще и Мага с Тьмой, мучительно зачесался шрам на скуле. Потирая его, Титор отошел в сторону, встал спиной к разбитой машине. Горели фары, фонари над трассой, луна освещала пустырь, рядом с которым произошла авария. Аномалы и санитар побежали, скорее всего, прочь от шоссе, но куда именно? Направлений много, а КАСовцев здесь мало...

Надо было спешить. По защищенной связи Титор вызвал Директора и очень коротко описал обстановку. Директор, как и следовало ожидать, мгновенно вышел из себя.

— Ты понимаешь, что теперь у нас остались только Воин и Дева?! — орал он. — Что случилось с машиной сопровождения?! Какой еще, на хрен, «провал», что за бред?!!

Эту перевозку должен был курировать начальник оперативного отдела, но Директор вчера отправил его в командировку в Подольск, чтобы подготовить Полигон к доставке двух аномалов, — из-за этого Титор и не мог лично следить за транспортировкой. Вот только попробуй докажи разъяренному шефу, что он неправ, поручив одному человеку два дела, для выполнения которых надо находиться в разных местах... Тем более шефу, который очень не любит конкретно тебя.

Некоторое время Титор слушал с каменным лицом, указательным пальцем поглаживая шрам.

— Исчезновение Мага и Тьмы — ваша прямая вина, — чеканил Директор. Он перешел на «вы» и уже не кричал, а говорил тихо и быстро, что было плохим знаком. — Аномалы должны быть пойманы и возвращены на свой уровень. Они нужны мне там до третьего марта, это ясно?

Начальник отключился, и Титор снова потер шрам. Директор не любил его и не упускал любую возможность смешать с дерьмом... Так почему сейчас не договорил? Будто спешил куда-то — может, доложить про исчезновение двух аномалов Куратору от правительства?

И почему именно до третьего марта, откуда взялся этот срок? Осталась неделя...

Коснувшись «капли» на гарнитуре, он отключил телефон. В чехле на поясном ремне висел смартфон модели, никогда не поступавшей в широкую продажу, соединенный с гарнитурой на ухе не блютузом, который легко прослушать, а тонким черным проводком. Обычно набирать цифры приходилось с помощью кнопок, но по основным служебным номерам сотрудники КАСа могли позвонить, щелкнув ногтем в определенной последовательности по черной пластиковой «капле».

Директор — мудак, Титор прекрасно знал это, все в Комитете знали. Когда-то Иван с Директором не поделили женщину, которая в результате предпочла Директора... Но тот все равно до сих пор тот не любил начальника оперативного отдела. Теперь Ивану придется из кожи вон вылезти, но поймать беглецов, иначе доживать ему свой век охранником где-нибудь на экспериментальной станции Комитета за Полярным кругом.

Подошел Мальков, Титор кивнул: «Докладывай», — и помощник негромко заговорил, как обычно, правильными, продуманными, немного книжными фразами:

— Я вижу произошедшее следующим образом... Началось землетрясение, машина Василия провалилась в дыру. Павел Сковорода, возможно, увидел это через заднее окно. Он сунул под нос одному охраннику хлороформ, а второго ткнул в глаз скальпелем. Первый охранник от неожиданности начал стрелять, пули пробили перегородку и убили водителя. После этого машина скатилась с шоссе и врезалась в столб. Василий с оперативниками еще только выбирались наружу. Санитар успел распустить ремни на койках, где лежали аномалы...

— И утащить обоих? Я помню этого Сковороду — не здоровяк.

— Значит, аномалы ушли сами. Вероятно, вместе с ним.

— Но почему они очнулись?

— Я нашел в салоне шприц, там остатки какого-то вещества. Когда приедет начмед, необходимо передать на анализ. Мне кажется, Сковорода сделал аномалам инъекцию, которая вывела их из нашей искусственной комы. Охранникам он мог объяснить, что колет какое-то лекарство, а потом...

Мальков замолчал, когда шеф достал из кармана портсигар. Вытащил сигарету, зажигалку, закурил. Заместитель немного отодвинулся назад.

— Ты мне ответь, почему Павел Сковорода вдруг стал помогать аномалам? И что это за провал, в конце концов?

— Этого я не знаю, Иван Степанович. Сковорода из научного отдела, там всех служащих проверяют каждые полгода. Раз его допустили к такой работе — значит, с ним не было никаких неясностей. А провал... это вообще в голове не укладывается.

— Ну хорошо, просто выскажи свои догадки.

Мальков помолчал. Он не любил строить догадки, предпочитая делать умозаключения только на основе проверенных фактов, а сейчас их было слишком мало.

— Какие-то штучки Мага или Тьмы? — неуверенно предположил заместитель. — Насчет Сковороды... Принуждение?

— Маг — интуит, он предвидит, но не умеет внушать, это мы давно выяснили. — Титор глубоко затянулся. — Как он заставил Сковороду? Мы же четко определили: один аномал — один дар. А Тьма...

Шеф умолк, и Мальков сдержанно кивнул:

— Иван Степанович, мы везли этих двоих на защищенный Полигон, чтобы там проверить способности Тьмы, ее возможное влияние на других аномалов и на людей. Но что, если они проявились раньше, вот сейчас? Что, если мы наконец увидели дар Тьмы?

Сейчас Титору нечего было возразить на это. Сделав еще несколько затяжек, он щелчком отбросил недокуренную сигарету.

Тихо рокоча двигателем, с шоссе на пустырь свернул черный микроавтобус.

— Прошу прощения, Иван Степанович, мне надо дать вводную медикам, — сказал Мальков.

Он поспешил навстречу очередному «Мицубиси», который остановился возле оцепленной зоны, а Титор вернулся к месту аварии и заглянул в салон через проем выломанной дверцы. Оперативники вытащили тела, положили на траве у фонаря. На краю каталки лежал стеклянный шприц. Иван забрался в салон, двумя пальцами аккуратно взял шприц, рассмотрел. Внутри оставалось немного мутно-коричневой жидкости.

Когда он спрыгнул на землю, к телам под фонарем семенил невысокий плотный человек с капитанской бородкой. За ним шли двое помоложе, с железными чемоданчиками в руках.

— Мое почтение, Иван Степанович, — на ходу приветствовал Яков Мирославович Вертинский, начмед Комитета. — Что это у вас?

— На экспертизу. — Иван сунул в пухлую ладонь шприц, который успел положить в пластиковый пакетик. — Возможно, с помощью этого были приведены в чувства аномалы.

— И где они сейчас? — уточнил доктор, склоняясь над телами.

Титор не ответил — отошел в сторону, где стоял Мальков, и тихо сказал:

— Санитар действовал не один, ему помогали. Но как сумели все организовать? Для этого надо было заранее знать время перевозки.

— Вы хотите сказать, что в КАСе есть «крот»? — спросил Мальков, быстро оглядевшись. — Но чей? Аномалы — это ведь не организация какая-то, просто отдельные люди. Неужели кто-то занимается ими так же, как мы?

— Понятия не имею, но кто-то еще, помимо Сковороды, помогал Магу с Тьмой сбежать.

— Если так, то теперь этот «кто-то» попытается отловить беглецов, а иначе зачем было огород городить?

— Правильно. Нужен «нюхач», — решил Титор. — Немедленно.

— Я уже распорядился, Иван Степанович. Бригада сейчас... а вот и они.

Очередной микроавтобус подкатил к месту происшествия. Пока оттуда выгружались двое оперативников и техник с «нюхачом», пока Мальков описывал им ситуацию, Иван Титор снова набрал Директора и коротко доложил обстановку, но не сообщил о своих домыслах про «крота». Директор повторил, что беглецов следует живыми и невредимыми доставить на их «уровень» до третьего марта, после чего отключился. В голосе Директора начальнику оперативного отдела почудились какие-то странные интонации, но Титор не смог понять, что они означают.

«Живыми», — повторил он про себя и снова потер шрам, который заполучил после того, как двое «старых» аномалов, попавших под опеку КАСа больше года назад, встретились с Сущностью, заключенной в секретном бункере под зданием Комитета. Сущность так повлияла на них, что один аномал почти сразу умер, а второй попытался сбежать, перебив часть охраны и отключив электронную систему защиты, и лишь Титор сумел остановить его тремя разрывными пулями — но при этом самого Ивана смертельно раненный беглец едва не прикончил.

С тех пор аномалов к Сущности не подпускали. Однако руководство настаивало на новом эксперименте, потому-то Мага с Тьмой и отправили на Полигон — своеобразный филиал центрального отделения КАСа, где их должны были подготовить к будущему контакту. Да вот только довезти до Подольска не смогли...

Ну, послала судьба работенку! Иван ссутулился, сильнее обычного наклонив голову, свесил длинные руки, отчего стал похож на усталую мрачную гориллу. До памятного ранения он был энергичным человеком, но тогда в нем что-то сломалось. Сослуживцы и немногочисленные «гражданские» знакомые отмечали: шрам появился не только на лице Ивана Степановича Титора, но и словно на его душе. Он стал молчаливым, равнодушным, даже унылым, и часто казалось, что Иван действует через силу, заставляя себя двигаться, думать, говорить, решать вопросы, на которые ему в действительности наплевать. Он будто потерял вкус к работе... и к жизни.

Аномалы пугали Титора. В них было нечто чуждое, неправильное, ну словно человеческое сознание в теле какой-нибудь многоножки. Однако судя по всему, кому-то в правительстве они были нужны. Кто-то хотел использовать аномалов... Знать бы — для чего?

Раздался негромкий голос техника — «нюхач» взял след.

* * *

В Пси-Фронте его называли Егерь. Ему было за пятьдесят. Коренастый, всклокоченная борода с проседью, спутанные волосы до плеч. Егерь намеренно не брился и редко стригся, да и животик наел специально — при своем невысоком росте он стал выглядеть совсем безобидно.

Положив на колени короткий дробовик, Егерь сидел в салоне старого «Форда» модели «Гранада», стоящего на газоне возле Варшавского шоссе. На соседнем сиденье лежал потертый портфель с длинным ремешком. Внутри, кроме прочих любопытных и экзотичных вещей, находились три световые гранаты.

Вскоре мимо должна была проехать машина с двумя одержимыми, которых Егерь собирался уничтожить. Именно такова была его роль в Пси-Фронте. Мало кто из представителей человеческого рода отдает себе отчет в том, что на планете идет война, но война не явная, тайная. Однако кое-кто это все же понимает, и Егерь, то есть отставной подполковник КГБ Захарий Павлович Егоров, был одним из таких людей.

Он занимался уничтожением одержимых на территории СНГ и был лучшим охотником евроазиатского региона.

Он знал: его миссия сверхважна. По сути, она священна.

С недавних пор у Пси-Фронта появился конкурент, которого называли «Комитетом». Его сотрудники тоже выискивали одержимых, хотя даже не подозревали, кто это на самом деле такие. И не уничтожали их — исследовали! Вместо того чтобы стереть заразу с лица планеты, копались в ней, стимулировали к развитию, надеясь поставить на службу себе.

При мыслях об этом глаза Егеря мрачно сверкнули. Такие предатели человечества даже хуже самих одержимых, хуже силы, что подчиняет себе людей... Ничего, когда-нибудь Пси-Фронт разберется с КАСом, и неважно, какие силы в правительстве опекают Комитет.

Раздался звонок. Егерь достал из кармана плотного брезентового плаща «Моторолу» с противоударным влагонепроницаемым корпусом, включив, поднес к уху. Лишенный интонаций синтетический голос сообщил ему, что машина с двумя одержимыми не проедет по шоссе. Произошла авария, одержимые сбежали. Случилось это где-то в трех-пяти километрах от места, где Егерь устроил засаду. След уже взят — беглецы движутся на юг, к Плещееву, то есть постепенно удаляются от шоссе. Вероятно, их ведет третий человек — не одержимый.

Плохо! Впервые после побега группы Жреца, случившегося больше месяца назад, Комитет решился перевезти двух одержимых на новое место. В подвалах КАСа до них не добраться, только сейчас Пси-Фронт получил шанс разделаться хотя бы с двумя из семерых — но если касовцы снова поймают их, то упрячут надолго. Беглецов необходимо перехватить и «стереть» прежде, чем посланные в погоню оперативники их догонят.

Егерь убрал дробовик в чехол, висящий на ремне под плащом, в котором он напоминал неряшливого туриста. Охотник понятия не имел, кто с ним говорил. Голос сперва попадал на сервер, где сообщение переозвучивалось программой, и Егерь знал только, что собеседник — один из агентов-внедренцев Пси-Фронта. Скорее всего, он (а может, и она) работал именно в КАСе, иначе каким образом смог так быстро узнать, что машина с одержимыми попала в аварию?

Поправив чехол, чтобы короткий приклад дробовика не упирался в подмышку, Егерь накинул на плечо ремешок портфеля, надел круглую шерстяную шапочку с подкладкой из фольги и вышел из машины.

Сверившись по наручному компасу, он двинулся наискось от шоссе. Сзади лилось приглушенное свечение ночной столицы, в темноте вокруг горели редкие огни. Подполковник в отставке Захарий Павлович Егоров шагал быстро и ровно, ветерок шевелил выбивающиеся из-под шапочки густые спутанные волосы с нитями седины. Выражение лица было отрешенным, Егерь редко моргал и глядел прямо перед собой. Глаза поблескивали в темноте.

В Пси-Фронт Захарий вступил вскоре после реструктуризации КГБ. 3 декабря 1991 года боготворимый одними и презираемый другими первый Президент СССР М.С. Горбачев подписал знаменитый указ «О реорганизации органов государственной безопасности», чем и положил конец спецслужбе, которая через три года отпраздновала бы свое пятидесятилетие. Именно в Пси-Фронте Егерь обрел смысл жизни, утраченный после развала Советского Союза. Теперь он жил ради единственной миссии: освобождения человечества. Егерь посвятил ей всего себя, свои поступки и устремления, став предельно хладнокровной и сосредоточенной личностью. Обычных человеческих слабостей в нем почти не осталось, желание уничтожать одержимых выжгло их — Егерь был равнодушен к вкусной еде, не интересовался женщинами, не любил кино, не читал книг, кроме тех, что могли помочь делу, не имел хобби, привязанностей, увлечений... Его жизнь состояла только из охоты, слежки и убийства.

На счету Егеря было почти два десятка «стертых», среди них — четверо подростков и трое детей. Он не жалел ни о чем. Миссия требует жертв, человечество важнее отдельных его представителей.

Варшавское шоссе осталось позади. Шагая размеренно и быстро, Егерь с северо-запада приближался к большой, давно заброшенной фабрике. Там мигал стробоскопический свет, гудела толпа молодежи, и гипнотический ритм технотранса бился в бетонных коробках пустых цехов.

С севера к этому месту бежал санитар, только что догадавшийся стащить с себя и выбросить в канаву забрызганный кровью белый халат, а за ним спешили двое молодых людей в серых пижамах, похожих на кимоно.

Следом, отставая меньше чем на километр, двигались двое оперативников Василия Караулова, техник с «нюхачом» и четверо бойцов в камуфляже из касовской бригады быстрого реагирования, вооруженные служебными «глоками» и компактными складными пистолетами-пулеметами.

Очень скоро всем им предстояло сойтись в одной точке.

Глава 2
МИССИЯ ТРЕБУЕТ ЖЕРТВ

7 суток до Контакта

— Стой! Ответь на мои вопросы! — Парень, который все никак не мог вспомнить свое имя, попытался ухватить санитара за плечо, но тот на бегу вывернулся.

По пути он сбросил свой халат, оставшись в синих джинсах и белой рубашке. Двое в пижамах-кимоно бежали за ним. Впереди ритмичные всполохи разных цветов выхватывали из темноты силуэты зданий.

— Кто ты такой?

— Паша я! Ты же сто раз меня видел!

— Я тебя не помню! Я вообще ничего не помню!

Это заставило санитара сбиться с шага, и он удивленно оглянулся на беглецов.

— И ты тоже?

— Да! — закивала девушка. — Что мы делали в той машине, почему она врезалась?.. Ты убил охранников? У одного из глаза торчал скальпель, а на твоем халате была кровь!

— Наверное, у вас амнезия, последствие искусственной комы... — забормотал Паша, — или препарата, которым я вас разбудил. Послушайте, если сейчас я начну все рассказывать, нас схватят! Я один из вас, я тоже аномал! Жрец сказал, что поможет развить мой дар! Я всегда знал, всегда — у меня есть дар, только скрытый! — Санитар ударил кулаком по ладони, затем указал на девушку: — Как у тебя!

Они спешили через поле, где стояли ржавые остовы автомобилей, валялись шины и всякая рухлядь. От шоссе поле отделяла железная ограда, впереди высились бетонные кубы, до них было недалеко. Музыка стала громче — однообразный, неживой ритм. Свет мигал в такт ему, переливался и дергался, будто припадочный.

— Я — один из вас! — повторил Паша с напором. — Но мой дар пока не проявился.

— Один из кого? Кто мы такие? — спросил парень.

— Вы что, даже этого не помните?

— Как меня зовут? И ее?

— Я не знаю имен, — отмахнулся санитар. — Вы сами вспомните. Память вернется, я уверен, скоро. Надо только выйти из стрессовой ситуации, успокоиться.

— Все, больше не могу. — Девушка остановилась, тяжело дыша. — Нужно отдохнуть.

Санитар, сделав еще несколько шагов, тоже остановился.

— Нельзя нам тут оставаться! Поймите, у них «нюхач», он как пес — чует след по запаху. Они точно знают, куда мы направляемся!

Вместо ответа девушка прикрыла глаза и обхватила себя за плечи. Парень нагнулся вперед, тяжело дыша, уперся ладонями в колени.

— Голова опять кружится, — пожаловалась она.

Санитар, окинув взглядом поле позади, всплеснул руками.

— Мы опередили их совсем не надолго и уже в третий раз останавливаемся! Ведь догонят же!

— Но куда мы спешим? — спросил парень.

— В схрон, который для нас оставил Шут. Мы с ним встречались, он вернулся и сразу исчез, только передал информацию от Жреца. Ну же, бежим дальше! Вы что, не верите мне? Ведь я один из вас!

— Но кто мы такие?

Паша развел руками.

— Я не знаю, как объяснить. Есть... на свете есть нематериальные сущности, так называемые «демоны».

Или «бесы». Люди, в которых они вселяются, получают «дар» и, как сказать... становятся одержимыми.

— Так мы одержимы бесами? — удивился парень. — Это какой-то бред!

— Не бред! Это правда!

— Звучит как полная чушь, но... — Девушка потерла холодные щеки. — А кто нас преследует? Что за Комитет?

— Он называется КАС — Комитет по Аномальным Ситуациям, но это только прикрытие. Я уверен, на самом деле они — дочерняя организация Церкви, их специальный отдел.

— Но... — начал парень недоуменно.

Девушка перебила его:

— Как меня зовут?

Паша едва не плакал.

— Да не знаю я имен! В Комитете вас называли только по прозвищам. Он — Маг, а ты — Тьма. Это потому, что твой дар не определился, ну, не проявился пока, он как бы остается во тьме... Еще есть Воин, Дева, Амазонка, Жрец и Шут.

— И где они? — спросил тот, кого санитар назвал Магом.

— Сбежали, хотя не все, полтора месяца назад — с моей помощью! А Жрец пообещал, что поможет и вам, и мне. Ведь у меня тоже есть дар. Вчера вдруг появился Шут, ждал меня возле дома, поздно вечером. Сказал, что он от Жреца, что устроил схрон на заброшенной фабрике в этом районе, недалеко от шоссе, под знаком «стрела в круге», так и сказал: стрела в круге, мол, вы двое знаете, о чем идет речь.

Здание — за дискотекой, схрон в районе лифтовой шахты. Шут сказал, что я должен помочь вам сбежать. На следующий день была назначена перевозка, я сопровождал вас. Хотел усыпить охранников, одному — под нос тампон, второму пузырек, но... Когда уже выехали, смотрю — за нами вторая машина! Я ведь понятия не имел, что охранники еще будут, думал, только двое, которые со мной, ведь вы-то усыплены, не опасны. Что делать? Уже препарат вам вколол, незаметно, вы вот-вот очнетесь, а тут еще охрана! Но потом что-то вообще непонятное началось: земля вдруг задрожала, и вторая машина провалилась. Представляете?! Я решил — мне этот шанс Бог послал, другого не будет! Сунул одному охраннику под нос хлороформ... Но второго убивать я не хотел! Так вышло — первый дернулся, этот стал стрелять, тогда я ударил скальпелем. Если мы сейчас не... Смотрите — бегут! Ну все, дождались, касовцы уже здесь!

Они оглянулись. По темному пустырю спешило несколько человек с фонариками, и на плече бегущего впереди всех был большой уродливый нарост.

— Послушайте! — взмолился Паша. — Нас преследуют люди из Комитета! Нам всем будет очень плохо, если поймают! Как только спрячемся, я все расскажу, мы на одной стороне, поймите же!

Маг переглянулся с Тьмой. Лучи фонариков мелькали все ближе — из-за частых остановок беглецы потеряли преимущество.

— Все, я ухожу! — Паша рванул со всех ног, и двое аномалов побежали следом.

— Что такое «дар»? — крикнул Маг. — У меня он есть? Какой?

— Ты — интуит. Можешь предвидеть... уже скоро!

Теперь они двигались между цехами. Спереди лилась музыка, от ударных екало в груди. Паша обогнул ржавый грузовик без колес, с украшенной граффити кабиной. Вперед уходила широкая асфальтовая дорога, слева высилось бетонное здание. Раскрытые ворота его перегораживал полосатый черно-белый шлагбаум, увешанный флажками и лентами. Перед ним, несмотря на ночной холод, толпилась пестро одетая молодежь, а за шлагбаумом стояли трое охранников в байкерском прикиде. В цеху грохотали динамики колонок, бурлили световые волны. Над воротами переливалась огнями вывеска: МЕГАБИТ.

— Надо обогнуть дискотеку, — тяжело дыша, сказал Паша и снова перешел на шаг.

— Что это за «стрела в круге»? — спросила Тьма.

Санитар пожал плечами. Он двигался на несколько шагов впереди своих спутников.

— Не знаю. Так Шут описал — дом, где нарисована стрела в круге, за «Мегабитом». Там для нас одежда, деньги. И записка, в ней сказано, что делать дальше.

Когда беглецы миновали толпу, на них стали оглядываться. Маг с Тьмой в своих пижамах и тапочках-лодочках выглядели одетыми очень уж не по погоде, да и Паша тоже. В толпе раздался смех, кто-то показал на них пальцем, охранники за шлагбаумом подняли головы. За раскрытыми воротами виднелся огромный стробоскоп, подвешенный у потолка цеха, наружу били иглы белого света; по асфальту, стенам других цехов, по человеческим фигурам ползли яркие пятна.

Маг — он все еще не вспомнил свое имя и потому мысленно называл себя именно так — спросил:

— Но если этот Шут вернулся, чтобы помочь нам бежать, почему не остался дожидаться в схроне?

— А если комитетчики проникнут туда за нами, схватят? Наверное, в записке указано место, где мы должны встретиться. Как бы сказать... промежуточное, где можно вычислить, следят за нами или нет. Что такое?!

Земля задрожала, и они остановились, недоуменно крутя головами. В толпе позади зашумели, вскрикнула девушка. Земля задрожала опять — сильнее, резче, у Паши даже колени подогнулись. Крапинки звезд в небе смазались.

— Землетрясение! — крикнул он в испуге. — Опять!

Беглецы присели, пошире расставив ноги и машинально разведя руки в стороны. Земля дрогнула еще сильнее, со всех сторон донесся скрип бетонных и железных конструкций. Сзади закричали. Глухой, низкий гул полился из-под земли.

Асфальт перед Магом и Тьмой провалился, образовав воронку диаметром в пару десятков метров. Вскрикнув, размахивая руками, Паша полетел вниз и вместе с потоками земли, камней и обломков асфальта съехал на дно.

Тьма устояла на ногах, а Маг упал. Гул и клокотание, доносящиеся со дна воронки, умолкли, и все замерло. Сзади шумела толпа. Маг вскочил, стряхивая с волос пыль.

— Что это? — Тьма оторопело заглядывала в воронку. — Это... Но как же?! Землетрясение! Паша, эй!

— Помогите! — слабо донеслось снизу.

Аномалы растерянно топтались на краю провала. Ко всем прочим событиям этой сумасшедшей ночи добавилось еще и это — было от чего потерять голову. Воронка перекрыла всю улицу, левый край вплотную подходил к стене цеха, стоящего по соседству с тем, где гремела дискотека, а правый — к высокому забору из жести.

— Помогите мне! — позвал Паша и вдруг заплакал. — У меня плечо пробито арматурой! Господи, больно как...

— Я попробую, — сказал Маг, опускаясь на корточки на самом краю. — Только эти, которые за нами гонятся, уже совсем рядом.

— Но не можем же мы его бросить. — Тьма тоже присела.

Музыку так и не отключили, сквозь нее доносился рокот взволнованных голосов. В темноте на дне воронки Паша был едва различим — смутный силуэт посреди куч земли и обломков.

— Я спущусь первым и... — начал Маг.

Из пролома в жестяном заборе шагнул бородатый человек в мешковатом брезентовом плаще и шерстяной шапочке. На плече его висел портфель на длинном ремешке, а в руках было короткое ружье. Поставив ногу на самый край, он оказался прямо над стенающим Пашей. От Мага и Тьмы незнакомца отделяло всего несколько метров.

Позади беглецов взбудораженно шумела толпа молодежи, обсуждая неожиданное землетрясение. Кислотные волны, пульсируя, вырывались из здания дискотеки. Незнакомец поднял оружие, целясь в аномалов.

Вскочив, они попятились.

Ни Маг, ни Тьма не видели, как позади из-за украшенного граффити грузовика без колес показались трое мужчин. Один был в желтом комбинезоне и кожаной куртке, двое — в свободных полупальто, темных костюмах и черных сорочках. Следом бежали еще четверо, в камуфляже и с пистолетами-пулеметами в руках. У техника, одетого в комбез, на плече был закреплен прибор, напоминающий видеокамеру, с широким раструбом впереди.

Техник повернул его к беглецам и что-то крикнул, вскинув руку. После этого чернорубашечники и камуфляжные побежали быстрее.

***

Егерь уже думал свернуть и двигаться дальше вдоль шоссе, когда сквозь музыку, льющуюся спереди, донеслись крики.

Он побежал на шум. Услышал гул, шипение и клокотание, ощутил, как содрогается земля под ногами.

Потом земля качнулась, и Егерь полетел головой вперед, но успел выставить перед собой руки, что и уберегло его от серьезной травмы.

Охотник уперся ладонями в края пролома, зиявшего в жестяном заборе, что вырос у него на пути. Жесть затрещала, забор едва не опрокинулся под весом Егеря. Он выпрямился, вытащил дробовик из чехла под мышкой и шагнул в пролом. Взгляду открылась глубокая темная воронка, по склонам которой сыпалась земля. Слева кричали, из ворот длинного бетонного здания вырывались иглы белого света и разноцветные сполохи.

На дне воронки кто-то стонал, а на ее краю, спиной к дискотеке, на корточках сидели двое. Глаза Егеря сверкнули — одержимые! Он направил на них ствол своего трехзарядного «Serbu Super-Shorty».

Вскочив, они попятились. А из-за грузовика без колес, стоящего немного дальше по улице, один за другим показались оперативники Комитета.

Егерь едва не выстрелил в одержимых, лишь в последний миг сдержал палец на крючке. Одним зарядом картечи из дробовика двоих с такого расстояния не убить, скорее всего, охотник просто ранит их, и тогда одержимые достанутся оперативникам КАСа.

Парень с девушкой медленно пятились, уставившись на него. А сзади к одержимым приближались касовцы.

— Бегите! — рявкнул охотник Пси-Фронта.

Они бросились прочь от провала, но увидели спешащих к ним людей и свернули к узкому проходу между дискотекой и соседним цехом, под которым образовалась дыра.

Из-за грузовика выскочил последний касовец — в камуфляже, высокий, с черной вихрастой шевелюрой.

Егерь сдвинул портфель со спины на бок, раскрыл его. Другого выхода просто не было — и он трижды выстрелил, быстро передергивая рукоять дробовика.

Техник с видеокамерой упал, за ним на землю повалился второй мужчина.

Одержимые исчезли между цехами. В толпе у ворот закричали, одни подростки бросилась прочь, другие — внутрь дискотеки, сломав шлагбаум и смяв охранников.

Защелкали ответные выстрелы. Егерь достал из портфеля гранату, метнув ее, подался назад, в проем.

За забором он зажмурился. Вспышка казалась яркой даже сквозь веки. Чтобы не терять времени, Егерь с закрытыми глазами заряжал дробовик, на ощупь вытаскивая патроны из кармашка на чехле.

Когда вспышка угасла, он снова выглянул в пролом. Оперативники попадали, кроме чернявого, который опустился на одно колено возле грузовика. В отличие от других, он успел зажмуриться, и поэтому сразу открыл огонь, заметив противника в проломе над воронкой.

Раненый техник матерился сквозь зубы, оперативники прикрывали глаза ладонями. На дне воронки кто-то громко причитал, а одержимые исчезли в проходе между цехами. Егерь высунулся, прикидывая, сможет ли быстро спуститься в пролом и залезть по другому склону, чтобы преследовать беглецов... и тут пуля чернявого, стреляющего короткими очередями, чиркнула его по левой руке у локтя. Егерь отпрянул. Пули пробивали жесть, цепочка дырок зигзагом потянулась к нему, и охотник бросился вдоль ограды прочь от дискотеки и касовцев.

За пару минут он достиг конца забора, пересек свалку, в которую упиралась улица, и вернулся по другой ее стороне, за цехами. Музыка и выстрелы смолкли. Где-то впереди полыхал огонь. Спотыкаясь о камни и обломки кирпичей, разбрасывая ногами мелкий мусор, Егерь бежал дальше. На ходу вытащил из портфеля очки ПНВ, натянув на голову резиновую ленту, включил их. Очки тихо загудели, пространство озарилось призрачным зеленым светом.

Егерь хотел выскочить навстречу беглецам, но вскоре наткнулся на высокий забор. Вскарабкался на стоящий под оградой поддон с битым кирпичом, перелез. Потом путь преградила заросшая бурьяном канава, на дне которой все еще оставался снег.

Дальше были склады, автомобильная «яма» и пирамида из огромных шин для грузовиков. Наконец Егерь остановился, тяжело дыша. Глаза его мрачно посверкивали — он потерял одержимых.

* * *

Небольшим отрядом, прибывшим на место аварии вместе с техником, командовал Коля Горбоносов, известный в Комитете под прозвищем Горбонос. «Соломенный» Василий Караулов был старшим оперативником и подчинялся непосредственно Малькову с Титором, а Горбонос, прапорщик «бригады быстрого реагирования», служил в ОВО — Отделе внешней охраны.

Дав короткую очередь по стрелку, который спрятался за жестяным забором, Горбонос присел под грузовиком, переждал вспышку световой гранаты и снова открыл огонь.

Двое аномалов исчезли между цехами, непонятно откуда взявшийся стрелок тоже пропал из виду.

Горбонос вышел из-за машины. Техник тихо матерился — дробь зацепила плечо. Рядом лежал «нюхач», и было понятно, что прибор выведен из строя. В глубине провала, перекрывшего улицу, громко стонали.

Направив ствол пистолета-пулемета в ту сторону, где еще несколько секунд назад был незнакомый бородач в плаще, Горбонос направился к своим людям.

— Мозгляк, как?

— Спину зацепило! — хрипнул тот.

— Броник под комбез надевать надо.

— Я ж не опер тебе!

— Когда на задании, хоть опер, хоть жопер... короче, сам виноват. Вставайте! Мозгляку помогите!

Пройдя между поднимающимися на ноги оперативниками, Горбонос несколько раз щелкнул ногтем по «капле» на ухе. Смуглое, с черными бровями, лицо его недобро кривилось, когда, шагнув к краю провала, он разглядел внизу Пашу Сковороду. Санитар раскачивался, стоя на коленях посреди завалов земли и камней.

Наконец Мальков ответил на звонок, и Горбонос, никогда не испытывавший особого почтения к начальству, сказал со злостью:

— Почему не предупредили, что у клиентов крыша? Что? Да! Их кто-то прикрывает. Нет, пока что один, с дробовиком и гранатами. Да, дробовик! Гранаты световые. Кажется, я его зацепил, хотя, может, и нет. Потери — Мозгляк ранен, «нюхач» разбит совсем. Еще землетрясение это... Что? Как это «какое», вы что, не почувствовали там? Блядь, да тут пол-улицы провалилось! Я тебе говорю — натуральное землетрясение! Только Сковороду взяли, тоже ранен. Да, понял... Нет, «нюхачу» точно конец. Я знаю, что второго нет! А ты меня предупредил, что их прикрывают?! Надо лучше оперативные данные собирать! Сказано было: трое бегут, и всё, а тут какой-то мудак со стволом. Хорошо, продолжаю поиски своими силами. Но только учти...

Горбонос не договорил — за дискотекой полыхнул огонь.

* * *

Позади здания находилась парковочная площадка, наверное, для работников «Мегабита», огороженная низким заборчиком, с парой машин и тремя мотоциклами. Два стояли на откидных стойках, у третьего стойка была сломана, и хозяин прислонил его к фанерной будке в углу стоянки.

Беглецы остановились, тяжело дыша, и Тьма выдохнула:

— Ф-фух... Послушай, нам надо найти тот схрон, про который говорил Павел!

— Там ведь тоже может быть небезопасно, — возразил Маг, которому не нравилось подчиняться чужим указаниям, смысла которых он не понимал.

— А где безопасно? — В ее голосе была паника. — Нам же больше все равно прятаться негде! И Пашу этого убили, слышал выстрелы за спиной?!

— А если не убили? Он говорил про какой-то «нюхач», который может найти нас по запаху. Что, если они выследят нас до схрона? Надо сбить их со следа.

С другой стороны дискотеки доносились крики, но выстрелы прекратились. Перепрыгнув невысокую ограду, Маг бросился к мотоциклам и быстро отвинтил колпак на бачке того, что был прислонен к будке. Перевернул машину набок — бензин потек на асфальт.

— Хочешь поджечь? — удивилась Тьма. Она немного отдышалась и теперь озиралась, разглядывая темный фабричный двор.

— Как поджечь? — Маг сунул в бензиновую лужу ладонь, похлопал по своим тапочкам. — Надо вымазаться, тогда они след потеряют.

— Да вот же спички.

Мотоцикл выглядел как настоящий байкерский зверь — наверное, на нем приехал один из охранников. В сетчатом багажнике лежало всякое барахло: гайки, тряпочки, старые батарейки, сломанные заклепки, фонарик, и среди всего этого — спичечный коробок. Тьма вытащила его из груды рассыпавшегося хлама и протянула спутнику.

— Ты понял, что произошло? — Она казалась все еще напуганной и растерянной, но паническая дрожь исчезла из голоса. — Я имею в виду, когда все затряслось? Откуда в Москве землетрясение? И ведь та машина, ну, на краю шоссе, тоже в провал упала.

Маг схватил коробок, встряхнул — почти полный. Но какой-то сальный на ощупь, мягкий, может не зажечься. Тьма, взяв фонарик, встала в быстро растекающуюся бензиновую лужу.

— Думаешь, теперь этот «нюхач» нас не вынюхает?

Маг пожал плечами. Они побыстрее отошли в сторону, и он зажег одну спичку, сунул в коробок.

— Попробуем фейерверк устроить. — Коробок вспыхнул, и Маг бросил его в бензин, отскочив подальше, чтобы не вспыхнула собственная одежда.

Аномалы рванули прочь. Сзади полыхнуло, в спину ударила теплая волна, и по стенам запрыгали красные отблески. Тьма на ходу защелкала фонариком, потрясла его, стукнула торцом по ладони — наконец он включился. Батарейки совсем сели, луч получился тусклый. Зато огонь сзади стал ярче — судя по всему, перекинулся на фанерную будку.

Впереди, на стене очередного цеха, они разглядели нарисованный белым мелом знак: стрелка в большом круге.

— Это оно? — Тьма направила туда фонарик. — Смотри, ведь про это Павел говорил? Точно!

— Чего ты кричишь?

— Мне кажется, я помню! Помню этот знак! Когда-то... Она потрясла головой.

— Я тоже. — Маг понял, что и он много раз видел стрелу в круге, этот символ что-то для него значил. Но что? И когда?

Позади громко треснуло, полыхнул багрово-рыжий свет — пожар на стоянке разгорался. Маг приблизился к дверям, и Тьма спросила:

— Чем оно нарисовано? Мелом?

Он провел ладонью по сырому кирпичу, смазав часть рисунка. Девушка зашла в цех и выскочила обратно, протягивая сырую грязную тряпку.

— Попробуй этим.

Когда от знака осталось лишь бесформенное пятно, они шагнули внутрь. В цеху было темно и холодно, свет едва проникал сквозь дыры в фанерных листах, закрывших оконные проемы. Тьма повела фонариком — в тусклом световом пятне промелькнули ржавые железяки и груды камней.

— И куда нам теперь?

— Санитар говорил про лифт, — припомнил Маг. — «Схрон в районе лифтовой шахты», как-то так он сказал.

Они поспешили дальше между ржавыми станинами. Лифт нашелся в дальнем конце цеха, перед массивными воротами, из которых вывозили продукцию. Подъемного оборудования не осталось, на дне шахты валялись раскисшие картонные листы, тряпье, посередине лежал лист металла. Спрыгнув, Тьма прошлась по всему этому, пошевелила ногой груду влажного хлама.

— Ничего тут нет. Где же схрон?

— Нет, смотри, все в стороны сдвинуто, к стенкам, — возразил Маг. — И зачем эта железяка здесь?

С натугой он приподнял лист, открыв большую дыру. Тьма посветила в нее фонариком.

— Это какое-то техническое помещение?

— Сейчас разберемся.

Он полез первым, помог спуститься девушке. Они оказались в тесной комнатенке, из которой вела дверь с окошком. Маг толкнул ее, но дверь не открывалась, тогда он уперся плечом, нажал сильнее — снаружи что-то со скрежетом сдвинулось.

В окошко удалось разглядеть, что коридор дальше перекрыт обвалившейся бетонной плитой, в край которой и упирается дверь.

— Можно пройти, — решил он. — Дальше, за перекрытием, свободное пространство. Но сначала... нука, посвети.

Сунув руки в дыру в потолке, он ухватил за край стальной лист и вернул на место, закрыв лаз. Тьма опять заглянула в дверное окошко и сказала, присмотревшись:

— Там дальше комната, стол стоит. И свеча на нем, кажется... Точно, в стакане, а рядом, по-моему, зажигалка. Выходит, это для нас приготовлено?

В темноте Маг медленно, рывками, сдвинул дверь. Пригнувшись, они пробрались под наклонно лежащей плитой и очутились в тупиковой комнате.

Чиркнуло по кремню колесико, в руке Тьмы вспыхнул огонек, и вскоре стоящая на столе свеча разгорелась, озарив схрон Шута.

* * *

До рассвета было еще далеко. Врезавшийся в фонарь «Мицубиси» затаскивали лебедкой на эвакуатор Комитета. «Скорая» увезла раненых, трупоповозка — тела, уехали комитетчики во главе с Васей Карауловым; только микроавтобус Титора и Малькова остался на месте.

Выслушав донесение Горбоноса, Мальков произнес: «Прикрывают? У нас нет никаких сведений о «крыше» аномалов. Но ты мог... Нет, об этом тоже пока нет информации. Какое еще землетрясение? Что ты мелешь? Нет, здесь ничего не тряслось. Не повышай на меня голос! Сковороду немедленно сюда. Отбой».

— Их упустили, — доложил он. — «Нюхач» разбит.

«Нюхач» создали в научном отделе КАСа на основе данных, полученных после работы с аномалами. Действовал этот прибор словно собачий нос, улавливая в воздухе остаточный феромонный след, анализировал его и подавал звуковые сигналы, ориентируясь по которым можно было отыскать источник запаха.

— Кто-то вмешался, открыл огонь по группе Горбоноса и кинул световую гранату, — сказал Мальков.

— Я даже не удивлен, — проворчал Титор. — Аномалов прикрывают, это понятно. Что там про землетрясение?

— Горбонос сказал, что у них на глазах обрушилась часть улицы, — заместитель развел руками. — Асфальт провалился вместе с землей, образовалась большая воронка. Еще сказал, что Павел Сковорода ранен, его захватили, он сейчас без сознания. Если он вел аномалов в определенное место, то скажет, куда именно. Я приказал доставить его сюда.

— Так! — оживился Титор. — Звони Якову Мирославовичу, попроси его пересесть в машину к Васе и вернуться. Сковороду надо привести в чувство и допросить немедленно.

— Понял, Иван Степанович. Насчет землетрясения... — Мальков замолчал, когда с шоссе на пустырь выехала приземистая двухдверная БМВ.

— Только этой суки тут не хватало! — ругнулся Титор.

Из вставшей у фонаря машины появилась молодая женщина в деловом костюме и пальто. Когда она подошла к микроавтобусу, Мальков раскрыл дверь, и женщина села. Лицо у нее было привлекательное, но слишком уж строгое и неподвижное, и глаза холодные, как трупы в морге.

— Ты зачем приехала, Дина? — спросил Титор.

— Меня прислал Директор. — Она положила на колени кожаную сумочку — изящную, дорогую, но несколько великоватую для обычной дамской принадлежности. — Буду курировать это дело.

Титор повернулся на сиденье, уставился на нее тусклым взглядом.

— От кого курировать?

— От Комитета.

— Но мы сами работаем в Комитете! — взорвался начальник оперативного отдела. — Зачем нас курировать?!

— Не тебя, Иван, — ответила Дина холодно, — и не Сергея. Я буду курировать поиски сбежавших аномалов. И помогать. Как обстоят дела?

Титор молча отвернулся. Мальков, коснувшись ногтем «капли» на ухе, негромко заговорил: «Поднимай всех, кто в Москве. Сними с отдыха, из отпусков. У нас общая тревога. Район полностью оцепить».

— Пусть свяжется с полицией, — добавил Титор, — предупредит, что нам может понадобиться помощь. Если Сковорода сейчас не скажет что-то толковое, без ментов не обойдемся.

Отдав приказ, Иван вышел из машины — он тяготился присутствием Дины. У них когда-то был роман, но она предпочла Директора... Теперь Титор старался общаться с этой женщиной поменьше. Встав спиной к шоссе, он закурил. Сзади хлопнула дверца — Дина тоже покинула микроавтобус. Безо всякого выражения посмотрела на Ивана и достала из сумочки мобильный телефон. В отличие от большинства работников КАСа, Дина Андреевна Жарикова не пользовалась гарнитурой с сенсорным набором и автоматическим озвучиванием входящих СМС. Отойдя к покосившемуся фонарю, она набрала номер, поднесла трубку к уху и заговорила — скорее всего, докладывала Директору.

Услышав топот и тяжелое дыхание, Титор глянул на пустырь. По нему приближались двое бойцов Горбоноса — они несли широкую доску, где лежал человек в синих джинсах и белой рубашке, залитой кровью.

* * *

Окончательно поняв, что упустил одержимых, Егерь решил заняться рукой. Пуля прошла вскользь, нанеся больше вреда плащу с рубахой, но все же зацепила кожу.

Отойдя подальше от дискотеки, где наконец отключили музыку, он очутился возле небольшого кирпичного здания между цехами. Заглянул — когда-то это была столовая, еще остался прилавок и стойка кассы в конце зала. Среди сломанной мебели Егерь нашел целый стол, положил портфель на него, плащ, снял рубаху. Стащил с головы ПНВ, подождал, привыкая к темноте. Из портфеля достал аптечку.

Когда он уже заканчивал обрабатывать глубокую царапину, за разбитым окном раздались шаги, вспыхнул луч фонарика... качнулся и сквозь оконный проем уперся в Егеря, который стоял у стола в одних штанах и с шерстяной шапочкой на голове.

— Это кто? — донеслось снаружи.
— А я знаю? Дедок какой-то.
— Че это он тут?.. Эй, дед, ты че тут делаешь?
— Пошли, посмотрим.

В столовую ввалились два парня с лицами закоренелых торчков. Обычно они промышляли в этом районе — грабили разбредающуюся с дискотеки пьяную молодежь. Сегодня ночь была неурожайная, музыку вырубили раньше обычного, потом появились менты, да еще что-то загорелось во дворе. Землетрясение этих двоих не удивило. Когда под кайфом, и не такое увидишь, но вот то, что поднялся шухер и на старой фабрике объявились ментяры, — плохо. Подельники решили спрятаться и переждать, пока все стихнет, тут и наткнулись на Егеря.

— Эй, закурить дашь? — Гопник покрупнее расхлябанной походкой направился к столу, у которого стоял некрупный мужичок бомжеватого вида. Не было никаких сомнений в том, что старый козел уже наложил в штаны с перепугу.

Второй пошел следом, не глядя на дружка и терпилу. Он шарил по карманам в надежде наскрести табачной трухи с остатками дури — может, хватит еще на косяк. Увлеченный поисками, он так и не понял, что произошло. Дед качнулся навстречу идущему к нему человеку... и тот как-то стрёмно захрипел, оседая на пол. Фонарик упал и погас.

В лунном свете блеснул короткий ствол дробовика.

— Бля! — Пальцы, выпустив щепоть табака и конопли, сжались на рукояти «выкидухи» в кармане. — Ну, ты, сучара...

Приклад врезался ему в лицо, превратив крупный хрящеватый нос в расплющенный вареник с вишней. Потом Егерь добавил ботинком в пах, и гопник повалился на колени, выронив нож. Охотник Пси-Фронта поднял с пола «выкидуху», отщелкнул и осмотрел лезвие.

— Тупой, дрянь. Как и вы двое. Падаль, отбросы человеческие.

Он с широкого замаха рубанул клинком по уху — и окровавленный комок, часть ушной раковины, влип в пол. Не дав гопнику закричать, Егерь снова врезал прикладом ему в лицо, выбив несколько зубов.

Пока двое корчились и хрипели под ногами, он быстро оделся, стараясь не вступать в растекающуюся кровь. Не оглядываясь, покинул столовую. Неподалеку что-то горело, выла сирена пожарной машины. Зазвенел телефон, и Егерь достал из кармана трубку. Преобразованный сетевым синтезатором голос соратника из КАСа сказал:

— Их потеряли, в районе шум. Уходи, но будь неподалеку. Как только появятся сведения — сообщу.

* * *

В помещении, где оказались Тьма с Магом, стояла койка, застеленная драным пальто, раскуроченный шкафчик в углу, два стула да стол. Под столом — сумка, в ней были шмотки в пакетах с лейблами магазинов и три пары обуви: кеды, женские туфли, кроссовки. Позади стола на тумбочке лежали консервы, бутылка с кока-колой, две банки пива и конверт.

Обычный белый конверт, мятый, в пятнах от грязных пальцев. Без марки и адреса, не запечатанный.

Маг первым заметил его. Внутри оказался тетрадный лист в клеточку, прыгающим почерком там было написано:

«Эй, не рабейте! Я все подготовил, в сумке найдете деньги. Шмотки тоже там. Тьма для тебя отдельный падарочек. Вам надо быть в 6 вечера в Киеве возле Андреевской церкви. Это верхняя часть Андреевского спуска. Амазонка будет ждать там две недели начиная с 25 числа, каждый день в адно время. Она атведет вас дальше к нам. Мы тут такое место нашли где прятаться, в жизни не поверите! Извиняюсь что не жду вас, но Жрец запретил. Вдруг с вами в схрон опера придут? Надеюсь Паша все сделал правильно. Пашка ты там? Еще встретимся! :) Удачи всем!

Ваш Шут.

ПЫСЫ. Да!!! Через границу идите в районе Новой Гуты. Там белорусы, с ними таможни нет, а потом украинцы. Я пробил один путь. Подойдете по адресу Ленина, 12, частный дом, спросите Гришу. Скажите ему «Мы от Пети» (значит от меня :)). Оставляю 4 тыщи баксов это подарочек от Жреца. Гришке по тыще за чела, не больше. Будет требовать еще — не давать, он жадная тварь».

«Вашь» было написано с мягким знаком — это, и другие ошибки, и прыгающий почерк, и намалеванная мелом стрела в круге мучительно напомнили Магу нечто, что он уже видел... Кто же такой этот Шут, и почему он даже записку не подписал своим именем?

Пока он ломал голову, пытаясь вспомнить хоть что-то из прошлого, Тьма уже копалась в сумке. Из бокового кармана достала пачку долларов, ножницы, два ножа, раскладной и охотничий, бритву, пену для бриться, черную краску для волос, пачку «Мальборо», турбозажигалку... В сумке еще были две бутыли с водой и пара часов, женские и мужские.

Вдруг Тьма покачнулась и едва не упала. Маг подхватил ее, довел до койки и посадил. Когда склонился над ней, девушка схватила его за плечи.

— Я тебя знаю! Помню твое лицо, много раз видела. Кто ты такой?!

Он пожал плечами:

— Не могу понять. В голове такая каша... Но я тебя тоже помню. Слушай, отсюда надо быстро уходить.

Он вынул из сумки черные джинсы и плотную шерстяную рубашку, переоделся, обул кеды. Маловаты, но сойдет. Нацепил на руку дешевые электронные часы и взял кожаную куртку.

Режет! Его словно толкнули — в голове разом сложился образ острого, холодного, режущего... Маг резко обернулся — девушка кромсала косички найденными в сумке ножницами.

— Чего ты? — удивилась она. — Нам нужно изменить внешность, вон краска, сейчас еще покрасим волосы.

— Д-да...

— Что у тебя с лицом? Ты хоть что-то вспоминаешь? Хоть немного?

— Помню яркий свет, — сказал он, проведя ладонью по лбу. — Какой-то... пугающий. Сосны, и свет волной катится между ними. Еще помню бетонные коридоры. Глухие такие, неприятные. И всё.

— А я помню длинные узкие тени, — сказала она. — Что же все-таки с нами произошло?

— Не знаю, но мы разберемся. Переодевайся, здесь нельзя оставаться. Павел может выдать это место, а...

Он не договорил — все поплыло, и темнота поглотила комнату.

Глава 3
НА КОРОТКОЙ ДИСТАНЦИИ

— Я ничего не знаю, ничего не знаю, ничего не знаю... — бормотал Паша Сковорода как заведенный.

В микроавтобусе было три ряда сидений, и его устроили на заднем, которое Мальков застелил целлофаном из багажника. Сиденья среднего ряда помощник повернул, чтобы они с шефом могли сидеть лицом к санитару. Яков Мирославович вернулся на машине оперативников и, недовольный всей этой суетой, накладывал повязку на пробитое арматурой предплечье Паши. Тот стонал и дергался — Титор запретил начмеду колоть обезболивающее.

Закончив, Яков сказал: «Ваня, в моем возрасте это уже тяжело, надеюсь, больше вы меня сегодня не побеспокоите», — и, кивнув всем, вернулся во вторую машину. Она уехала, из оперативников остался только Василий. Группа Горбоноса все еще рыскала вокруг фабрики. Дело усложнили пожарники, машина «скорой помощи» и полиция, подъехавшие к дискотеке.

Почти рассвело. Возле накренившегося фонарного столба было тихо, лишь Паша монотонно бубнил, не глядя на склонившихся над ним Малькова с шефом.

— Врет, сука, — прогудел Василий, куривший возле машины. — Я таких сволочей видал, Иван Степаныч. Зубы заговаривает.

Щелчком отбросив сигарету, оперативник сунулся в приоткрытую дверь и несильно двинул санитара в зубы огромным кулаком.

— У-у, морда! Говори — куда девку с пацаном вел?!

Мальков хотел было оттолкнуть старшего оперативника, чтоб убрался из машины, но Титор придержал помощника за локоть, с вялым любопытством наблюдая за происходящим. Ивану мучительно хотелось спать, слипались глаза, в голове гудело.

— Никуда не вел! — заскулил Паша, из разбитой губы которого потекла кровь. Василий вознамерился было стукнуть его еще раз, и санитар завопил: — Не вел!!! Они меня заставили! Принудили! Я... я не знаю, как все было! Не помню, не понимаю! Ничего не понимаю!!!

— Так, Караулов, а ну погоди, — слегка оживился Титор, садясь ровнее. — И вообще — охраняй периметр.

— Так точно. — Вася, отойдя от машины, привалился к фонарному столбу. — Но вы ему не верьте, врет он. В Чечне мы абрекам допросы всякие учиняли, так я наловчился... По глазам вижу: врет, падла, и не краснеет.

Когда он отвернулся, Титор спросил у санитара:

— Что последнее ты помнишь?

Тот глянул на него, на внимательно слушавшего Малькова и быстро заговорил, сбиваясь и глотая слова:

— Как в машину садились. Аномалов помню... как лежат, не двигаются — в коме. Я тоже сел, поехали. Потом — провал! Очнулся — лежу в какой-то яме, музыка орет, люди кричат, аномалов нет, а у меня кровь! Больше не помню ничего, богом клянусь, не помню! А потом землетрясение — боже! Это какая-то дьявольская игра...

Голос вновь сорвался на визг, Паша всхлипнул, перекрестился и добавил жалобно:

— Почему вы не дали начмеду обезболивающее вколоть? Мне же больно очень! Вон какая рана, а вы...

— Принуждение? — спросил Мальков задумчиво, и Паша умолк. — То есть как у Жреца? А что, если это Жрец и сработал — ну, дистанционно?

— Такой силы у него нет, — возразил Титор. — Заставить санитара броситься на охранников, усыпить одного и воткнуть второму скальпель в глаз? Слишком плотная суггестия, насколько я понимаю, до побега Жрец на такое способен не был. Тем более не видя объектов... Но ты прав, это могло быть проявление дара Тьмы. О нем мы до сих пор ничего не знаем.

— Тьма! — закричал Паша. — Девка эта, ну точно! Влезла мне в голову и...

Он замолчал, услышав мягкий шум двигателя. К фонарю подкатила БМВ Дины Жариковой, некоторое время назад уехавшей в центральное здание КАСа. Открылась дверца. У фонаря Василий обернулся, с одобрением проводил взглядом пару стройных ножек, прошествовавших от одной машины к другой.

Дина принесла легкий чемоданчик из черного металла, с изящной ручкой и цепочкой, пристегнутой к браслету на тонком запястье. Пальцы у женщины тоже были тонкие; длинные ногти тщательно накрашены, волосы на голове уложены волосок к волоску, и вся она казалась очень ухоженной, гладкой, будто налакированной.

На плече Дины висел аккуратный черный рюкзак. Титор с Мальковым молча подвинулись, она села рядом, положила чемоданчик на колени, отстегнув цепочку, раскрыла.

Паша ойкнул:

— Это же... Дина Андреевна, зачем вы принесли «дознаватель»?!

Она не удостоила санитара взглядом. «Дознавателем» называли устройство, разработанное в научном отделе КАСа, том самом, что создал и «нюхач». Прибор существовал в единственном экземпляре и не был толком апробирован. Неврологи уже давно определили, какие участки головного мозга ответственны за ложь, и «дознаватель» так влиял на них, что человек терял способность врать — прибор являлся электронным аналогом скополамина, «сыворотки правды».

Дина, не обращая внимания на стенания Паши, достала две пары плоских серебристых тарелочек, от которых провода шли к поблескивающему лампочками устройству в чемодане.

— Вообще-то, ему надо бы голову побрить, — деловито сказал Мальков.

— Не принципиально, — отрезала она. — Держите его.

— Вася! — позвал заместитель. — Караулов, иди сюда!

— Иван Степанович! — взмолился Паша.

«Дознаватель» был жестокой штукой: после использования он обеспечивал человеку как минимум месяц сильнейших мигреней, а Яков Мирославович говорил, что использование устройства может привести к микроинсульту.

— Говори правду, — сказал Иван, в то время как Мальков потянулся к Паше, чтобы зафиксировать тому руки.

— Но я правду сказал! Честное слово, Богом клянусь!

— Ладно, Дина, подожди... — начал Титор.

Взвизгнув, Паша рванулся из машины. Вид у него был совсем больной, лицо бледное, чувствовалось, что санитар ослаб от потери крови, и потому никто не ожидал подобного. Санитар оттолкнул Малькова, локтем случайно зацепил лицо Дины, смазав помаду. Женщина откинулась назад, выдохнув короткое ругательство, а Паша вывалился из машины. Упал, но сразу вскочил.

— Караулов! — взревели в один голос Титор с Мальковым.

Тот уже бежал за санитаром, выхватив пистолет.

— Не стрелять! — крикнул Мальков.

Положив чемоданчик на сиденье, Дина тоже выбралась из машины, но в туфлях с каблуками бегать не очень-то удобно, и она, сделав пару шагов, остановилась, как и Мальков, выскочивший следом.

Иван Титор остался сидеть внутри — ясно было, что Паша никуда не денется. Тот мчался, высоко вскидывая худые ноги в узких джинсах, похожий на перепуганного зайца, а за ним, будто выпущенный из пушки снаряд, несся Василий. Туфли сорок пятого размера тяжело бухали о землю, развевались полы расстегнутого пиджака. Вася нагнал незадачливого санитара и, не замедлив скорости, врезался в него. Свалив на землю, пробежал по спине. Паша заорал от боли. Старший оперативник, сделав по инерции еще несколько шагов, развернулся. Схватил Пашу за шиворот, вздернул на колени и занес руку.

— Отставить! — звонко приказала Дина.

Василий замер, глядя на машину. Паша дрожал в его руках, как включенный вибратор.

— Хватит, Караулов, — бросил Титор из салона.

Вася распрямился, подняв беглеца на ноги, развернул спиной к себе.

— Иван, дай, пожалуйста, мою сумку, — попросила Дина. Получив ее, достала платок и стала вытирать помаду, размазанную локтем санитара.

Василий схватил Пашу за волосы, скомкал пятернею рубаху между лопаток и чуть не понес его перед собой — ноги в синих джинсах едва касались земли. Когда оперативник таким манером довел своего пленника до машины, Мальков с Диной разошлись в стороны, и женщина вдруг наотмашь ударила санитара по лицу. Длинные, выкращенные бледным перламутром коготки глубоко проборóздили скулу и нос. Паша заскулил, дергаясь, по щеке потекли капельки крови.

— Так тебе! — злорадно выдохнул Вася, нагнул Пашу и головой вперед втолкнул в салон, наподдав напоследок кулаком между лопаток.

— Сергей, пристегни его, — велел Титор. — Сколько у тебя наручников? Караулов, свои дай, пристегните обе руки к дверцам.

Глаза Паши стали совсем безумными, губы тряслись. Он тихо подвывал, когда Дина натягивала ему на голову серебристые тарелки и прилаживала их плотнее, поворачивая винты изогнутых кронштейнов.

...Спустя пару минут санитар полулежал на сиденье, откинув голову. Зрачки его плавали, то и дело исчезая за краем век, руки дергались. Он до крови прикусил язык; алые капли стекали из царапин, оставленных ногтями Дины, красная дорожка бежала из носа.

— Схрон? — повторил Мальков немного растерянно. — Для них оставили схрон? Иван Степанович, я звоню Горбоносу, чтобы немедленно нашли его.

* * *

Стас бежал через бетонный коридор, гулко топая по железным плитам пола. Освещение тусклое, мертвая тишина, только его шаги и тяжелое дыхание, бетон словно впитывает звуки, проглатывает их. Глухо, холодно, страшно... Не оставляло ощущение, что коридор проложен внутри громады, исполинского серого куба, и вокруг — лишь километры бетона, ничего больше.

Вдруг плита прямо перед ним с тихим скрипом скользнула в сторону, и он, вскрикнув от неожиданности, полетел в квадратную дыру. Падать оказалось недалеко, а внизу был песок. Стас встал на четвереньки и мотнул головой, отфыркиваясь. Песок прилип к лицу, к шее... Он выпрямился — пол коридора был примерно на высоте его поясницы. Из скрытых динамиков вверху полился голос:

— Маг, беги дальше!
— Идите к черту! — крикнул он.
— Беги!
— Не хочу! — он полез обратно.
— Маг, через двадцать секунд в этот сектор автоматика пустит сонный газ. От него галлюцинации и сильная головная боль, ты же знаешь — тебе это надо? Беги, доделаем сегодняшнюю работу.

Сплюнув, он вспрыгнул обратно и побежал. Голос стал монотонно считать: «Восемнадцать... Семнадцать...» Коридор плавно изогнулся. Далеко впереди были раздвинутые железные створки, которые сомкнутся за спиной Стаса, как только он минует их, и отсекут этот сектор уровня «Тренажер».

— Четырнадцать... Тринадцать... — считал голос.

Слева!

Предчувствие будто толкнуло его. Он пригнулся, отпрыгнув вправо, а из раскрывшегося в стене отверстия рывком выдвинулся деревянный брус. Если бы Стас не уклонился, тот врезал бы ему в плечо, причем сильно, опрокинул бы на пол и оставил синяк. Но главное другое — тогда Стас точно не успел бы покинуть сектор. Брус втянулся обратно, за дырой мелькнула голова с соломенными волосами, грубое лицо с отвисшей губой — один из оперативников. Он насмешливо ухмыльнулся. Стас, показав ему кулак, рванул дальше.

— Десять... девять...

Он бежал что было сил, створки были уже недалеко. И тут навстречу ему маятником качнулся еще один брус, обмотанный тканью и подвешенный на тросике, который уходил в темную нишу на потолке.

Вот этого Стас не предвидел, никакое «шестое чувство» не сказало ему, что такое произойдет, и брус мягко врезался в грудь.

Словно большой туго набитой подушкой ударили. Воздух из легких выбило, и Стас упал на спину.

— Пять... Четыре... — монотонно бубнил голос Афанасия Гринберга, руководителя научного отдела КАСа.

Проклиная все на свете, Стас вскочил и бросился дальше.

Створки впереди сдвинулись. Тихое «Хлоп!» — и коридор перегородила железная стена.

— Один... Ноль.

Шипение сзади. Прыгнув к створкам, Стас ударил по ним кулаком. Оглянулся.

— Извини, Маг, сам виноват.

Лишь по легкому дрожанию воздуха да едва слышному шипению скрытых пульверизаторов можно было понять, что газ пошел.

— Идите вы на хер, сволочи! — с чувством выдохнул Стас, опустившись под створками на корточки, и закрыл глаза.

И тогда все содрогнулось — бетонные стены, пол, перекрытый выход из лабиринта...

— Стас! Очнись! Скорей, они идут!

Стас. Я — Стас Ветлицкий.

Его снова встряхнули, и он сел на кровати. Видение сгинуло, Стас-Маг уставился на коротко стриженную черноволосую девчонку.

Яна Короткова. Невысокого роста, круглощекая, с большими карими глазами и улыбкой до ушей, напоминает «анимешку» — персонажа из какого-нибудь «кавайного», то есть «миленького», японского мультика. Яна всегда любила животных, а особенно — лошадей. После интерната она уехала аж в Пятигорск, чтобы поступить в училище при тамошнем ипподроме, и теперь, вернувшись в свой родной Питер, постоянно участвовала в скачках. Стасу такая работа всегда казалась несколько экзотичной для девушки — ведь профессиональными жокеями чаще становятся мужчины. Он не знал, добилась ли Яна чего-то в своем деле... По крайней мере, в жокейском наряде, картузе и сапожках она наверняка смотрится очень прикольно.

— Они идут, а ты вдруг вырубился! Нужно бежать!

— Яна, — произнес он хрипло.

— Да, так меня звать. А ты — Стас. Я тоже вспомнила сейчас. Слушай — они уже рядом!

Теперь и Стас услышал — над головой кто-то расхаживал, доносились голоса.

— Сколько я был в отключке? — шепотом спросил он.

— Минут десять. Я пробовала тебя растолкать, а ты только дергался и бормотал... По-моему, они обыскивают все здание.

Шаги над головой стали громче — несколько человек ходили совсем рядом с лифтовой шахтой. Стас и Яна, затаив дыхание, уставились на темный потолок, по которому ползали красноватые ответы пламени свечи. Наслюнив пальцы, Стас погасил огонек, и наступила непроглядная темнота.

— Ну, вот вам лифт, — приглушенно донеслось сверху. — Теперь что?

— Проверь, вот что, — ответили ему издалека. — Мальков передал: шахта лифта. Схрон где-то там.

— Ага, в цехе с кругом и стрелой. А на этом ничего не было.

— А пятно от мела, забыл? Может, стерли знак.

— Да тут тех пятен по всей фабрике!

— Все равно проверь.

Подошвы ботинок стукнули о стальной лист. Скрежет... и тут раздался еще один голос:

— Горбонос, у них там след! В соседнем здании на полу свежая кровь!

После секундной паузы раздалось:

— За мной!

Стальной лист прогудел, когда спустившийся в шахту человек оттолкнулся от него и подпрыгнул. Торопливо простучали и стихли шаги.

— Бежим! — зашептал Стас, вскакивая. — Пока не вернулись!

Он быстро зажег свечу, сунул в огонь записку Шута. Бросив горящий клочок в стакан, стал запихивать свою старую одежду в сумку. Только теперь Стас обратил внимание на то, во что успела переодеться Яна — плотные черные колготки, туфли, кофточка и платье... совсем не по погоде, очень уж короткое.

Перехватив его взгляд, девушка прошептала:

— Этот... Шут или как его — сволочь! Шутник! Такое мне подсунул!

Пригибаясь, они пересекли коридор вдоль рухнувшей плиты перекрытия. Стас сдвинул стальной лист и подставил сложенные в «замок» руки. Яна залезла наверх, оттуда донеслось:

— Никого не видно. Давай за мной!

* * *

— Организовать все это мог только Жрец, — сказал Титор. — Из тех троих, что сбежали раньше, только у него хватило бы ума. Одно не могу понять: кто стрелял по нашим людям? Судя по описанию Горбоноса, мужчина в возрасте, бородатый, плотный...

— А может, замаскированный Шут? — предположил Мальков. — Иван Степанович, я опять звоню Горбоносу?

Титор кивнул и поморщился, вспоминая бессвязный лепет Павла Сковороды.

— Этот идиот — религиозный маньяк. Мистик доморощенный, мать его. Всерьез думает, что Комитет — прикрытие для какой-то церковной конторы, что мы все — попы в штатском, аномалы одержимы бесами, и сам он тоже одержимый.

Мальков пожал плечами и постучал ногтем по ушной гарнитуре. На самом деле КАС был создан около трех лет назад по инициативе какого-то очень важного человека в правительстве. Кто он, знал только Директор да еще, возможно, Дина Андреевна Жарикова. Сам Директор, имеющий чин генерала, до того работал в Службе внешней разведки и главой КАСа стал потому, что был лично знаком с Куратором.

Ну а поводом для создания Комитета, насколько знал Титор, была Сущность. Она попала в руки ФСБ, и Куратор очень заинтересовался ею, как прямым доказательством существования чего-то, неизвестного земной науке и необъяснимого при современном уровне знаний. Иван Титор окольными путями осторожно пытался выяснить, кто такой Куратор, но не смог — встречи того с Директором если и происходили, то в строгой секретности и вне стен КАСа. Однако ясно было, что возможности у этого человека огромные, а иначе как объяснить, что Комитет сформировали силами МВД и ФСБ в течение всего нескольких месяцев, что ему выделили здание, когда-то бывшее секретным научным объектом КГБ?

Приземистый цилиндр, огороженный четырехметровым забором, стоял на тихой улочке на окраине Москвы и усиленно охранялся. Здание имело несколько подземных этажей — «уровней», как их называли служащие, — вертолетную площадку, автономную энергосистему, способную обеспечивать его электричеством в течение недели, гараж, собственный медцентр, оранжерею, теплицы, лаборатории, мастерские и еще много чего. Средства на поддержание всего этого отчислялись не напрямую из государственного бюджета, но поступали на счета КАСа из правительственного спецфонда. При том что, Комитет был не совсем законнорожденным дитятей двух родителей, напрямую им не командовал никто из них. Каким-то образом он был выведен из-под опеки даже ФСБ, подчиняясь, судя по всему, только Куратору. Что же это за человек? — гадал иногда начальник оперативного отдела. Какой вес он имеет в государстве, если способен в кратчайший срок создать такую организацию и придать ей автономный статус? И каковы его конечные цели?

Возникнув, КАС почти сразу начал охоту на аномалов. Первыми была поймана пожилая чета с севера Украины, которую нелегально перевезли в Россию и стали исследовать в научном отделе Комитета. У мужчины за счет неестественно развитых височных долей было гипертрофированное обоняние — ни одна собака или акула не способна похвастаться таким, и главное — он обладал способностью это обоняние включать и отключать, без чего жизнь аномала превратилась бы в ад. Его жена имела другой, более опасный и зловещий дар — усилием воли она умела глушить импульсы в спинном мозге, парализуя людей. В процессе исследования и опытов в лабораториях КАСа ее способности постепенно развивались, так что вскоре она научилась ощущать движения заряженных частиц в электрических цепях.

После того как этих двоих свели с Сущностью, закрытой на нижнем, самом глухом уровне здания, их дар скачкообразно усилился. Нюхач, как называли мужчину, в результате обезумел, захлебнувшись в бушующем океане запахов, а Электра попыталась вырваться из здания, по очереди отключая охранные системы на уровнях и этажах, и лишь выстрелы Ивана Титора остановили ее в холле Комитета, прямо перед настежь распахнутыми центральными дверями, под которыми лежали трое обездвиженных Электрой охранников. Прежде чем умереть, женщина успела полоснуть своего убийцу по лицу длинным осколком стекла, который прятала в рукаве.

...Пока Мальков говорил Горбоносу, что необходимо найти здание позади дискотеки, на воротах которого нарисован особый знак, «стрелка в круге», Дина Жарикова закрыла чемоданчик с «дознавателем». Положила на колени принесенный из БМВ черный рюкзак, откинув клапан, достала кожаный футляр. Раскрыла — внутри лежали пять одинаковых предметов, похожих на большие тяжелые авторучки. Посередине из каждой выступал маленький спусковой крючок.

— Новая «электра»? — догадался Титор. — Целых пять сделали...

— Опытный экземпляр хорошо прошел испытания, и Директор заказал нашей лаборатории еще несколько.

Иван достал одно устройство из футляра, повертел в руках. На тонком прямом конце «электры» виднелся раздвоенный кончик иглы, спрятанной в тускло поблескивающем корпусе. Эту штуку в лаборатории КАСа официально именовали «Шок-парализатор, модель № 1», а создали его после исследований дара покойной Электры. Опытный образец был однозарядным, сделав выстрел, приходилось развинчивать его и вставлять новую иглу. Аккумуляторы в иглах работали на принципиально новой схеме, не имеющей аналогов в мире. Попадая в цель, игла выплескивала мощный разряд, на несколько минут выводя жертву из строя.

— Внутри каждой пять игл, — пояснила Дина. — В иглах новшество — добавлен препарат, который парализует на срок от одного до двенадцати часов. На каждой игле верньер, его надо подкрутить в нужную позицию, там стоят цифры, сам увидишь, чтобы задать количество вещества, впрыскиваемого при попадании.

— А зачем тогда вообще электричество, если теперь есть этот препарат? — спросил Титор.

— Вещество не парализует мгновенно, для этого нужно несколько секунд. А если противник за это время выстрелит в тебя, или ударит ножом, или вырвет чеку из гранаты? Электроудар помешает ему, потом вступит в действие наркотик. Раздай «электры» своим людям.

Дина положила футляр на сиденье рядом с Иваном и открыла дверцу.

Развинчивая «электру», чтобы осмотреть новые иглы, Титор искоса наблюдал за женщиной. Покинув машину и отойдя подальше от Василия, подпирающего фонарь, она поднесла к уху мобильный телефон.

— Их обнаружили, — громко объявил Мальков. — В столовой на полу лужа крови.

— В какой столовой? — Иван посмотрел на него, отведя взгляд от «электры».

— Заводская столовая недалеко от здания дискотеки. Кровь свежая. Горбонос доложил, что они идут по следу.

Титор незаметно покосился на Дину. Не опуская трубки телефона, она подошла ближе к машине и внимательно слушала Малькова через раскрытую дверцу.

* * *

Усевшись за руль своего «Форда», Егерь положил портфель на сиденье рядом. Тонко запиликал телефон, он достал трубку и сказал:

— Говори.

— Есть новая информация.

Синтезатор не передавал интонаций, но собеседник произносил слова быстрее, чем обычно — соратник из КАСа торопился.

— Они укрылись на заводе, в одном из цехов. Для них был приготовлен схрон.

— Я не мог там оставаться, — сказал Егерь. — Слишком много касовцев.

— Похоже, след найден, — добавил голос. — Жди сообщений и будь поближе.

Егерь поглядел на умолкшую трубку. Возвращаться не хотелось, он хорошо представлял себе, как оперативные сотрудники Комитета сейчас прочесывают территорию завода, цех за цехом... Бывший подполковник Захарий Павлович Егоров знал, как проводятся подобные операции.

В прежней жизни он был правоверным коммунистом — не просто сторонником этой идеологии, но убежденным борцом. Сам склад его характера требовал подчинения какой-то высшей цели, он не мог существовать, как большинство, просто чтобы есть, спать, пить, размножаться и зарабатывать деньги на то, чтобы делать все это с большим комфортом. В КГБ Егоров занимался борьбой со шпионской, диверсионной, террористической и иной подрывной деятельностью иностранных разведок, выявлением зарубежных шпионов, предотвращением саботажа на важных советских объектах и утечки засекреченной информации.

Он решил, что даже сейчас, когда вокруг полно касовцев, не может бросить дело. Придется снова вмешаться. Надо подъехать поближе, чтобы, если придется спешно отступать, до машины было недалеко, и ждать сигнала от соратника.

Старый «Форд», тихо порыкивая двигателем, развернулся к заброшенному заводу. В полосе фар мелькнуло покрытие раздолбанной дороги, сплошные выбоины и ямы. Егерь поехал по ней.

...Такие же, а то и куда хуже дороги были в сибирской глуши, где Захарий Егоров встретил первого в своей жизни одержимого — сильно пьющего старика с безумными глазами и диковатыми повадками, единственного выжившего обитателя глухой деревни, население которой состояло всего из тринадцати человек. С ними произошло нечто странное, медэксперт лишь разводил руками: такое впечатление, что жидкости в телах этих людей просто вскипели, и причину он определить не мог.

Деревня находилась неподалеку от секретного оборонного объекта, где пропала важная документация, поэтому дело и попало к майору Егорову, прибывшему на место в качестве начальника следственной группы. Помимо него группа состояла из двух лейтенантов, один давно помогал майору, второй, по фамилии Величко, был новичком.

Связи между двумя событиями, кончиной людей и пропажей документации, они не обнаружили, но проигнорировать странные смерти деревенских не могли. Выживший старик нес всякую чушь, и Егоров собрался везти его в Москву. По всему выходило: тот что-то знает и скрывает от следствия, а может, напрямую замешан в произошедшем.

В ночь перед отъездом подозреваемый был убит — ему размозжили голову, превратив мозги в кашу. Убийца действовал в спешке, не успел толком замести следы, и Егоров быстро вычислил, что преступник — лейтенант Величко. Ничего не оставалось, как арестовать его и доставить в Москву. Майор передал Величко следователю... И спустя две недели узнал, что лейтенант отпущен. Следователь на вопрос сухо ответил, что «убедился в непричастности подозреваемого», а когда Егоров попытался разобраться, ему позвонил человек из Главного управления и вежливо, но строго посоветовал не вмешиваться в дела, которые майора не касаются.

...Дорогу впереди перекрыла глубокая яма, и Егерь свернул. То и дело выворачивая руль, пересек пустырь, где в лощинах между горами мусора и битого кирпича еще лежал снег, и оказался на другой дороге, выглядевшей ненамного лучше предыдущей.

Снова пиликнул мобильник.

— Ложный след, — сообщил синтетический голос. — Задержали пару изувеченных хулиганов, но это не наши клиенты.

— Ясно, — буркнул Егерь. Догадаться, что касовцы взяли двух гопников, было нетрудно.

— Вероятно, одержимые уже покинули территорию завода, — продолжал собеседник. — На МКАДе плотный контроль, там им не просочиться. Они постараются уйти от этого места подальше, но пешком по холоду... Вероятно, захотят поймать машину. Пока что одержимые где-то рядом, постарайся перехватить их. Возможно, в дальнейшем буду присылать эсэмэску.

Когда собеседник отключился, Егерь остановил «Форд», прикинул направление и стал разворачиваться. Если одержимые бегут от фабрики, то их можно засечь на шоссе или рядом.

Ему не нравилось, что им командуют вот так напрямую. Лучший охотник Пси-Фронта привык получать лишь развединформацию и действовать самостоятельно, а сейчас синтетический голос не просто передавал данные, но и говорил, что следует сделать. Звонки с приказами и советами сбивали с привычного алгоритма действия, раздражали. Однако пока что выбора не было, и Егерь поехал обратно к Варшавскому шоссе.

...Много лет назад, поняв, что столкнулся с большой и опасной тайной, майор Егоров не испугался, просто стал крайне осторожным. В течение нескольких лет он аккуратно выискивал информацию и постепенно понял, что внутри КГБ существует особый... отдел? служба? подразделение? Нет, скорее это был некий отросток, часть чего-то, какой-то иной — но не капиталистической, не враждебной СССР — организации, цели и задачи которой оставались для Егорова непонятными. Убийца лейтенант Величко из Управления разведки исчез, но однажды Егоров, к тому времени уже подполковник, столкнулся с ним у входа в здание КГБ. Он так и не понял, ждал его Величко или случайно проходил мимо. Лейтенант хлопнул Егорова по плечу, сказал: «Все копаешь, разведчик? То, что ты пока узнал, мы тебе позволили узнать, но на этом закончим. Когда-нибудь позже расскажу остальное», — после чего Величко быстро ушел, не обратив внимания на оклик Егорова.

В течение двух лет после этого он не видел Юрия Величко. А тот сказал правду — больше про таинственную организацию подполковник ничего выяснить не смог.

Потом СССР развалился. Исчезло не просто великое государство — умерла сама концепция равноправного, справедливого, лишенного эксплуатации общества. Не стало КГБ, страна катилась под откос. Это был крах и Системы, и жизни Захария Петровича Егорова. Идея, ради которой он жил, которой посвятил долгие годы работы, из-за которой так и не завел семью, считая, что великая цель важнее, растаяла, как кубик масла на раскаленной сковороде.

Однажды вечером, вскоре после увольнения, небритый, помятый, никому не нужный, он сидел на кухне своей квартиры и допивал бутылку водки. Подполковник Егоров был близок к тому, чтобы покончить с собой. Но прежде он хотел напиться, а водка никак не брала. Он опрокидывал в себя уже четвертую полную до краев стопку, когда раздался звонок в дверь.

На пороге стоял Юрий Величко в туристическом костюме, кроссовках, со спортивной сумкой на плече. Егоров впустил его. Величко сказал, что есть серьезный разговор, от водки пока отказался, и они сели в гостиной, где лейтенант (как вскоре выяснилось — бывший) достал из сумки несколько папок.

Без обиняков гость сообщил, что в Сибири убил старика потому, что тот был одержимым. А потом начал рассказывать. И показывать фотографии. Газетные вырезки, документы, многие из которых были помечены грифом «совершенно секретно», карты и спутниковые снимки, диаграммы и заключения медэкспертов...

Он поведал Егорову про паранормальные места — те, которые в разное время посещали инопланетяне. Про одержимых, чьи сознания захвачены, подчинены альенами, хотя такие люди чаще всего даже не осознают этого. Ведь что такое человеческое сознание? Его можно сравнить со сложной операционной системой, состоящей из множества программ, утилит и драйверов: инстинктов, врожденных и приобретенных способностей, наклонностей, предрасположенностей... Альен внедряется в человеческий мозг подобно вирусу, тайно подсаженному в операционную систему компьютера, и так же, как вирус, он меняет некоторые ее функции и свойства. Очень часто это приводит к уникальным способностям одержимых, как у того старика, который случайно забрел в аномальный таежный район и приобрел дар дистанционно нагревать жидкости, то есть ускорять хаотическое движение молекул в них. Это он позже и проделал со своими односельчанами, просто вскипятив кровь в их телах...

Захарий слушал с изумлением, потом — только с легким удивлением и недоверием, а потом... Потом он поверил. Произошло это уже под утро, за второй бутылкой водки, когда перед его глазами прошли все документы, вырезки, фотографии, карты, справки и диаграммы из папок Величко. Они были убедительны, но главной причиной стало другое: Захарий Петрович Егоров остро нуждался в новой цели, которая придала бы его жизни смысл.

Теперь цель появилась: спасти человечество от альенов. Этим и занимался Пси-Фронт, членом которого был Юрий Величко. Бывший лейтенант предложил отставному подполковнику работать в паре.

Так Егоров стал уфологом. Над этой братией часто смеются, он и сам недолюбливал большинство из них. Романтики, наивные мечтатели, они надеются на какой-то контакт, сотрудничество с альенами, в простоте своей полагая, что те — вроде ангелов, которые спустятся с небес и одарят человечество всякими благами. Лишь очень немногие понимают, что инопланетян можно уподобить скорее демонам, исчадиям зла, что ничего хорошего от чужого разума, развивающегося в других мирах, землянам ждать не приходится.

Вместе с соратниками Егерь отслеживал по всему миру странные события и странные места. За такими районами велось наблюдение, сотрудники Пси-Фронта мониторили Интернет, обменивались новостями. Некоторые из них работали в солидных организациях, в богатых корпорациях, в ООН, ЮНЕСКО, Гринписе, в спецслужбах, имели доступ к информации, которая не попадала в газеты и на телевидение. Полученные сведения проверялись, на их основе вычислялись одержимые, после чего начиналась охота.

Через несколько лет, набравшись опыта, Егерь стал работать один, а бывший напарник перешел на службу в штаб Пси-Фронта. Где он находится, кто там командует, есть ли у Пси-Фронта единоличный лидер — всего этого Егерь не знал. Он хорошо осознавал: враг силен, поэтому конспирация крайне важна. И он был слишком благодарен Пси-Фронту, чтобы усомниться в его целях и методах. В конце концов, организация вернула смысл его жизни...

Оставив другим аналитику и сбор разведданных, Егерь довольствовался ролью полевого работника, охотника-убийцы, и в деле этом достиг наивысшей квалификации. По телефону он регулярно общался с бывшим напарником, получая от него указания. Величко (известный в Пси-Фронте под псевдонимом Великий) на территории СНГ координировал несколько оперативных групп и одиночных охотников. Потом Великого во время сложной акции, где он вынужден был присутствовать, убили одержимые, и Егерь стал получать задания от других сотрудников Пси-Фронта.

Совесть не тревожила его никогда, как и сомнения в своих действиях. Невзирая на все убийства, которые Егерю довелось совершить, он знал, что невиновен.

Под колесами «Форда» трещали камни и куски старого асфальта. Подавшись вперед, охотник сощурился — по обочине, спиной к машине, быстро шли двое. Парень и девушка.

Это они. Егерь поправил шапочку и начал вдавливать педаль газа, постепенно увеличивая скорость. Повезло, успел...

* * *

Когда Маг выглянул из цеховых ворот, рядом никого не было, хотя где-то поблизости раздавался топот и крики, а по кирпичной стене перед ним ползали световые пятна от фонариков. Рядом заорали:

— Стой! Стоять, сука, пристрелю!

В ответ невнятно загнусавили, потом донесся звук удара и кто-то вскрикнул.

Кивнув Яне, Стас бросился в другую сторону. Они нашли дыру в заборе, пролезли через нее и побежали дальше.

— Шут — это Мишка! — вдруг сообщила Яна, будто все время только об этом и думала. — Только он мог так пошутить!

Остановившись, чтобы перевести дух, она одернула юбку и обхватила себя за плечи.

— «Мини» при такой погоде!

— Тебе идет, — попытался успокоить ее Стас. — И про теплые колготки он все же не забыл. Отдать тебе мою куртку?

— Мне все идет! — отрезала она, снова шагая вперед. — Но оно слишком короткое, да и вообще, я бриджи предпочитаю. Слушай, ты все вспомнил?

Они спешили вперед, часто оглядываясь. Фабрика осталась за пустырем с рощицей, цеха скрылись за деревьями. Было холодно, облачка пара вырвались изо рта.

— Мы были в плену у какой-то организации, — медленно произнес он, хмуря брови. — Нас исследовали. Помню серые коридоры, одинаковые комнаты...

Сейчас перебьет меня.

— ...И одинаковые дни, — перебила девушка. — А помнишь эту... дрожь?

— Что? — удивился Стас.

— Такая мелкая вибрация, которая пробивалась откуда-то снизу. Только дрожали не пол со стенами, а... Яна похлопала себя по темени. — Дрожало в моей голове. Очень неприятно. Иногда сильно, иногда совсем слабо. Волны шли снизу, ну, с этажей ниже того, где находились мы. Там был источник этой дрожи. Но зачем нас исследовали? Хорошо, мы — аномалы, но что это значит?

— Паша сказал, что я интуит. Я... — Он помолчал, соображая, как объяснить. — Когда я вырубился, мне привиделся их тренажер. Надо было двигаться по коридору, а на пути возникали всякие ловушки. Люк раскрывался под ногами, или что-то высовывалось из стены. Если ловушки были механические, я попадался в них. Но если участвовал человек — успевал увернуться или присесть.

— Что это значит? — удивилась она. — Ничего не поняла.

— Как бы объяснить... Ну, вот только что я знал, что ты...

Где остальные?

— ...А сейчас ты заговоришь про других! — выпалил он.

И тут же она спросила:

— И что с другими?

И захлопала глазами, растерянно глядя на Стаса. Он кивнул:

— Вот про это я и говорю. Иногда будто накатывает что-то — и я понимаю, что ты сейчас скажешь. Или сделаешь. Идем в сторону шоссе, нам нужно убраться отсюда как можно дальше.

Девушка выглядела растерянной, и Стас, огибая большую лужу, затянутую ледяной корочкой, стал пояснять:

— Я могу предвидеть, что собираются сделать или сказать люди, то есть их намерения. Кажется, так. Не всегда и не очень четко, но могу — это мой дар. А другие, которые были вместе с нами... Сейчас у меня вроде получилось вспомнить их. Но все мы, кто был в том походе, изменились. С нами что-то произошло. Это... это было как взрыв, как попасть в центр атомного гриба. Какое-то кипение, бурление... — Он потер лоб. — В голове начинается такая муть, когда пытаюсь вспомнить! А у тебя?

— Помню только свет, — сказала Яна. — Белый свет и тени. От них становится страшно, так мучительно, как во сне, когда кошмар и не можешь проснуться, поэтому я сразу перестаю вспоминать.

— Что-то произошло со всеми нами, — повторил Стас, поправляя ремень сумки на плече. — Теперь давай к тем деревьям, видишь, которые возле оврага. Так вот, после того события на косе нас исследовали, ставили эксперименты. Потом кто-то из наших сбежал. Не знаю, кто. А теперь сбежали мы. Ты помнишь остальных? Мишка, Артур, Борис, Ксюха, Алена. Нас ведь было семеро, правильно? Мы вместе учились в интернате. Мишка...

— Он такой толстый и шумный, — подхватила она. — После интерната жил в Белоруссии, занялся каким-то бизнесом, только, по-моему, пока не слишком удачно. Так? Про его мать ничего не помню, а отец давно сидит в этой...

— В ИТК. По-моему, Мишка как-то говорил, что его обучение в интернате оплачивали папашины кореша.

— Правильно! Теперь Алена: она после специнтерната устроилась преподавателем литературы, увлекалась поэзией, сама писала стихи и даже несколько раз публиковалась в поэтических антологиях.

— Ну да, а Артур программист в «Гугле».

— Ага! Он умный. И красавчик, — улыбнулась она. — Только не в моем вкусе, слишком изящный. Боря — тот молчал всегда. У Артура светлые волосы до плеч, а Боря брюнет, стрижется коротко. Я верно говорю? Он работает... он...

— Охранник в супермаркете, кажется. Алена — поэт. Или поэтесса, как правильно? А Ксюха — тренер по карате в спортивном клубе.

— Так что будем делать, Маг?.. То есть Капитан. Ты ведь Капитан? — Яна первая перебежала по шатающейся бетонной плите, которая была перекинута через овраг. — Надо же что-то решить. Поедем в то место, о котором было сказано в записке?

— В Киев? Но мы под Москвой!

— Но Амазонка будет ждать там. Амазонка — это, наверное, Ксюха. Значит, надо доехать до того поселка, что у границы...

— Новая Гута, — подсказал Стас. — Я там был, когда ездил в Украину. Гута в Белоруссии — туда заезжаешь спокойно, а вот чтобы оттуда попасть в Украину, надо пройти через таможню. Или... ну, как-то в обход, нелегально. Значит, нам надо на Киевскую трассу, поймать машину. Я раньше ездил автостопом. Точно не помню, но, кажется, много раз ездил. И вообще, часто имел дело с машинами. Короче говоря, нужна попутка, проехать какое-то расстояние на север, потом выйти — и на юг, к Киевской трассе.

Миновав рощу, они вышли к раздолбанной асфальтовой дороге, и Стас сказал:

— Она ведет обратно к Варшавскому шоссе, больше просто некуда. Идем вдоль нее, а если проедет машина, попробуем остановить. Сейчас главное двигаться от Москвы.

Они быстро зашагали вдоль дороги, и тут же Яна сказала, оглянувшись:

— Едет.

Сзади показались огоньки фар — аномалов догонял автомобиль, и Стас поднял руку.

* * *

Егерь стиснул руль и приготовился. «Форд» подпрыгивал на ухабах, но охотник не замечал этого, вглядываясь в парочку впереди. Они то появлялись в свете фар, то пропадали в серых сумерках. Парень на ходу поднял руку, голосуя. Ближе, ближе... Скрипнув тормозами, машина встала. Егерь распахнул дверцу, выскочил, обежав «Форд», вскинул обрез.

И только теперь, уже почти выстрелив, сообразил, что незнакомец совсем не похож на одержимого. Долговязый тощий детина в дурацкой черной фуражке, кожаных штанах и кожаной куртке с меховым воротником, усеянной железными бляхами. На ногах остроносые сапоги с цепочками. Лицо длинное, лошадиное, близко посаженные глаза... Не похож! Не тот!

Скрежетнув зубами, охотник врезал ему прикладом в живот. Завизжала девица, одетая в том же стиле, да еще и в черной бандане с изображением черепа. Парень согнулся в три погибели. Девица заголосила громче, и Егерь ткнул ее стволом в лоб. Выбивающиеся из-под банданы пряди были лиловыми. Косметика — адская, красно-черная, отчего круглая девичья рожица в ярком свете фар казалась уродливой донельзя.

От удара она плюхнулась на задницу, широко расставив ноги и упершись в землю руками. Протяжно всхлипнула, будто наполовину забитый слив раковины. Парень начал распрямляться, держась за живот.

— Вырядились! — зло бросил Егерь, сообразивший, что принял за одержимых парочку, идущую с той самой дискотеки. — Что ты на себя напялила? На кого похожа, коза драная?!

Он пятерней ткнул в лоб пытающуюся встать девчонку, и она снова уселась на землю. Парень вдруг бросился на Егеря, метя головой в живот, и охотник, быстро отступив в сторону, сделал ему подножку. Он не разбирался в молодежных субкультурах, кто это — панк, металлист, чертов хиппи? Раз обвешан железом, значит, металлист? Короче — рокер.

Парень упал так, что фуражка слетела с головы, а бледное лицо снова попало в свет фар, и теперь Егерь разглядел: у рокера тоже макияж! Черный. Это вызвало новый приступ раздражения. Он год за годом рискует жизнью, спасая... Кого? Вот *этих*?

— Педик! — Егерь ногой отбросил фуражку подальше, а потом этой же ногой врезал рокеру по впалой груди. — Фашист!

И замер — по дороге быстро двигалась машина. Когда она проехала мимо, охотник разглядел рядом с водителем молодого парня, а на заднем сиденье — девушку.

Позабыв про рокеров, Егерь бросился к «Форду». Запрыгнул в салон; сжимая дробовик левой рукой, рванул с места так, что двигатель взревел. Пришлось быстро крутить руль то влево, то вправо, объезжая крупные ухабы, встречи с которыми старая подвеска могла не пережить.

Пиликнул мобильник, но он не стал отвечать. Машина была все ближе — иномарка с двумя выхлопными трубами и овальным задним окном. Здесь он может ее догнать, но на трассе... Камешки и комья земли барабанили по днищу. Положив дробовик на колени, Егерь опустил стекло в дверце. Цепочка огней впереди приближалась — до Варшавского шоссе осталось всего ничего. Там даже в это время суток часто ездят машины, там полиция... Он схватил дробовик, выставил в окно. Прицелился, насколько это было возможно сейчас.

При этом Егерь был вынужден отвести взгляд от дороги — и левое переднее колесо на что-то напоролось. Раздался громкий хлопок, левый борт подскочил, в сторону отлетела угловатая булыга. Егеря сильно качнуло, дробовик едва не вылетел из руки. «Форд» пошёл юзом, пришлось убрать ногу с газа и, вцепившись в руль, выворачивать его влево... потом вправо... потом мягко притормаживать...

Наконец машина встала посреди дороги. А иномарка, укатившая далеко вперёд, свернула на перекрёстке — и пропала из виду.

Егерь повернул ключ зажигания, сунул дробовик в чехол, открыл дверцу и вышел. Всё это — молча, сцепив зубы.

Скат лопнул, его зажевало, скомкав, наполовину стянуло с диска. Запаска есть, но на замену уйдёт полчаса, не меньше...

Снова запиликал мобильник. Он достал трубку и, нажав клавишу, молча приложил к уху.

— Похоже, они окончательно ушли, — произнёс синтетический голос.

— Только что проехали мимо. — Егерь пошёл к багажнику. — Поймали машину, выехали по Варшавскому на юг.

— Сможешь догнать?
— Пробил колесо.

Помолчав, синтетический сказал:

— Учитывая обстоятельства, тебе необходимы помощники.

— Учитывая какие обстоятельства? — Егерь открыл багажник.

— Ты ранил оперативника. Теперь касовцы настороже, а преследовать одержимых вы будете параллельно. Назначь место, приедут эстонцы. Они уже вызваны.

— Не надо, — хмуро отрезал он. — Обойдусь.

— В чем дело, Егерь? Профессиональная гордость? Это глупо, мы делаем одно дело. Миссия — главное. Втроем будет легче.

— Гордость ни при чем. — Охотник раскрыл ящик, где лежал домкрат и прочие инструменты. — Если КАС начнет облаву через полицию, втроем мы будем заметнее. Тем более эстонцы... Нет, пока что остаюсь один.

Не дожидаясь ответа, он выключил телефон.

На замену колеса ушло двадцать пять минут. Вырулив на шоссе, Егерь повернул на юг, куда поехала иномарка с одержимыми. Поправив шапочку на голове — свой талисман, с которым он не расставался вот уже лет десять, — бросил взгляд на светящиеся зеленым цифры слева от руля.

Было три часа ночи. До Контакта, о приближении которого Захарий Павлович Егоров пока не знал, оставалось немногим более шести с половиной суток.

Глава 4
ПОГОНЯ

6 суток до Контакта

Заметая следы, аномалы поменяли еще две попутки и вышли из последней до рассвета, а потом долго шли, пытаясь остановить новую машину. Когда уже давно рассвело, рядом остановился частник в облупленных «Жигулях». Унылый худой мужик лет пятидесяти с необычно бледными губами и темными кругами под глазами покосился на ноги Яны и равнодушно спросил:

— Куда?

Стас, выступив вперед, сказал:

— Вперед по трассе, докуда сможете довезти.

— От Селятино я дальше по Киевской еду.

— И нам туда же. А куда вы вообще?

— В Калугу.

— Нет, до Калуги нам не надо. Перед поворотом высадите?

Мужик перевел взгляд с одного пешехода на другого, словно прикидывал, сколько запросить, но так и не назвал цену — махнул рукой и буркнул:

— Залазь.

— Меня спереди укачивает, — заявила Яна. — Давай я сзади.

Вообще-то, если человека укачивает в машине, то обычно как раз на заднем сиденье, но Стас понимал: она не хочет сидеть впереди, потому что там ее обтянутые черными колготками ноги будут торчать аж до «торпеды», и Унылый будет периодически на них коситься. К тому же Стас и сам не хотел ехать сзади — не любил, привык сидеть спереди.

Позади лежали мешки с какой-то рухлядью, пришлось их сдвинуть. Внутри звякало и хрустело, но хозяин машины не обращал на это ни малейшего внимания, будто ему все до лампочки. Освободив место для Яны, Стас передал ей сумку и уселся сам, и как только закрыл дверцу, машина поехала.

Водитель сразу взял приличную для такой тарантайки скорость — под сотню. Солнце давно взошло, стало теплее. За обочиной проносились деревья. Стас достал из кармана банку пива, которую нашел в сумке, открыл и сделал несколько глотков. Унылый покосился на него, но ничего не сказал.

— Скажите, пожалуйста, а далеко до поворота на Калугу? — спросила Яна, когда они миновали развязку на Селятино.

— Километров сто двадцать, — ответил водитель равнодушно.

— Это... часа полтора ехать?

— Может, и так.

— Понятно, спасибо.

После этого все надолго замолчали. Тяжелый нож, запакованный в кожаный чехольчик на поясном ремне, мешал нормально сидеть, и Стас, покосившись на Унылого, сунул руку под свитер с рубашкой. Осторожно, делая вид, что массирует поясницу, передвинул оружие ближе к копчику. Стало удобнее, и он попытался расслабиться. Распрямил, насколько позволяли габариты «Жигулей», ноги, положил руки на колени. Откинув голову, прикрыл глаза и попытался как-то собрать в порядок все, что узнал за это время. Соотнести свои, все еще обрывочные воспоминания с путаными объяснениями санитара Паши, текстом записки от Шута... Шут — это Мишка, тут Яна права. Какие еще псевдонимы называл санитар? Воин, Жрец, Амазонка... Жрец — может быть, Боря? Он похож, такой сосредоточенный, угрюмый, почему-то языческие жрецы представлялись Стасу именно такими. А Воин? Неужели Артур? А может, это на самом деле Ксюха — просто «воительница» произносить дольше, неудобнее, и ее прозвали так? Но кто тогда Амазонка — Алена? А вот Яна, помнится, предположила, что так зовут именно Ксюху...

Сейчас заговорит.

— Разъездились они сегодня, — донеслось слева, и глаза Стаса распахнулись.

Этот его дар — невероятно, но он действительно работает! Никакой телепатии, как в фантастических фильмах или книгах, никакого прямого чтения мыслей, скорее... скорее *ощущение намерений*, вот как это можно назвать. Кажется, все получается тем лучше, чем ближе находится человек, плюс еще помогает, если Стас на него смотрит. И если он в спокойной обстановке, нет какой-то прямой угрозы. Сейчас Стас не глядел на Унылого, но тот был совсем рядом — и он ощутил намерение водителя заговорить, почувствовал буквально за секунду до того, как прозвучали слова.

Унылый притормозил, сдав к обочине. Мимо пронеслись три полицейские машины, у головной была включена мигалка. На повороте впереди одна машины свернула с шоссе, а две поехали дальше и вскоре пропали из вида.

Яна со Стасом напряженно молчали. Вскоре «Жигули» миновали одну из тех двух машин, которые не свернули — она стояла у обочины, наружу как раз выбирались полицейские. Унылый пробурчал:

— Успели мы... Чуток позже — они б нас тормознули. Интересно, что такое случилось, никогда раньше эти сволочи тут не стояли.

За окном был однообразный пейзаж — серые поля, деревья без листьев... Захотелось спать, и Стас, допив пиво, прикрыл глаза. В полудреме он снова и снова вслушивался в «ментальный фон» спутников. Он до сих пор не мог поверить в свой дар, хотелось то и дело убеждаться, что новый талант при нем, служит ему. От водителя веяло только унынием, а вот Яна сзади нервничала — это ощущалось как едва уловимая дрожь, словно легкая кипень ментальных вод, через которые плыл корабль его сознания.

А ведь в том месте, в бетонном нутре лабораторного центра, где их держали, Стас тоже чувствовал дрожь. Но тогда она была более неприятной, даже пугающей — словно темные волны, идущие откуда-то снизу... Ну да, про них говорила Яна в схроне, не он один их тогда ощущал. Что же это за исследовательский центр, куда все они попали после события в Карелии? Скольких работников Стас видел? Совсем немногих, но само сооружение было, кажется, довольно большим, техническое оснащение — сложным и наверняка дорогим. И уж, конечно, для обслуживания здания и техники требовалось гораздо больше народу, чем показывалось Стасу на глаза.

Получается, они с друзьями попали в руки какой-то серьезной организации. Санитар утверждал, что этот, как он говорил, «Комитет» — тайный филиал Церкви, но Стас не поверил ему тогда, не верил и сейчас. Слишком бредово звучит, скорее уж за ними охотится правительственная спецслужба.

Хотя Стас помнил то место смутно, но темные волны, часто шедшие откуда-то снизу, хорошо сохранились в памяти. И еще в сознании всплыло слово, пару раз случайно услышанное от работников Комитета: *Сущность*...

Стас проснулся потому, что машина начала притормаживать и он немного сполз с сиденья. Открыв глаза, увидел желтые приземистые здания у дороги, а еще — синюю вывеску: «ОБНИНСК. 10 км».

— Балабаново проезжаем? — сообразил он. — А почему тормо...

И замолчал. Впереди была полицейская будка со штангой на крыше, от которой к ближайшему столбу тянулись провода. У обочины стояли большой белый «мерс»-кубик и семейный «Рено». На глазах Стаса «Мерседес» начал отъезжать, открыв стоящего за ним полицейского. Его коллега как раз общался с водителем «Рено», а этот, шагнув на дорогу, взмахнул полосатой палкой, приказывая остановиться.

— Оборотень в погонах! — с чувством сказал Унылый, тормозя.

— Они здесь часто дежурят? — спросил Стас, ощутив напряжение, которое плеснулось сзади, от молчащей Яны. Он сунул руку под рубашку, не вполне уверенный в том, что решится ударить ножом человека.

— Стоят-то они здесь всегда, — проворчал Унылый, останавливаясь у бордюра позади «Рено», который как раз начал отъезжать. — Но не тормозили раньше. Облава у них, что ли, ищут кого-то?

Он стал опускать стекло со своей стороны, в том время как полицейский, сунув палку под мышку, направился к их машине, сквозь лобовое стекло внимательно разглядывая пассажиров.

* * *

Давно рассвело, но под лифтовую шахту дневной свет почти не проникал, пришлось включить фонари.

Пока Титор осматривал помещение, его люди оставались наверху. Вскоре в дыру, раньше закрытую листом железа, заглянул Мальков. Окинув комнату взглядом, спрыгнул, отряхнул ладони и сказал:

— Парни Горбоноса прочесали всю округу, аномалов нигде нет. Нашли что-то интересное, Иван Степанович?

Титор покачал головой и спросил:

— Где Дина?

— Уехала говорить с полицейским начальством. Не все вопросы можно решить по телефону.

— Лучше бы она не возвращалась. Ладно, здесь больше ничего интересного, поднимаемся.

Возле лифтовой шахты дежурила пара бойцов, у ворот были еще трое. Василий сидел в микроавтобусе с раскрытыми дверцами и курил, а Горбонос с тремя своими людьми как раз шел через двор. Титор повернулся к Малькову, чтоб отдать новый приказ, но увидел по выражению лица, что тот слушает голос из гарнитуры, и промолчал.

— Их обнаружили на трассе, — сообщил заместитель, закончив разговор. — Иван Степанович, надо срочно ехать. Это далеко, у Обнинска.

— Все по машинам! — скомандовал Титор, быстро направляясь к микроавтобусу.

* * *

Розовощекий, с оттопыренными ушами, доброжелательный мент скользнул взглядом по пассажирам, после чего, проверяя права с техпаспортом, участливо спросил Унылого, откуда тот едет, давно ли за рулем, не устал ли... На плутоватом крестьянском лице были только лишь забота и доброта.

Когда водитель заверил, что не устал, мент попросил дыхнуть.

— Это еще зачем? — оскорбился Унылый, распрямляя спину.

— Дыхните, дыхните, — настаивал розовощекий.

Унылый дыхнул.

— Пахнет, — констатировал мент.

— Да не пил я! — возмутился Унылый.

— Сегодня, может, и нет, а вчера добре вмазали, а? — Мент чуть ли не подмигнул, лицо его стало совсем свойским, вроде они с водителем «вмазывали» вчера совместно. — Спирт до сих пор в крови...

И тут Унылый озверел. Бледное лицо его покраснело, глаза налились кровью, и он заорал:

— Ты как смеешь?! У меня цирроз печени! Я умираю от него, врачи не больше года дают! Я десять лет в рот не брал... ни глотка, ни капли... А этот... оборотень в погонах! Мздоимец в форме! Какое «дыхните», какой «спирт»?!!

Он орал и брызгал слюной. Мент посуровел, отодвинулся от машины и, приняв официальный вид, велел:

— Гражданин, покиньте транспортное средство.

— Чего?! — опять заорал Унылый. — Почему это?! У меня права не в порядке?!! Талон?!!! У меня все нормально!!!

На крики из будки вышел еще один полицейский, с автоматом через плечо.

— Выйти из машины! — приказал розовощекий.

Унылый судорожно схватился за ручку, рванул дверцу, весь дрожа от возмущения, выбрался наружу.

— Алкаш, — бросил мент презрительно. — Нажрутся, а потом — «цирроз», «десять лет не пью»...

Видно было, что теперь он намеренно выводит Унылого из себя, и это ему вполне удается.

— Ну, гады проклятые... — От возмущения тот уже не мог кричать, лишь сопел, как астматик. — Такие, как ты, государство и развалили... Из-за вас коррупция повсюду, рыба в реках дохнет, земля не родит, женщины тоже...

Мент оставался сух и официален:

— Пройдемте, гражданин. Необходимо проверить документы. А эти двое кто?

— Мы просто попутчики, — пискнула Яна. — Скажите, а надолго вы задерживаете товарища?

— Сейчас разберемся. Пройдемте!

Он прихватил Унылого за локоть и повлек к будке. Как только вместе со вторым полицейским они зашли туда, Яна наклонилась вперед между сиденьями, схватив Стаса за плечо.

— Мне это не нравится!

— А кому же такое понравится?

— Нас в машине ничего не держит. Давай пешком пойдем.

Она взялась за ручку, чтобы открыть дверь, но Стас сказал:

— Нет-нет, подожди. Подумай: если бы у них была ориентировка на нас, он бы не просил водителя дыхнуть, не повел бы в будку. Он же у нас даже документы не спросил. Мент просто деньги хотел с этого унылого срубить, ну, как обычно, а тот крик поднял... Сейчас он им заплатит, никуда не денется, либо ему штраф впаяют, и дальше поедем.

— А если полицейский выйдет и у нас документы потребует? — спросила Яна.

Из будки доносились возбужденные голоса, потом раздался телефонный звонок. Яна снова начала говорить, но Стас поднял руку:

— Подожди!

Ощутив что-то, он прикрыл глаза и даже прижал ладони к ушам.

Теплый парок эмоций пробивался из будки, чувства и мысли хаотично клубились, но Стас понимал, что там происходит: *недовольство, раздражение, ярость...*

И вдруг — всплеск интереса! А за ним вспышка понимания. Яркая, жгучая...

После этого в будке заговорил краснощекий, и остальные голоса разом смолкли. Слов Стас разобрать не мог, но чувствовал интонацию, направленность, общий смысл.

Наступила тишина. Дверь раскрылась, из будки шагнул краснощекий, уже без полосатой палки. На ходу поправляя фуражку, направился к машине — походка напряженная, рука лежит на расстегнутой кобуре.

За ним, накидывая на плечо ремень автомата, вышел второй полицейский.

— Им позвонили и дали наше описание! — с этими словами Стас полез на соседнее сиденье.

Унылый так разнервничался, что, выходя, оставил ключ в замке. Рокотнул мотор, старый «жигуль» затрясся. Краснощекий сбился с шага, разинул рот. Второй полицейский оказался сообразительнее — закричав, бросился к машине, которая рванула с места.

Из будки за спиной полицейских высунулся недоуменный водитель. Унылое вытянутое лицо его стало еще унылее и вытянулось, как морда у лошади, когда он увидел, что пассажиры улепетывают на его машине.

Второй полицейский побежал следом, он даже прицелился из автомата, но стрелять не стал. Стас крутанул руль, пронесся мимо припаркованной машины, едва не зацепив ее бортом, и врубил другую передачу. Крикнул:

— Ты как?!

— Боюсь! — ответила Яна. — А как я еще могу быть?!

Машин на дороге было немного. Стас несколько раз повернул, пролетел на красный свет прямо перед носом возмущенного старичка и в зеркальце увидел милицейскую машину с мигалкой, которая, набирая ход, катила следом.

— Что нам дальше делать? — громко спросила девушка. — Нельзя же просто все время уезжать от них. Мы в центре страны, полицейских вокруг куча — поймают!

У Стаса не было ответа, и он продолжал вести машину на предельной скорости. Через город пронеслись едва ли не за минуту, миновали переезд, который помог немного оторваться от полицейских, и дальше пошла прямая трасса с деревьями у обочины. «Жигуль» выл и дрожал, позади громко дребезжало, руль норовил выпрыгнуть из рук. Трасса впереди была пуста, за исключением фуры дальнобойщика.

— Они уже рядом! — крикнула Яна.

Стас снова взглянул в зеркальце заднего вида. Полицейская машина догоняла. Он начал обгонять дальнобойщика и понял, что дальше едет еще одна фура, а за ней — большой междугородний автобус.

Полицейские были уже совсем близко, и Стас до предела утопил педаль газа, двигаясь по встречной, чтобы с ходу пронестись мимо всех трех машин. Впереди был пологий холм, асфальтовая лента взбегала на вершину и пропадала из виду — не понять, движется кто навстречу или нет.

«Жигуль» миновал фуру — из окна кабины водитель удивленно глянул вниз, на резвую легковушку, —

покатил мимо второго дальнобойщика, тентованного двадцатитонника. И когда попал в его «мертвую зону», тот сдал влево — решил обогнать автобус. Стас уперся ладонью в железную дугу на руле, истошно сигналя. Стало темнее, борт фуры надвинулся, он направил машину левее, еще левее... Затрясло — колеса выскочили на обочину, где были поросшие кустами земляные горбы. Руль дернулся, Стас вцепился в него обеими руками.

Синие отблески полились сквозь лобовое стекло.

— Что это?.. — начала Яна. — Капитан, осторожно!

Впереди, метрах в трех над асфальтом, в воздухе возникло размытое сине-голубое пятно, похожее на круглое облако газа. С шипением и треском из него вниз ударил разряд — густо-синий, слепящий. Асфальт брызнул серыми осколками. Разряд не погас мгновенно, как обычно бывает с молниями, а бил и бил, то распадаясь на сетку тонких отростков, то соединяясь в тугой жгут. Стас орал, не переставая, — машина неслась прямо на разряд, вернее, под него. Мелкие куски разлетающегося асфальта ударили по стеклу, образовав паутину трещин. Если повернуть влево — вылетишь на обочину и перевернешься, вправо — столкнешься с многотонной фурой...

Двадцатитонник вдруг шарахнулся от «Жигулей» — водитель, увидев легковушку сбоку прямо под собой, с перепугу крутанул баранку. Машина словно переломилась, кабину стало разворачивать к другому краю дороги. Фуру поволокло едва ли не боком, а потом передние колеса сорвались с края асфальтной ленты, и грузовик начал переворачиваться.

«Жигуль» пролетел почти вплотную с синим разрядом, качнулся на взломанном асфальте. Промчался мимо тормозящего автобуса, за окнами которого мелькнули испуганные лица. Разряд исчез, сине-голубое облако еще секунду висело в воздухе, потом заклубилось, тая, и пропало.

— Что это было?! — крикнула Яна, опять схватив Стаса за плечо. — Что это такое?!!

Он понял, что не дышит уже давно, и перевел дух. Взглянул в зеркало заднего вида — фура лежала, задрав колеса к небу, наискось перегораживая дорогу. Ребра тента сломались, плотный полиэтилен порвался, и по асфальту катились, сталкиваясь, большие синие бутыли с водой. Полицейской машины видно не было.

* * *

Мальков притормозил у перевернутой фуры, перегородившей дорогу. БМВ Дины Жариковой, а также два микроавтобуса с оперативниками Василия и бойцами Горбоноса, которые ехали следом, тоже замедлили ход.

Перед местом аварии дежурил полицейский, у обочины стояла пара машин с мигалками и «скорая помощь». Санитары тащили носилки, лежащий на них водитель с перебинтованной головой то и дело порывался встать, и семенящий рядом доктор укладывал его обратно.

— Объезжай, — велел Титор. — И уточни, как обстоят дела.

Мальков позвонил дежурному, и тот сообщил: к ним только что поступила информация, что «Жигули» обнаружены десятью километрами дальше. Полиция предупреждена о скором прибытии спецгруппы, приказано содействовать.

В десятке километров от места аварии стояла полицейская машина, возле дороги дежурил краснощекий мент. Справа от дороги была болотистая земля, дальше — пологий холм, над ним поднимался дым. Три машины остановились, и мент показал, чтоб съезжали к обочине. Мальков, опустив стекло, выглянул.

— Машина за холмом. — Краснощекий махнул вперед. — Это она там дымится.

Сергей кивнул, и касовцы медленно покатили дальше, переваливаясь на ухабах. Мент зашагал рядом — в машину его никто не пригласил.

За холмом догорал оплавленный «жигуль», рядом топтался полицейский с автоматом.

Оперативники с бойцами высыпали наружу, по приказу Василия и Горбоноса оцепили место. Мальков, Титор и Дина заглянули в «Жигули» — тел внутри не было. На заднем сиденье лежала груда рассыпавшегося, прогоревшего хлама.

Мальков, обернувшись к краснощекому полицейскому, сказал:

— Рассказывайте, как было дело.

— Мы их преследовали, но отстали, когда фура перевернулась, — пояснил тот. — Поехали дальше — видим — дым за холмом. Решили проверить, вышли... Ну точно, знакомая машина горит!

— Это именно тот автомобиль, который скрылся от вас? — уточнил Мальков.

— Он, он! Двое подростков его угнали.

— Как они выглядели? Опишите в деталях.

Краснощёкий почесал затылок.

— Да я их не особо... Ну, пассажиры обычные, чего мне на них смотреть? Молодые, парень с девчонкой.

— Косички? — уточнила Дина.

Мент вылупил на неё глаза:

— Чего?

— У девушки были косички? Волосы светлые?

— Да вроде нет. По-моему, брюнетка... И косичек не помню, короткая стрижка. Да она сзади сидела, толком не разглядел. Ну, невысокая такая вроде... Никаких особых примет.

Титор с Мальковым переглянулись, а Дина достала из сумочки мелко вибрирующий телефон. Прочтя сообщение, нахмурилась и покосилась на касовцев. Затем позвонила дежурному и приказала: «Сбрось мне фотографии Мага и Тьмы».

Мальков предположил:

— В багажнике могла лежать запасная канистра с бензином. Они свернули за холм, полили салон, подожгли и убежали.

— Да нет же! — замахал руками мент. — Вы что, не видите, как она выглядит? Железо поплавилось, внутри всё потекло. Я вообще не понимаю, что надо с машиной сделать, чтоб она так выглядела. А на дороге, ну, перед тем как фура перевернулась, что-то синее было. И водитель, когда мы вытаскивали его из кабины, бредил про какую-то молнию.

— Синяя молния? — спросил Титор, сразу заинтересовавшись.

— Вроде того. Ну, это водитель так говорил, мол, синяя молния перед ним ударила... И асфальт там, кстати, как-то странно сломан был. Почернел, вроде его жгли — видели воронку, когда проезжали?

— Землетрясение, — тихо напомнил Мальков. — И пролом возле дискотеки.

— Я помню, но не понимаю, что это значит, — ответил Титор и снова обратился к краснощекому: — Когда перевернулась фура, вы сильно отстали от машины?

Мент снова почесал голову.

— Минут на двадцать-тридцать точно. Пришлось ведь водителя вытаскивать и «скорую» дожидаться.

— А здесь вы сколько?

— Уже с полчаса.

— Значит, на час они нас опередили.

Телефон Дины запищал, она приняла сообщение и показала полицейскому две фотографии.

— Эти?

— Похоже, — кивнул он. — Хотя...

Дина смотрела на него в упор, так холодно и требовательно, что у него покраснели оттопыренные уши.

— Ну не могу я быть уверенным! Я ж не разглядывал их, остановил машину, только чтоб...

— ...бабки с водилы срубить, — перебил сунувшийся в разговор Вася, ухмыляясь.

Мент вспыхнул, развернулся к нему, но оценил габариты старшего оперативника и стушевался.

— Обычная проверка, — пробормотал он, отворачиваясь.

Послышался шум двигателей, и вскоре из-за холма появилось еще несколько полицейских машин.

— Снять оцепление, — приказал Мальков.

Горбонос с Васей отозвали своих людей к микроавтобусам КАСа. Василий, слушая разговоры начальства, держался за спинами Малькова и Титора. Горбонос, закурив, сел в машину, но, должно быть, заскучал там и тоже подошел поближе.

Краснощекий тем временем бросился навстречу подъехавшим полицейским, стал объяснять им ситуацию. Они решили не трогать «жигуль» и просто дождаться, когда он догорит — ясно было, что никаких улик внутри не осталось.

Игнорируя стоящую рядом Дину, Мальков сказал Титору:

— Иван Степанович, если это Маг с Тьмой, зачем им поджигать машину? Чтоб отпечатки не сняли? Но их отпечатки в Комитете и так есть, и они это наверняка понимают.

Титор возразил:

— Но теперь у нас нет полной уверенности, что в машине были именно аномалы.

— В этом районе вчера ограбили сберкассу, — сообщила Дина. — Преступников двое, в масках, один, по свидетельству очевидцев, похож на девушку. Может, в автомобиле сидели они? А может, и аномалы, пока что мы не знаем, полицейский четко не подтвердил. Эй, вы, а где владелец «Жигулей»?

Беседующий с полицейскими краснощекий бросил через плечо:

— На КПП оставили.

— Надо туда, — решила Диана. — Допросить водителя, показать фотографии, пусть опишет эту парочку. Приметы, рост, о чем говорили между собой в дороге.

— Я займусь, Иван Степанович? — спросил Мальков.
Титор кивнул:

— Возьми машину, а я поеду с Диной Андреевной. Дина, перебрось ему фотографии.

— У меня в смартфоне имеются фотографии всех аномалов, — заверил Мальков. — Что еще необходимо сделать? Ближайшие населенные пункты?..

— Да, проверьте с Горбоносом по карте, пусть он со своими едет туда и ищет Мага с Тьмой. Василий пока останется со мной. Действуй.

Мальков, окликнув Горбоноса, направился к микроавтобусу.

— У нас было подозрение, что Жрец с Амазонкой и Шутом уехали в южном направлении, — заметила Дина.

Титор молча пожал плечами, доставая портсигар. Его заместитель коротко переговорил с Горбоносом, после чего бойцы из бригады быстрого реагирования во главе с прапорщиком сели в свой микроавтобус и укатили на юг, а Мальков в другой машине направился обратно к Москве.

Трое оперативников в штатском и Василий Караулов остались на месте. Дина отошла в сторону, поднесла трубку к уху. А Иван Титор неторопливо закурил, размышляя. В свое время аналитический отдел КАСа пришел к выводу, что «группа Жреца», то есть трое беглых аномалов, осели где-то в Украине, скорее всего, в провинции, где их труднее вычислить, либо в Крыму. Это значит, что от Москвы они двигались на юг... и в том же направлении прорываются теперь Маг с Тьмой. Это подтверждает, что побег организовали Жрец, Амазонка и Шут. Паша Сковорода под действием «дознавателя» рассказал, что виделся с Шутом, что именно тот подготовил для беглецов схрон на заброшенной фабрике. Но при чем тут мужчина, вмешавшийся в дело возле дискотеки? «Седой бородач с пузом» — так описал его Горбонос. Может, Жрец его нанял для помощи своим? Или это переодетый Шут? Но где аномалы раздобыли световую гранату и дробовик? Титор нутром чуял: мужик с дробовиком не имеет отношения к группе Жреца. Скорее уж незнакомец связан с теми, кто создает эти локальные землетрясения, а теперь вот еще и синие молнии.

Титор уставился в спину Дины, которая до сих пор говорила по телефону, поднявшись на склон холма, где ее никто не мог услышать. В КАСе действует крот, теперь у него не осталось сомнений. Человек, сливающий оперативную информацию на сторону... Вот только кому? Жрецу с товарищами? Какой-то непонятной организации, где служит тот бородач?

Вдруг ощущение, что за ним наблюдают, пронзило его. Титор резко повернулся. Позади была дубовая роща, и — никого в поле зрения.

— Куда ты смотришь? — раздалось за спиной, и он обернулся снова. Рядом, пряча телефон в сумочку, стояла Дина.

Ощущение чужого взгляда пропало, он повел плечами и щелчком отбросил сигарету.

— Никуда. С кем ты говорила?

— С Директором, — ответила женщина. — Он затребует у областной полиции дополнительную помощь, аномалов будут искать во всех населенных пунктах вдоль Киевского шоссе. Какие у нас планы, Иван?

Титор закрыл портсигар, который все это время держал в руках, положил в карман.

— Этим двоим помогает группа Жреца. Нам почти наверняка известно, что из Москвы Жрец, Шут и Амазонка отправились на юг и как-то пересекли границу. Сковорода сказал, что в схроне Мага с Тьмой должна была дожидаться записка. Что в ней могло быть?

Дина похлопала телефоном по ладони.

— Вероятно, инструкция, как пересечь границу и где найти остальных аномалов.

— Им могли назначить «промежуточное» место встречи, — сказал Титор. — Жрец тот еще умник, наверняка все продумал. В любом случае, если в «Жигулях» были Маг и Тьма, это значит, что они двигаются в южном направлении. Полицейские и Горбонос со своими могут поймать их по дороге, а могут и не поймать...

— Нам надо двигаться к границе, — заключила Дина и повернулась: — Караулов, едем дальше!

Пока Вася с оперативниками усаживались в микроавтобус, Иван Титор, шагая к БМВ Дины Жариковой, разглядывал дубовую рощу. Показалось, решил он в конце концов, никто оттуда за нами не следил. Нервы. Надо поспать в машине — хоть немного.

* * *

Егерь засел на дубе и в бинокль наблюдал за происходящим у холма. «Жигули», в которых некоторое время перемещались одержимые, догорали, полицейские даже не пытались потушить машину. Место происшествия сначала оцепили плечистые парни, часть из них была в штатском, часть — в камуфляжах, а затем появились еще полицейские, и работники Комитета сняли оцепление. Ближе к роще разговаривали трое: молодой человек с правильными чертами лица и сдержанными движениями, сутулый длиннорукий мужчина, издалека напоминающий гориллу, и женщина в серой юбке и жакете.

«Форд» стоял почти в километре отсюда, за кустарником на краю проселочной дороги, отходящей на запад от Киевского шоссе. Егерь ехал по трассе, надеясь догнать одержимых, но авария задержала его: мимо перевернутой фуры полицейские пропускали машины порциями, по очереди, пришлось ждать. В это время соратник прислал sms с сообщением, что найдена машина, на которой Маг и Тьма двигались прочь от Москвы. В результате Егерь прибыл сюда раньше касовцев, но толку от этого не было — здесь уже наводила порядок полиция, а вот беглецов и след простыл.

Опустив бинокль, он поудобнее уселся на развилке веток, достал телефон и передал соратнику смс: «Вижу место. Одержимых нет», — после чего снова приник к биноклю, пытаясь определить, кто из людей, стоящих возле горящей машины, помогает ему. Если, конечно, сотрудник КАСа, работающий на Пси-Фронт, сейчас именно здесь. Егерь давно решил, что либо его помощник занимает какой-то высокопоставленный пост в Комитете и к нему быстро доходят сведения с места событий, либо он исполнитель рангом пониже, но обязательно — один из тех, кто непосредственно занимается этим делом.

Егерь так и не определил, есть ли соратник в поле зрения. Люди возле «Жигулей» разошлись, кто-то сел в микроавтобус, кто-то стал говорить по телефону. Вдруг трубка в кармане зажужжала и мелко затряслась. Охотник выхватил ее, разблокировал клавиатуру и открыл входящее смс. На экране высветилось:

«Они едут в Украину. Двигайся на юг».

Глава 5
ГРАНИЦА

6 суток до Контакта

Женой с детьми Иван Титор так и не обзавелся в свои сорок пять — звонить, предупреждая, что в ближайшее время домой он не попадет, было некому.

В БМВ Дины Жариковой он почти сразу задремал, а проснулся, когда сидящая за рулем женщина тронула его за плечо. Открыл глаза, с трудом выдираясь из вязкого муторного забытья без сновидений. Провел ладонями по лицу и огляделся. Быстро темнело, небо затянули облака, вот-вот пойдет дождь. Машина с мягким гудением катила по Киевскому шоссе, сзади двигался микроавтобус с оперативниками. Мальков отзвонился, когда только выехали, сообщил, что хозяин сгоревших «Жигулей» узнал на фотографиях Мага и

Тьму, после чего Титор велел заместителю догонять их с Диной.

— Зачем разбудила? — спросил Иван, неодобрительно следя за мелькающими вдоль дороги предвыборными билбордами с фотографиями президента и премьер-министра, под которыми шел слоган «СТАРЫЕ КОНИ БОРОЗДЫ НЕ ИСПОРТЯТ».

Реплика прозвучала грубее, чем он хотел, но в конце концов, — какого черта, почему он должен быть вежлив с этой женщиной, следящей за ним по приказу Директора?

— Ты не слышал, как я говорила по телефону?

— Нет. С кем?

— Директор добился, чтобы из полиции, МЧС и других служб в наш аналитический отдел стекалась информация обо всех более или менее важных или просто не совсем обычных событиях на Киевском шоссе. В пригородном автобусе на Калужском автовокзале нашли серую куртку от кимоно. Она валялась под задним сиденьем, водитель после маршрута не выбросил ее потому, что заметил на подоле кровь. Сообщил в линейный отдел вокзала, оттуда информация попала к нам.

— Каким точно маршрутом шел автобус?

— Москва–Калуга. По дороге останавливался, в том числе и в Апрелевке. Выходит, они подсели в него...

— Но зачем им в Калугу?

— Директор считает, что они двигаются дальше на юг — к Орлу, Курску, Белгороду, чтобы перейти границу с Украиной в районе Журавлевки. Оттуда прямая дорога к Харькову... Помнишь, была информация, что три сбежавших раньше аномала прячутся в Харьковской области?

— Очень ненадежная информация, — возразил Титор. — А Маг с Тьмой могли, в конце концов, выйти из того автобуса до Калуги.

— Директор приказывает нам отправляться в Калугу и...

— Наплевать! — вспылил Титор. — Не тычь мне в нос своим Директором, будто...

— Ты собираешься нарушить прямой приказ шефа? — ровным голосом спросила Дина.

Он молча полез за портсигаром, подумав: а она ведь страшный человек. То есть Дина Жарикова вроде и красива — ножки, сиськи, то-сё, — но ледяные глаза делают ее уродливой. Холодная, как рыба, а разве может рыба быть привлекательной? Как он вообще мог любить Динку, как, черт возьми, у него на нее вставало?

Дина сказала:

— Отзови Горбоноса, позвони Малькову и Васе, пусть...

— Нет, — перебил Иван. — Горбонос останется там, куда я его направил.

— Я вынуждена буду доложить Директору.

— Вынуждена будешь? — хмыкнул он. — Формулируй точно: «Я с радостью донесу на тебя Директору». Операцией руковожу я, и, если аномалы не будут пойманы, отвечать мне. Что бы там ни приказывал Директор в процессе операции. Никто потом не будет вспоминать, что это он велел всем ехать в Калугу, точно так же, как никто не вспомнит, что именно по его приказу я поперся в Подольск, вместо того чтобы лично контролировать отправку аномалов из Москвы.

Он постучал фильтром сигареты о портсигар, сунул ее в зубы.

— Не кури в моей машине, — предупредила Дина.

— Горбонос со своими людьми будет и дальше проверять поселки впереди, а мы поедем в Калугу, — решил Титор. — Ты связалась с местной полицией?

— Это сделал шеф, — ответила она. — По городу уже распространяют фотографии Мага и Тьмы, выезды перекрывают.

Титор трижды коснулся ногтем «капли» на своем ухе, вызывая Сергея Малькова, который ехал в нескольких километрах позади в микроавтобусе группы Василия Караулова.

И добавил, закуривая:

— Кстати, это не твоя, а служебная машина.

* * *

— А дом точно тот? — спросила Яна.

Вечерело, в окнах зажегся свет. Неподалеку лаяла собака, слышались приглушенные голоса. Чужие дома, незнакомые люди в них, холодные огни... тоскливо и сумрачно. Яна обхватила себя за плечи, переступая с ноги на ногу. Хотя Стас отдал ей куртку, в своем коротком платьице она мерзла.

— Может, достать еще пижамную куртку? — предложил он, кладя руку на ремень сумки на плече.

— Ты же ее оставил в автобусе.

— Так это твою, а моя здесь.

Пробираясь в схрон Шута на фабрике, Яна расцарапала руку — на пижаме осталась кровь. А недавно Стас вместе с немногочисленными пассажирами зашел в пригородный автобус на остановке у какого-то поселка, прошелся по салону, якобы выискивая место получше, присел сзади и незаметно сунул скомканную куртку под сиденье. Не то чтобы он надеялся всерьез сбить преследователей с толку, но вдруг что-то из этого получится? Автобус шел до Калуги, и если там куртку найдут (хотя не факт), и если водитель отдаст ее в полицию (тоже не обязательно), и если информация дойдет до тех, кто гонится за аномалами... На них охотилась какая-то влиятельная организация, а раз так — про куртку могли узнать.

Яна план раскритиковала, сказала, что он зря старался, и Стас, в общем-то, с ней согласился, но он просто не мог не попытаться воплотить этот план в жизнь. Пока водитель собирал с пассажиров деньги, Стас вышел из автобуса через заднюю дверь и вернулся к девушке, дожидающейся за кустами.

— «Улица Ленина, дом двенадцать», — прочел он на вывеске, кое-как прибитой к забору возле низкой калитки. — В записке был этот адрес.

— Надо было купить мне какие-нибудь брюки, — сказала Яна. — У нас же есть деньги.

Платье и правда не соответствовало сезону. Но не было времени останавливаться, искать вещевой рынок или магазин... Беглецам и так повезло — вскоре после отъезда автобуса с курткой под задним сиденьем им на проселочной дороге, немного в стороне от шоссе, удалось поймать грузовик. Водитель согласился за двадцать баксов подвезти почти до того места, которое называл Шут в письме, так что осталось пройти километров пять, не больше. Яна под конец пути едва волочила ноги, да и Стас сильно устал, но шел и шел и тянул за собой девушку — она бодрилась, старалась шагать быстрее, хотя постепенно отставала все больше, так что в конце концов Стас уже едва не нес ее.

Он постучал в калитку. Дом был одноэтажный, с небольшой застекленной верандой, во дворе — гараж и сарай. Особого впечатления все это не производило: гараж без ворот, внутри видна старая «Нива», крыша сарая прохудилась, шифер на доме местами побит, один угол под козырьком потемнел от влаги.

В прикрытых линялыми занавесками окнах горел тусклый свет. Стас постучал опять. Донесся шум мотора, они оглянулись — из-за поворота медленно выкатился УАЗ. Скорее всего, с белорусским погранпатрулем.

— Черт! — Стас шагнул ближе к забору, почти прижавшись к нему, потянул за собой Яну. Они замерли. Машина стала медленно поворачивать, лучи фар заскользили по домам. Стас толкнул калитку, но та не открывалась.

За окном возник силуэт. Скрипнула дверь, раздались шаги.

— Они нас сейчас заметят! — прошептала Яна.

Испитой голос за калиткой спросил:

— Кто там приперся?

Пограничники ехали к аномалам. Ближе к обочинам асфальт был совсем горбатый, в трещинах, без разметки, машина катила посреди улицы. Фары не освещали двух людей, почти прижавшихся к забору, но когда патрульные приблизятся, то обязательно увидят Мага и Тьму.

— Гриша! — позвал Стас, надеясь, что во дворе появился именно тот человек, о котором писал Шут. — Нам на ту сторону надо.

— Чего?

Лязгнул засов, калитка приоткрылась, и в проем выглянул небритый мужик с обвисшими щеками.

— Вы кто такие?

— Мы от Пети. — Стас первым сунулся во двор, потянул Яну за руку. Хозяин удивленно подался назад, и они скользнули в проем.

— Какого Пети?

От мужика плеснулось подозрительностью и легким испугом, а еще чем-то мутным... Он пьяный, понял Стас. Хотя не сильно.

Воры!

— Мы не воры, — поспешно сказал он.

УАЗ почти поравнялся с ними, и Яна прикрыла калитку. Льющийся из дома свет озарил мужчину лет пятидесяти, с круглым животом, в спортивках с пузырями на коленях и грубом свитере.

— Нам Петя сказал, что к тебе можно обратиться.

— Да какой Петя? А, толстый! С чем обратиться?

— Нам надо на ту сторону. Мы заплатим.

Яна вышла из-за Стаса, и Гриша вылупился на ее ноги. И снова Стас ощутил всплеск эмоций — неприятный, нечистый, словно клубы дыма от горящей мусорной кучи. Стало противно: это было не вожделение, с каким мужчина смотрит на красивую девушку, а животная похоть.

Из глубины дома донесся скрипучий женский голос. Гриша с заметным усилием отвел взгляд от Яны.

— На ту сторону им... Ну, завтра заходите.

— Нет, нам этой ночью надо.

Хозяин хмыкнул с недовольством:

— Ночью! Вот прямо так ночью?

— Этой ночью, — твердо повторил Стас.

Жадность, алчность....

А потом он увидел цифру: *четыре.*

— Четыре штуки, раз этой.

Стас прищурился. Он знал, что Гриша назовет именно эту сумму! Впервые он не просто ощутил эмоции или смутные намерения собеседника, но понял нечто более конкретное.

— По тысяче за человека дадим.

— Да ты че — по тыще! Охренел, пацан? Тут перед выборами знаешь какой шухер? Пограничники туда-сюда шастают, всех проверяют.

— Хорошая сумма — две тысячи долларов, — сказал Стас, ощущая, как жадность борется в Грише... с еще большей жадностью.

Снова из дома донесся голос — женщина окликнула хозяина, брюзгливо спрашивая, чего он торчит на улице.

— Заткнись! — приказал он, не оглядываясь, снова прилипнув взглядом к ногам Яны. — Ладно, в час ночи подваливайте.

Гриша собрался уйти, и тогда Яна сказала:

— Григорий, а нам нельзя у вас подождать? Мы очень устали, хотим немного отдохнуть.

Похоть, жадность, недовольство — посторонние в доме...

— Раз подождать, тогда по тыще сто, — отрезал Гриша.

Пришлось согласиться, и хозяин повел их в дом. Когда закрыл входную дверь, в глубине дома раздалось:

— Кого это ты привел?!

— Пасть заткни! — гаркнул Гриша в ответ.

В доме было полутемно и воняло кислятиной. Потертые ковровые дорожки, скрипучие двери, темная мебель... Гриша все время пялился на Яну. Перед лестницей, ведущей на застекленную веранду второго этажа, протянул Стасу руку:

— Деньги давай.

— Все получишь, когда поможешь нам, — сказал Стас.

Он чувствовал, что проводник вроде бы не собирается их обманывать, но какие-то смутные мыслишки шевелились у того в голове, и рисковать не хотелось.

Гриша разозлился:

— Тогда валите на хрен! Может, у вас и денег нет, отвернешься — хату обчистите.

Стас слишком устал, чтобы спорить. Чтобы поскорей покончить с этим, он просто показал пачку купюр. И тут же от собеседника пахнуло теплой затхлой волной: *интерес... алчность...*

— Половину вперед давай. — Гриша говорил по-прежнему уверенно, но прежнего нахального напора в голосе поубавилось. Теперь он что-то напряженно обдумывал.

Стас видел: хозяин подцеплен на крючок, теперь ни за что не упустит эти две тысячи двести баксов... Но не только алчность и похоть — иное, недоброе и опасное, клубилось в его сознании. Вот только что именно, определить не получилось, Гриша и сам не очень-то осознавал свои мысли.

Стас достал четыре сотенные банкноты, сунул в большую вялую руку, сказал:

— Остальное дам в конце.

Гриша с недовольством забрал деньги, покосился на Яну и стал подниматься по лестнице.

По веранде гулял сквозняк. Кусок стекла в углу окна был отколот, на подоконнике под ним расползлось пятно грязи. Скрипучие доски на полу, продавленный диван, два кресла, столик, ваза с уродливыми пластмассовыми цветами, на стене выцветшая картина с казаком на коне — жалкая попытка создать уют.

— Нам бы поесть, — сказала Яна.

— И карту этого района, — добавил Стас. — Найдется у тебя?

— Поесть им, карту...

Недовольно ворча, Гришу ушел. Яна села в кресло, сняла куртку Стаса и накрыла колени. Снизу забубнил женский голос, в ответ Гриша заматерился, раздался треск, потом звон, что-то с дребезжанием покатилось...

— Ну и место, — тихо сказала Яна. — Мы — дети, сбежавшие из дома, а это — пещера злого великана, куда мы забрели, и он хочет нас съесть.

— Да ладно, не выдумывай. — Видя, что ей холодно, Стас стащил с дивана покрывало, свернув, закрыл дыру в стекле.

Гриша вернулся с тарелкой холодной вареной картошки, куском хлеба и бутылкой, в которой плескалась мутно-рыжая жидкость. Поставил на стол, рядом бросил засаленную карту, неодобрительно покосился на покрывало в дыре.

Когда Стас развернул карту, хозяин сказал:

— У меня брательник еще в девяностые челноком работал, пока не сел, это его карта. На ней маршруты всякие отмечены и автобусные остановки. Хотя могли и смениться с тех пор.

Вышел на лестницу и, закрывая дверь, добавил:

— Выезжаем в час ночи, чтоб были готовы.

* * *

Егерь ни на минуту не поверил в то, что одержимые, как сообщил ему синтетический голос, уехали в Калугу — это хитрость, обман. В Белоруссии, а тем более в Украине у КАСа меньше возможности искать их, так зачем оттягивать пересечение границы, пусть даже между Белоруссией и Россией она формальная?

У КПП стояла вереница машин, отдельный ряд грузовиков, отдельный — легковых. Впереди виднелись ворота белорусско-украинской таможни, вокруг автомобилей сновали таджики и другие люди «неславянской внешности», просящиеся в машины, чтоб въехать на таможню. Так пограничники их пропускали, а пешком — нет.

Егерь поставил «Форд» в стороне и прогулялся вдоль колонны, заговаривая то с одним, то с другим водителем. По их словам, если не хочешь проблем на таможне, надо заплатить сто долларов для грузовика и пятьдесят для легковухи. Не платишь — тебя все равно пропустят (если, конечно, не везешь что-то запрещенное), но придется стоять в длинной очереди. Дальнобойщики азиатов в машины не брали, таможенники на это смотрели косо, хотя частники иногда и провозили из жалости.

Егерь не курил, но для таких случаев всегда носил с собой пару пачек хороших сигарет — по работе часто приходилось контачить с людьми. Он щедро раздавал сигареты, ведя неспешную беседу с водителями. Его безобидная, свойская внешность способствовала этому. Со слов водил получалось, что без паспорта через таможню не пройти, то есть даже если большие деньги предложить, никто тебя не пропустит. Там видеокамеры, контроль... таможенники не рискнут. Вот без очереди впускать кого-то — запросто, но даже в этом случае машины осматривают.

Собрав необходимые сведения, Егерь зашел в кафе-бар у дороги, заказал кофе с бутербродом. Вскоре к нему подсели три таджика, пожилой и двое его сыновей, попросили провести через таможню — на дороге они заметили, что в «Форде» есть свободные места.

— Провези, дорогой, — попросил старый таджик. — Нас там ждут, с раннего утра стоим, мерзнем.

Выяснилось, что они ехали на строительство в Киевскую область, куда их позвали знакомые гастарбайтеры. Егерь не очень жаловал всяких «нерусских», но сейчас лишь улыбался и виновато разводил руками:

— Мужики, я границу пересекать не буду. Я тут с женой должен был встретиться, она на автобусе собиралась подъехать и пересесть ко мне, но позвонила — не выехала. Внучка у нас заболела в Москве, пришлось остаться с ней. Так что я назад поворачиваю.

Таджики заметно расстроились и собрались уходить, но Егерь их не отпустил, угостил чаем с пирожками и принялся расспрашивать. А разве обязательно через таможню? Нельзя разве обойти? Ведь не на всей же протяженности границы колючка идет...

— Нет, — покачал головой старый таджик, — нам визы в паспорта нужны, как мы потом из Украины выедем?

— Да тем же путем...

— А если поймают? Опасно, потом вообще ни в Украину, ни в Россию не пустят.

Егерь, продолжая расспрашивать, купил бутылку водки: сам пить не стал, мол, за рулем, но таджикам предложил согреться. Они выпили, и один из молодых сказал, что переходить границу вне таможни действительно опасно, есть патрули, да и в населенных пунктах полиция следит за незнакомцами, но в принципе, говорят, кто-то из Новой Гуты проводит нелегалов. Только стоит это — не дай боже, у них нет таких денег.

Допив водку, таджики ушли. Вечерело. Егерь вернулся в машину и отправил соратнику sms: «Надо поговорить».

Через несколько минут раздался звонок. Синтетический голос спросил:

— Где ты?

— На КПП возле Новой Гуты. У таможни одержимых не видно. Водители утверждают, что в кузове нелегалов не провезти, проверяют даже тех, кто за взятку едет без очереди. Вроде бы есть нелегальный канал через Гуту. Я собираюсь ночью курсировать вдоль границы. Какие новости?

— Люди Комитета сейчас в Калуге, но в районе Новой Гуты оставлена одна бригада, проверяет приграничные поселки. По словам санитара, в схроне одержимых должна была ждать записка, поэтому есть обоснованное подозрение: они движутся на встречу с группой Жреца. Надо накрыть их всех.

— Что ты хочешь сказать? — насупился Егерь. — Мне теперь следить, не «стирать» их при первой возможности?

— До встречи Мага и Тьмы с группой Жреца — да.

— Это неправильно.

— Почему? Таким образом мы одним махом уничтожим всех.

Егерь совсем посуровел, глаза мрачно заблестели.

— Это неправильно! Одержимых надо «стирать» при первой же возможности.

— Егерь, фанатизм не доводит до добра даже в нашем деле, требующем твердости и жесткости. Если ты проследишь за двумя одержимыми, то добьешься гораздо большего...

В трубке забулькало, потом раздался свист, и синтетический голос затих — какие-то перебои со связью.

Егерь, убрав телефон в карман, сунул указательный палец под шерстяную шапочку и погладил защитную фольгу, из которой состояла подкладка. Он хотел «стереть» одержимых при первой же возможности, а не следить за ними. Одержимые хитры, могут совсем ускользнуть от него, скрыться... Ведь он и сейчас не знает толком, где они. Начав слежку, Егерь уподобится комитетчикам, примется играть с альенами в какие-то игры. Но соратник из КАСа утверждает обратное... Внутри Пси-Фронта нет чинов, и нельзя сказать, что безымянный соратник старше охотника по должности, однако в данном случае Егерь — исполнитель, а «синтетический» — добытчик информации и, по сути, куратор операции. За ним последнее слово.

И все же ему это не нравилось, очень не нравилось. Солнце село. Егерь, хмурясь, завел «Форд» и стал разворачиваться, чтобы ехать в сторону Новой Гуты.

* * *

Гриша вел машину по бездорожью, объезжая темные овраги и заросли. «Нива» тряслась на ухабах, подвеска скрежетала и хрустела. Наконец остановились на середине пологого склона. В свете фар впереди топорщилась пожухлая трава и голые ветки кустов.

Гриша был пьян сильнее, чем вечером. Яна сидела сзади, Стас возле водителя.

— Деньги гони, пацан. — Проводник грузно развернулся на сиденье.

— Мы через границу еще не перешли, — возразил Стас. Он все не мог прочесть, что на уме у Гриши — волны эмоций, исходящие от пьяного, были тяжелыми и мутными, непонятными.

— А если вы чухнете от меня, тогда что? — гнул свое проводник. — Сейчас плати.

— Я даже не знаю, где мы находимся.

— Граница прямо за этим холмом. Здесь долго стоять нельзя. Ладно, пошли, я тебе с вершины покажу, тогда даешь деньги и чешите. Девка твоя пока пусть тут сидит.

Яна молчала, а они вышли и стали подниматься к вершине. На ходу Стас оглянулся: Гриша потушил фары, выключил двигатель, но свет в салоне горел.

Было холодно, и Стас застегнул куртку. Они встали над склоном — крутым, в отличие от того, где осталась машина. Внизу было пересохшее озеро, из грязи торчали кривые мертвые стволы, в две стороны уходила широкая полоса светло-серой земли.

— Вот это и есть граница, видишь — полоса перекопана? А там дальше за лесом трасса. — Гриша икнул. Хмелем от него разило, как от самогонного аппарата. — Все, гони бабки, пацан!

* * *

Егерь засек «Ниву» с двумя пассажирами, когда стоял в темноте у обочины, а она медленно проехала мимо и свернула с дороги к холму. Благодаря ПНВ он разглядел в салоне водителя и одержимых.

За этим холмом была «контрольная полоса» — то есть перекопанный участок, по которому толком не проехать. Одержимые пойдут туда. Хорошо, что «Форд» угнанный и бросить его не жалко. Единственная улика — отпечатки пальцев в салоне, их надо стереть...

Он принялся за дело, пользуясь тряпочкой и пузырьком спирта, который достал из портфеля. Закончив в салоне, вышел наружу и принялся протирать крышку багажника, дверцы.

Донесся приглушенный стук, и в окуляры ПНВ Егерь разглядел, как из «Нивы», в салоне которой включился свет, вышли двое. Они направились к вершине. Егерь побыстрее разделался с отпечатками и поспешил к холму. Спирт он сунул в портфель уже на бегу. Расстегнув плащ, взялся за дробовик. Охотник не знал, как будут развиваться события, но надо быть готовым ко всему.

* * *

Стас попытался «вслушаться» в сознание Гриши, но оно было совсем мутным от алкоголя. Тогда он достал деньги, стал отсчитывать банкноты в свете луны. И вдруг его будто кипятком окатило...

Этому проломить башку, девку трахнуть, закопать обоих, все бабки мои!

Стаса накрыло чужой злобой, смешанной с испугом, неуверенностью в своих действиях и отчаянной удалью, словно у человека, решившегося прыгнуть в ледяную воду.

Едва не вскрикнув, он отпрыгнул, а Гриша выхватил из-под куртки большой гаечный ключ и взмахнул им. Хотел ударить по голове, но лишь зацепил плечо. Свободной рукой Гриша рванул пачку банкнот из рук Стаса. Тот упал на склон, покатился. Гриша наверху заматерился.

Живой, сука! Не догоню! Что делать?!!

Через пару секунд Стас свалился в грязь под холмом. Плечо онемело, холодное месиво залепило лицо. Он вскочил, плюясь. Почти отвесный склон, вокруг раскисшая земля — густая, вязкая... Пришлось бежать вокруг холма. Стас больше не чувствовал сознание Гриши, но и так понимал, что проводник собирается делать: вернуться в «Ниву», оглушить или сразу убить Яну, потом догнать беглеца.

Закричала Яна. А потом раздался выстрел.

Стас бежал со всех ног. Девушка снова крикнула — теперь она звала Стаса.

Грязь закончилась, а склон стал более пологим. Стас взлетел по нему. Гриша лежал возле раскрытой дверцы лицом вниз, хрипел и сипел от боли. На пояснице пузырилась кровь.

Яна выбралась из машины — платье на плече было порвано — занесла ногу, чтобы пнуть Гришу, но не стала, очень уж страшно тот стонал.

— Кто стрелял?! — выдохнул Стас.

— Не знаю! Он убежал к роще!

Девушка дрожала — от шока, от холода. Гриша, захлёбываясь хриплым воем, пополз прочь, впиваясь пальцами в землю и волоча ноги.

Со стороны невидимой в темноте дороги донёсся шум двигателей, загорелись фары — возможно, это были пограничники, услышавшие выстрел или увидевшие вспышку на склоне холма. Фары осветили легковую машину, кажется, «Форд» старой модели, стоящую с раскрытой дверцей на обочине.

— Ходу отсюда!

Стас накинул свою куртку Яне на плечи и схватил за руку. Патрульные свернули в их сторону, и аномалы побежали прочь — вокруг холма, к границе.

* * *

Только начало светать, когда Титор подъехал к месту происшествия. Мальков, отправленный вперед вместе с Васей, был уже здесь. Дина пока осталась в Калуге.

Сюда их вызвал Горбонос. Когда все отправились в Калугу, он по приказу Титора проверял поселки в этом районе, ночью ехал вдоль границы — услышал выстрел, увидел вспышку на холме...

Теперь он доложил:

— Когда подъехали, по склону мужик с перебитым хребтом полз. И «Нива» стояла, на холме больше никого и ничего. Зато у дороги — брошенная «Гранада». Ну, «Форд» то есть.

— Я проверил, внутри совсем нет отпечатков, — добавил Мальков. — На багажнике и на ручках тоже. Машина, думаю, угнанная, но еще не успели пробить по базе.

— А Мозгляк божится, — снова вступил в разговор Горбонос, — что после выстрела заметил на холме двоих, которые с него сбежали и чухнули к хохлам.

— Докладывай по форме! — одернул его Мальков.

— Так я по форме и докладываю, — покосившись на Сергея, продолжил прапорщик. — В Украину, значит, побежали. Причем один вроде в платье был коротком. Ноги, Мозгляк говорит, так и мелькали.

— Почему не преследовали? — спросил Титор. Картина произошедшего не складывалась у него в голове, не хватало подробностей.

— Мы в тот момент были еще у дороги, — пояснил Горборнос. — А вокруг холма, видите, сплошные ухабы. За ним — грязь. Пока подъехали, вышли и осмотрелись, те двое уже давно исчезли. Да у меня и людей мало для ночной облавы, и собак нет, и «нюхача».

— Что с раненым?

— Наша «скорая» только что увезла, — пояснил Мальков. — Яков Мирославович в Москве ждет, но медик сказал: раненый не скоро будет способен нормально отвечать на вопросы. Позвоночник частично раздроблен, парализована нижняя часть тела, большая потеря крови, болевой шок. Когда увозили, он был в коме. При нем нашли водительские права: Батюков Григорий Михайлович, хозяин этой «Нивы». Горборнос нашел на склоне возле машины доллары, около двух тысяч, бумажки были втоптаны в землю, некоторые порваны.

— А погранцы так и не прикатили, — добавил Горборнос со смешком. — От работники! Пограничная зона, таможня недалеко, тут ночью — выстрел, тяжело раненный, машины в зоне контроля стоят... И никого, кроме нас. А куда вы Динку дели?

— Дину Андреевну, — снова поправил аккуратный Мальков.

— Вот я и говорю — Андреевна, стало быть, до сих пор в Калуге бабочек считает? Нет там аномалов, это ж и коню ясно.

— Прямой приказ Директора, — отрезал Мальков.

Титор смерил взглядом подчиненных:

— Хорошо, какие у кого соображения?

Мальков молчал — он не любил строить предположения. С точки зрения Титора, это, пожалуй, был единственный серьезный недостаток заместителя.

Зато Горбонос оживился:

— А вот такие соображения, Иван Степаныч... Помните, Мозгляка у дискотеки картечью зацепило? Несильно, но я из плеча у него пару дробинок выковырял. А сейчас медик мне дал кой-чего из того, что попало в спину этого Григория Батюкова. Дробь, она, конечно, всегда дробь, да вот...

На ладони он протянул металлические комки.

— Короче, я, может, по дроби не сильно эксперт, но сдается мне, эти два выстрела были из одного ствола. Ну и дальше: с холма бежали парень с девкой. Уверен, что это они, аномалы то есть. А стрелял тот самый мужик, который наших задержал у дискотеки. Тогда я решил, что он вроде нас, охотится за Магом с Тьмой, а теперь думаю: он аномалов прикрывает.

— Прикрывает, — задумчиво повторил Титор.

— Точно, Иван Степаныч, «крыша» это их. Но при том он не с ними движется, а как бы в стороне, может — тайно от них самих приглядывает? Хотя нынче ночью он перед ними, конечно, раскрылся, обозначил себя.

Зазвонил телефон Титора, в гарнитуре раздался голос Дины Жариковой:

— Что у вас?

— Прямых доказательств нет, но понятно, что это были аномалы, — сказал он. — Сейчас они уже в Украине. Вероятно, договорились с местным жителем, чтобы перевез их через границу. Остановились у приграничного холма, тут на них напал тот же человек, который устроил перестрелку возле дискотеки. Оперативный псевдоним Седой. Либо он стрелял в аномалов (при этих словах Горбонос поморщился, покачал головой), либо аномалы поссорились с перевозчиком, перевозчик на них напал, и Седой стрелял в него. Седой передвигался на угнанном «Форде-Гранада», но бросил его. Нам нужно содействие украинских коллег.

Дина, помолчав, ответила:

— Я, конечно, свяжусь с ними и запрошу помощь. Но про украинских коллег ты сам понимаешь...

Она не договорила. После прихода новой власти Украина быстро превратилась в маленький филиал большого соседа, с теми же проблемами в виде тотальной коррупции и взяточничества, но с более затхло-провинциальной, гнилой атмосферой. Надеяться на украинских коллег особо не приходилось — они будут всячески декларировать свое стремление помочь, но на деле пальцем о палец не ударят, если не увидят собственный интерес. Но у КАСа была парочка своих людей в СБУ, только они и могли оказать реальную помощь.

Когда Дина отключилась, Титор сказал Горбоносу:

— Машины придется сменить. Оружие оставим здесь, с собой берем только «электры».

— А может, напрямик, Иван Степаныч? — Горбонос махнул рукой за холм. — До границы вон... сто метров, пешком дойдем, а там украинцы нас машинами какими-то снабдят. Тогда и стволы с собой можно взять?..

Мальков возразил:

— Мы — государственные служащие, а не нарушители закона. Выполняй приказ.

Горбонос пожал плечами и ушел к микроавтобусу, на ходу кликнув своих парней, которые разбрелись по холму. Василий Караулов, спавший в другой машине, вылез и тоже позвал подчиненных. Ну а Сергей Мальков выжидающе глядел на шефа — понял: тот хочет что-то сказать. Когда рядом с ними никого не осталось, Иван Титор негромко произнес:

— Мы опять упустили их, хотя могли взять на границе, если бы сосредоточили тут силы. Но Директор через Дину приказал ехать в Калугу. Это что, просто его глупость, неумение вести оперативный розыск? Или?..

Он позволил слову повиснуть в воздухе.

Глава 6

ВІЛЬНА УКРАЇНА

5 суток до Контакта

Когда автобус подъехал к Киеву, Яна, сидевшая возле окна, тихо спросила:

— Ты понял, что тогда произошло?

Было восемь утра, в автобусе, следующем по маршруту Чернигов–Киев, находилось человек тридцать.

У границы беглецам пришлось пробираться через редколесье, пересекая разбитые асфальтовые и грунтовые дороги, пока не вышли к более приличной трассе. Долго двигались вдоль нее, наконец остановили мартшрутку, водитель которой согласился взять оплату долларами. Добравшись до Чернигова, нашли автовокзал и сели на этот ночной маршрут, уговорив интеллигентную женщину, которая на вокзальной лавочке дожидалась другого автобуса, купить у них тридцать долларов.

— Ты про что говоришь? — спросил Стас. — За это время столько всего происходило.

— Я про молнии, — пояснила Яна.

— А до того — землетрясение, — напомнил он. — Тише говори.

Она прошептала:

— Думаешь, у этих явлений одна причина?

— По-моему, да. Слишком необычны такие провалы прямо посреди улиц. И синие молнии — не бывает таких атмосферных явлений. А та молния, которая сожгла «Жигули»... В нас будто целились. Хорошо, успели выскочить.

— Так что же это? По-твоему, за нами охотится кто-то еще? Какая-то... сила, у которой такие невероятные возможности?

Он покачал головой:

— Я другое думаю.

— Что — другое?

Стас похлопал ее по руке и сказал:

— Я думаю, это ты.

— Что?! — приглушенно вскрикнула Яна и с испугом оглянулась. — Как это? Я ничего такого...

— Это проявление твоего дара.

— Чушь!

— Почему?

— Это... это слишком фантастично. И вообще, я ничего такого не делала, я бы тебе сказала, если бы...

Она замолчала, глядя в спинку сиденья впереди. Стас тоже молчал. Автобус, въехав в Киев по Броварскому проспекту, начал притормаживать.

— Ты думаешь, я сама не осознавала, что делала это? — сказала Яна. — Думаешь, у меня что-то «включалось» в момент опасности и... Но в тот провал упал Паша, а он наш, наоборот, был нужен! И вторая молния — зачем я ударила ею в машину?

— Это потому, что ты пока не умеешь управлять своим даром. Я не утверждаю, что молнию и провалы создала ты. Но другого объяснения придумать не могу. Слушай, пока мы ехали, ты вдруг стала мотать головой во сне. Что приснилось?

Она поежилась.

— Снова тот микроавтобус на косе, мы в нем, и к нам тянутся эти тени. Их отбрасывали какие-то силуэты, в этот раз я почти сумела их разглядеть. Каждый раз они ближе, кажется, вот-вот увижу... Будто человеческие фигуры. А потом кто-то заговорил, знакомый голос, кажется, женский, во сне я его узнала, но теперь не могу понять, кто это был. Заговорил так успокаивающе... И еще он попросил нас не ехать дальше.

Она повернула голову, когда Стас сжал ее руку.

— Что такое?

— Со мной тоже во сне говорит какой-то голос, — признался он. — Хотя Коса Смерти мне вроде не снится, но... Чей-то голос предупреждает, чтобы мы не ехали дальше. Но только проснешься — и забываешь, чей он. И что точно говорил — тоже.

— Нам обоим снится одно и то же? Что это значит? — прошептала Яна изумленно.

— Не знаю. — Стас коснулся пальцем виска. — Наверное, просто всякое происходит в головах из-за пробуждения наших даров, вот и мерещится разное.

По лицу Яны было видно, что она не поверила объяснению, но другого у Стаса не нашлось.

Они свернули в большой асфальтовый «карман» справа от дороги, покатили между другими автобусами. Стас опустил на колени сжатые кулаки. Неужели все это происходит с ним? Как он оказался в этой ситуации? Он ведь, что называется, «простой парень». Ну, не совсем — не так уж много молодых людей в его возрасте летали на параплане, занимались альпинизмом и дайвингом, а еще — автоугоном, участвовали в нелегальных ночных гонках, плавали на спортивных яхтах и ходили в длительные сложные походы... Стас всегда был беспокойным до суетливости, жадным до новых впечатлений. Его тянуло к необычным переживаниям, раздражителям, событиям, пейзажам, людям... Ну вот, теперь всего этого хватит надолго!

И все же он, Стас Ветлицкий, — обычный человек... Был таким. А теперь он — аномал, прячется от полиции и какого-то «Комитета по Аномальным Ситуациям», переодевается, хитрит. Он чувствует эмоции и намерения других людей, он — чертов экстрасенс! Экс-тра-сенс!

— По крайней мере, мы пересекли границу, — сказал он, когда автобус остановился и двери раскрылись. — Через несколько часов будем на месте, о котором написал Шут, у этой Андреевской церкви. Может, уже вечером встретимся с нашими.

Девушка повернула голову, слабо улыбнулась ему, и Стас вдруг четко вспомнил Яну-прежнюю, сам собой возник ее образ: говорливая, бойкая, насмешливая, какая-то... звонкая, что ли. Она напоминала самого Стаса, только в женском варианте. Яна, как и он, всегда лезла вперед и ничего не боялась. Но сейчас она была не такая — уставшая, напуганная и словно поблекшая.

— Вставай, — сказала она, поднимаясь. — Все выходят.

Когда вместе с пассажирами они двигались по проходу к дверям, Стас, пропустив Яну вперед, прошептал ей в ухо:

— Интересно все же, кто выстрелил в Гришу на холме? И тогда, возле дискотеки. Я думаю, это один и тот же человек, только кто?

Шагнув с подножки на асфальт вслед за мужчиной в брезентовом плаще, она пожала плечами.

— Почему ты уверен, что один? Возле холма его было не разглядеть.

— Потому что звук у выстрелов одинаковый. Ну хорошо, нам надо поменять остатки долларов на гривны. Который час? Половина девятого...

Они отошли в сторону от людей, к елкам, растущим за краем асфальтовой площади автовокзала.

— Вон обменник, — Яна указала туда, где поблескивало стеклами в лучах утреннего солнца большое кафе. Сбоку к нему приткнулся киоск с табличкой: «ОБМІН ВАЛЮТ».

— Закрыт еще. — Яна прищурилась. — Видишь расписание?

— Работает с девяти, — сказал Стас. — И кафе это — тоже.

— Так что, подождем?

За автобусами показалась полицейская машина, свернувшая с шоссе. Она медленно покатила по широкой дуге, и Яна схватила Стаса за рукав.

— Нас ищут? Нет, не может быть...

— Вряд ли так скоро, — согласился он. — Но все равно, я к людям на улице не буду приставать, чтобы они доллары купили. Подождем девяти, поменяем, а потом в кафе позавтракаем. У меня такое чувство, что скоро увидим наших. — Стасу хотелось подбодрить Яну, и он решительно кивнул. — А раз у меня такое чувство, значит, так оно и будет. Я же теперь экстрасенс.

* * *

Виталий Алексеевич Кареглазов, самый молодой из трех заместителей начальника отдела внешнего наблюдения киевского СБУ, поднимался по карьерной лестнице на удивление быстро. Мало кто знал, что происходило это благодаря помощи спецслужб соседней страны, имеющей агентов влияния во многих структурах Вильной Украины. Россияне и деньги подбрасывали, и через свои каналы продвигали Кареглазова.

Несколько раз он содействовал «друзьям из-за границы», устраивая слежку за определенными людьми, передавал через связных нужную информацию... Его положение было двойственным: с одной стороны, ведь не на ЦРУ же работает и не на МОССАД, да и государственные секреты не продает, родной стране не вредит. С другой — зарплату Кареглазову платили из налогов украинских граждан, которым — и никому больше — он и должен был служить. Впрочем, сомнений в правильности своих поступков Виталий Алексеевич не испытывал. Он вообще никогда никаких сомнений не испытывал и по жизни интересовался лишь одним — собственным благополучием и перспективами. Последним, кроме прочего, способствовала и джеймс-бондовская внешность Кареглазова, и безукоризненная манера одеваться, за что у русских он получил оперативный псевдоним Бонд.

Этим утром Виталия разбудил звонок из братской России. Друзья просили найти двух людей, направляющихся, судя по всему, от границы в сторону Киева.

Воспользовавшись своими связями, Бонд быстро организовал наблюдение, и спустя всего полтора часа данные из милиции стали стекаться к нему. В 8.30 утра, когда раздался очередной звонок, Кареглазов понял, что ему повезло. «Не делайте ничего, главное, не упустите их из виду!» — приказал он. Надев пиджак и перекинув через руку легкое осеннее пальто,

Бонд выскочил из своей двухкомнатной квартиры на улице Горького.

Лифт все не ехал, и Кареглазов поспешил вниз пешком, благо жил на третьем этаже. Проигнорировав приветствие консьержки, скорым шагом вышел во двор. Уже садясь в свою новую черную «Вольво», он набрал номер на сотовом и, услышав голос в трубке, сказал: «Кажется, их засекли. Автовокзал возле метро «Лесная». Знаете это место? Да, я еду туда, буду минут через двадцать-тридцать, раньше не успею. Что? Уже в Киеве... Отлично, будем держать связь».

* * *

Позавтракав, Стас и Яна вышли из стекляшки и неторопливо направились через вокзал в сторону метро. Они не замечали Егеря, который двигался за ними. Охотник Пси-Фронта смог догнать одержимых почти сразу после того, как те пересекли границу, но затем едва не потерял, когда они сели на маршрутку до Чернигова. Лишь счастливая догадка, что в городе они могут пойти на автовокзал, помогла ему вновь обнаружить беглецов, когда те уже садились в автобус до Киева, — Егерь едва-едва успел купить билет в ночной кассе и вскочить в отъезжающую машину.

Теперь он шел за одержимыми, немного приотстав.

А еще за аномалами из автомобиля, припаркованного на краю вокзала, наблюдали два милиционера.

— Так что, возьмем их?

— Сказано же ничего не делать, только вызвать.

— Так они уйдут сейчас. Выходить из машины, следить дальше, или что? Мы ж в форме, нас заметить легко...

— Давай опять звонить.

Они позвонили — сигнал дважды переадресовывался и в конце концов достиг мобильника Бонда. Патрульные доложили: объекты вот-вот покинут территорию автовокзала.

В трубке возбужденно прозвучало: «Я подъехал! Я в черном „Вольво", видите меня? Где объекты, сориентируйте!»

В асфальтовый «карман» вкатила черная «Вольво», но слишком быстро — ей пришлось резко свернуть, чтоб не зацепить выезжающий автобус. Скрипнули тормоза.

«Где они?» — раздалось в трубке, и милиционер, которому эту работу никто дополнительно не оплачивал, с облегчением отрапортовал: «Парень в черных джинсах и свитере, девушка в коротком платье и мужской кожанке. Одеты не по погоде, бросаются в глаза. Они слева от вас, в толпе, видите?»

«Вижу! — прозвучало в ответ. — Отбой, дальше наблюдение веду сам».

Стас с Яной на машину внимания не обратили и шли дальше, а вот Егерь оглянулся на скрип тормозов. Куда это «Вольво» так торопится?.. Машина резко свернула, остановилась у бордюра, наружу выпрыгнул молодой красавчик в дорогом костюме, белой рубашке и галстуке, на ходу натягивая пальто, повертел головой... И пошел вслед за аномалами.

Егерь поднял воротник плаща, искоса наблюдая за мужчиной. Это становилось интересным.

Несмотря на внешний блеск и самоуверенность, лично следить за подозреваемыми Бонду приходилось редко, ну а Егерь, хоть и смахивал на престарелого бомжа, был хитрым и многоопытным. Он приостановился у магазина, наблюдая за улицей через отражение в витрине, затем притормозил еще раз — у ларька, обменялся несколькими словами с продавщицей, улыбнулся ей, купил пачку сигарет... В результате уже через пару минут Бонд по заполненной пешеходами улице шел за ничего не подозревающими Стасом с Яной, ну а Егерь двигался за ним. Эсбэушник наблюдал за аномалами, а охотник Пси-Фронта — за всеми тремя.

Компания приближалась к станции метро «Лесная». Мобильный телефон в кармане Кареглазова заиграл гимн Украины, он достал трубку и услышал голос Сергея Малькова:

— Мы на Броварском проспекте, у автовокзала. Где вы, Виталий?

— Слежу за «подопечными», — доложил Бонд, употребляя эвфемизм, который услышал в западном боевике про борьбу ФБР с наркоторговцами. — Подходим к станции метро. Задержать их?

— Ничего не предпринимайте, — приказал Мальков. — Едем за вами, у нас синяя БМВ и зеленый микроавтобус «Мерседес».

Одновременно в десяти метрах позади Егерь закончил щелкать кнопками на своей трубке, и через перевалочный сервер к абоненту ушло сообщение:

«Продолжаю слежку. Здесь человек КАСа. Жду приказа на уничтожение».

* * *

Парням Горбоноса нельзя было въезжать на территорию Украины: люди в камуфляже — это слишком для таможенников суверенного государства, даже если гости официально числятся сотрудниками МВД. Так что в Киев прибыли две машины: микроавтобус с Васей Карауловым и двумя его парнями и БМВ с Диной, Титором и Мальковым.

Черная «Мицубиси», знакомая аномалам, сменилась угловатым неброским «Мерседесом», подогнанным к границе агентами КАСа. Плохо, что пришлось оставить Горбносу оружие — операция не была официально согласована с украинскими спецслужбами, и брать стволы через границу касовцы не могли. Теперь бригада была вооружена лишь пятью «электрами»: одна у Титора, вторая у Малькова, и еще три — в машине Василия.

Когда подъехали к автовокзалу, снова позвонил Бонд: «Наблюдаю за ними. Задержать?»

Титор мотнул головой, и Мальков ответил:

— Ничего не предпринимайте. Едем за вами, у нас синяя БМВ «эм-три купе», знаете модель?

— Естественно, знаю, — с достоинством ответил Бонд.

Касовские машины двигались по проспекту, останавливаясь у светофоров. Дина держалась в одном ряду с «Мерседесом», обгонять никого не спешила; Мальков вертел головой, высматривая на тротуаре аномалов и преследующего их киевского агента. Тот снова вышел на связь: «Подопечные вот-вот спустятся в метро, там связь будет эпизодической...

Нет, остановились. Кажется, думают, что делать дальше. Я вас вижу!»

Дина повела машину еще медленнее, по краю проезжей части, мимо припаркованных автомобилей. Из толпы на тротуаре вышагнул, подняв руку с зажатым в ней мобильником, молодой красавец в костюме и пальто. Сидящий сзади Мальков распахнул дверцу, Бонд сел. Сзади притормозил зеленый микроавтобус.

Титор, обернувшись, спросил:

— Где они?

— Вон! — Бонд указал трубкой. — Возле стеклянных дверей, видите?

У входа на станцию двое аномалов разговаривали с пожилой женщиной, держащей большую продуктовую сумку.

— Да, это они, — кивнула Дина. — Видимо, выясняют дорогу.

— Если они приехали на встречу, нам выгоднее пока проследить за ними, — решил Титор. — Остальные... гм, «подопечные» тоже могут быть в Киеве.

При киевлянине касовцы решили не использовать слово «аномалы».

— В Комитете они меня почти не видели, я могу... — начал Мальков.

— Ты плохо знаешь город. Набери Караулова, пусть даст двух людей. Виталий Алексеевич, вы можете оказать нам помощь и дальше?

Бонд бодро объявил:

— Я в вашем распоряжении!

Титор окинул эсбэушника невыразительным взглядом и вяло улыбнулся ему, показывая, что ценит готовность к сотрудничеству. Тем временем Мальков по телефону уже приказывал Васе Караулову:

— Пусть наружу выйдут оба твоих. Будут работать в паре с нашим киевским другом.

Бонд благосклонно кивнул, услышав это.

— Они покупают воду в киоске, — сказала Дина. — Всё, заходят в метро.

Титор стал быстро инструктировать Бонда:

— Вас будет трое, это позволит организовать различные комбинации слежки. У наших оперативников есть полевой опыт, слушайтесь их. Мы будем передвигаться по городу, ориентируясь по сведениям от вас. Все, идите.

Бонд с деловым видом вышел, пытаясь выглядеть небрежным и уверенным. К БМВ приблизились двое оперативников, Кареглазов кивнул им и поспешил к дверям станции, где скрылись аномалы.

Мальков все это время оставался на связи и, как только дверца за Бондом захлопнулась, снова заговорил:

— Вася, быстро предупреди своих! При хохле никаких разговоров по работе Комитета не вести, объектов «аномалами» не называть. Легенда: Маг и Тьма — экотеррористы из радикальной группировки, устраивают взрывы на химпредприятиях и в лабораториях, где работают с животными. Правильно, ты пока едешь за нами, дальше посмотрим. Нет, Мага с Тьмой не берем, пытаемся через них выйти на группу Жреца.

Титор, проводя взглядом Бонда, нырнувшего в подземный переход, сухо констатировал:

— Мудак.

Потом щелкнул пальцами и сказал Малькову:

— Не отключай Караулова и послушай меня. Седой, который появился сначала у дискотеки, затем на границе... В первый раз его ведь более-менее разглядели?

— Горбонос говорил: за пятьдесят, животик, борода, седина, — подтвердил Мальков. — Василий, это я не тебе. Будь на связи и молчи.

— Борода может быть накладной, — заметила Дина.

— Возможно, — согласился Титор, — но вопрос в другом: он следил за аномалами и прикрывал их. Что, если и сейчас следит?

— Василий! — немедленно заговорил Мальков. — Внимание! Пусть твои контролируют насчет «перекрестной слежки». Ты понял, о чем я? Да, пожилой бородач с брюхом. Возможно, бороды нет. Действовать крайне осторожно. Сообщи им немедленно, он опасен!

* * *

Поезд метро катил по открытой ветке. За окном пролетали дома и деревья, по соседним рельсам в обратную сторону пронесся другой состав. Людей набилось много — утро, час пик. Но «Лесная» была первой станцией, так что одержимые успели занять места и теперь чинно сидели в конце вагона. Парень глядел в окно напротив, а девушка устало опустила голову и уставилась на свои колени, обтянутые черным.

Егерь стоял в середине вагона у дверей, поставив портфель между ног, читал местную газету. То есть делал вид, что читает, — украинский он знал плохо. Несмотря на обилие пассажиров, с занятой им позиции одержимые были хорошо видны. Шерстяную шапочку пришлось снять — слишком броская примета, и без нее охотник чувствовал себя словно голым. Фольга защищает от некоторых излучений, и шапочка была одним из способов спасения от возможной пси-атаки альенов. Но находясь так близко от одержимых, уже дважды видевших его, Егерь не рисковал надеть ее снова.

Время от времени охотник незаметно поглядывал на троих мужчин в штатском — красавца, которого засек на улице, и еще двоих. Они делали вид, что незнакомы, но у Егеря глаз был наметан, и он прекрасно видел: эти трое заодно.

Егерь оставался спокоен и собран, хотя ситуация не нравилась ему все сильней. Во-первых, он был вынужден шататься по столице чужого государства с оружием. Во-вторых, хотя красавца в пальто он не принимал всерьез — повадки у того были слишком уж показушными и неубедительными, — двое других, явно профессионалы, могли засечь Егеря так же, как он засек их. Наконец, в-третьих, теперь он совсем не был уверен, что сможет легко «стереть» одержимых.

Один из парней, стоящий у поручня вполоборота к охотнику, поднял руку, коснувшись гарнитуры на ухе. И тут же сидящий посередине вагона второй оперативник подался вперед, слегка нахмурившись.

Егерь понял: этим двоим звонят.

Красавчик ничего не замечал, он то и дело исподтишка посматривал на одержимых. Оперативники выслушали сообщение, один опустил руку, второй снова сел ровнее.

А потом они повернули головы в разные стороны и стали внимательно оглядывать вагон, сканируя взглядами лица пассажиров. Егерь ссутулился, прикрываясь газетой. Плохо, очень плохо. Он был на грани разоблачения касовцами.

Да и сама идея — «следить» вместо «убить при первой возможности» — возмущала его. Раньше Пси-Фронт не требовал от него полумер... Впервые за двадцать лет работы у охотника возникло сомнение в правильности методов организации, которой он отдал всего себя с потрохами. И первое, еще слабое сомнение это могло потянуть за собой другие, более серьезные подозрения.

Глава 7
ВСТРЕЧА

К вечеру потеплело, и Яна уже не мерзла. Несколько часов аномалы шатались по городу. Сходив в Киево-Печерскую лавру и пообедав в забегаловке возле Днепра, снова спустились в метро, доехали до станции «Контрактовая», а оттуда подошли к нижней части Андреевского спуска и стали неторопливо подниматься по нему.

— Какой сегодня день недели? — спросила Яна.

Стас, вскинув брови, пожал плечами.

— Надо же — не знаю! Может, спросим? — Он шагнул к тощему мужчине, похожему на престарелого хиппи, который продавал картины, развешанные на железной ограде Андреевской церкви. Судя по изображениям на полотнах — по меньшей мере странным изображениям, — нарисовал их «хиппи» сам, и при этом не обошлось без психостимулирующих веществ.

Художник не таясь глядел на коленки Яны, и она дернула Стаса за рукав.

— Не надо, идем. Ну его.

Поблескивали золотые кресты Андреевской церкви, стоящей в верхней части спуска. Справа торговали украинскими «рушниками», глиняными мисками и подносами с пышным сельским орнаментом, слева — картинами. За спиной аномалов вниз уходила извилистая улица, мощенная булыжником, впереди, где она заканчивалась, начинались обычные городские кварталы. Народу хватало, продавцов тоже. Над спуском мерно гудели голоса, шаркали подошвы по мостовой, но для многолюдного торгового места здесь было тихо и как-то очень интеллигентно, спокойно.

Метрах в десяти от аномалов шли Бонд и по сторонам от него два оперативника.

Еще дальше, вдоль лотков со всякой туристической всячиной, двигался Егерь.

Когда стало понятно, что подопечные никуда не спешат и не пытаются свернуть с Андреевского спуска, Бонд позвонил Малькову:

— Похоже, у них здесь встреча. Идут медленно, часто останавливаются у лотков. И крутят головами, вроде выискивают кого-то.

Титор не доверял Бонду, но оперативники тоже отметили, что аномалы передвигаются медленно и часто оглядываются.

Ездить в этом месте было нельзя, так что микроавтобус и БМВ пришлось припарковать на Десятинной и Владимирской — улицах, которые сверху вливались в Андреевский спуск. Из машин касовцев просматривалась Андреевская церковь и верхняя часть спуска, запруженная людьми.

Стас с Яной медленно шли дальше. Вокруг шумела разноязыкая толпа, звякали ярко разрисованные глиняные горшки на лотках, шелестели «рушники». Перед аномалами прошла девушка в простом длинном платье, расстегнутой болоньевой куртке, сапогах и платке, с сумкой на плече.

За мной! — вдруг услышал Стас, вернее, не услышал — ощутил бессловесный призыв. Он заозирался. Не поворачивая головы, девушка бросила: «Идите за мной!» — и зашагала дальше к церкви, которая высилась слева.

— Ксюха! — прошептала Яна ошарашенно.

Та всегда носила спортивные костюмы, кроссовки и бейсболки, и в такой одежде ее было не узнать. Стас сжал руку Яны, они свернули, пытаясь идти непринужденно. Обоим в голову пришла мысль: что, если за ними хвост? Стас, не выдержав, оглянулся, и Яна прошипела:

— Осторожней!

Ксюха шла в паре метров от них, приближаясь ко входу в церковь. По отношению к уровню мостовой здание стояло на приличном возвышении, и ко входу в него вела просторная длинная лестница. Дальше, на Десятинной улице, был припаркован туристический автобус с иностранными номерами, пара легковух и зеленый «Мерседес».

Негромко, мерно зазвонил колокол.

Ни Бонд, ни оперативники ничего не заметили, а Егерь насторожился. Одержимые вдруг изменили направление, стали забирать влево — к церкви и Десятинной, да и ритм движения изменился, они пошли быстрее и целеустремленнее. Егерь пока ничего не понимал, но чувствовал: что-то происходит. Он ускорил шаг, нагоняя оперативников с Бондом.

* * *

Стас и Яна вслед за Ксюхой миновали нижнюю часть длинной белой лестницы, ведущей ко входу в церковь, откуда под звон колокола спускались жених с невестой, окруженные толпой гостей. Взлетали конфетти и разноцветные спиральки «дождика», слышался смех, детские голоса. Выше, в дверях церкви, стоял дородный поп с длинной бородой и благосклонно глядел вслед молодым.

Ксюха, на ходу поправляя платок, как бы невзначай бросила взгляд назад. И нахмурилась.

* * *

В БМВ Мальков вскинул руку к гарнитуре, сказал: «Подожди, переключу на всех...» — вторую руку сунул в карман, где лежал смартфон, включил громкую связь, и в машине зазвучал возбужденный голос Василия:

— Шеф, там Амазонка! Амазонка перед ними идет, эта девка в платке, я ее узнал! Выхожу на перехват!

— Нет, подожди... — начал Титор.

— Шеф, на Десятинной людей почти нет, она нас выпасет! Эти двое — лопухи, но Амазонка... я ж ее знаю, суку мелкую! Надо их брать, пока они мимо церкви не прошли — дальше свободно слишком! Шеф, богом клянусь, она нас сразу выпасет!

Начальник с заместителем переглянулись, и Мальков сказал:

— Амазонка знает, где прячутся Жрец с Шутом. Сможем получить информацию от нее.

— У нас есть «дознаватель», — напомнила Дина.

Титор приказал:

— Все на выход. Берем аномалов сейчас. Вася, работайте!

* * *

Аномалы проходили мимо нижней части церковной лестницы, по которой спускалась толпа гостей, когда впереди, на Десятинной, приглушенно хлопнула дверца микроавтобуса. Ксюха подалась назад — Стас с Яной едва не налетели на нее. И тут же оба узнали увальня с соломенными волосами, выскочившего из зеленой машины, — имени они не помнили, но точно видели его раньше, причем не раз. Между мужчиной и аномалами шла группа японских туристов.

— Назад! — Ксюха разорвала сцепленные руки Стаса и Яны, бросилась вниз по Андреевскому спуску — и попала в объятия Бонда, спешившего навстречу. За ним сквозь толпу рванулись двое оперативников.

— Ни с места! — крикнул Бонд в лучших традициях американского фэбээровца, арестовывающего наркодилера, театрально выхватил пистолет из кобуры... и с придушенным воплем повалился на мостовую, когда руки Ксюхи замелькали в воздухе. Три быстрых движения — и Бонд уже лежит. Ксюха ударом ноги встретила перепрыгнувшего через него касовца.

Он перехватил ногу, дернул, провернул... Ксюха упала на мостовую, привстала, упираясь в булыжники локтем, и вытянула перед собой руку ладонью вперед.

Второй оперативник бежал на подмогу. Он как раз поравнялся с первым, когда Стасу с Яной показалось, что от ладони Ксюхи пошел конический луч дрожащего марева.

Второй оперативник повалился на мостовую, дергаясь. Первый заорал, упал на колени, и позади него стал виден бородатый мужик в брезентовом плаще, с дробовиком в руках. Он целился прямо в Ксюху.

Марево перед ее ладонью исчезло. Стас и Яна стояли прямо за Ксюхой. Услышав топот за спиной, Стас быстро оглянулся — и бросился под ноги здоровяку с соломенными волосами, который рвался к нему, расталкивая японцев.

* * *

Улица затряслась. Закричали люди. Дина ахнула. Перед ней, Мальковым и Титором, бегущими к Андреевскому спуску вслед за Васей, вздыбилась брусчатка — и участок мощеной улицы обрушился во внезапно образовавшийся провал. Покатились булыжники.

Касовцы отпрянули, у Дины треснул каблук, подогнулась нога, и Титор, схватив ее под руку, рванул назад. Перед ним образовалась воронка глубиной метров пять, куда сыпались земля и камни. Торчащая из склона воронки труба треснула, наружу под напором ударил широкий веер воды — ледяные брызги полетели во все стороны. На дно свалился толстяк, на него упал ребенок, вода залила их, мужчина заорал, завизжал малыш.

* * *

На лестнице в толпе гостей голосили женщины, а стоящий в дверях церкви батюшка размашисто крестился.

Василий, не обращая внимания на тряску и грохот, влетел в небольшую группу пестро одетых туристов, лопочущих не по-русски, разбросал их, как шар — кегли, ринулся дальше, и тогда кто-то упал ему под ноги. Если бы не толпа, старший оперативник ни за что не попался бы на такую простую уловку, но тут все сложилось: туристы, неровная мостовая вместо асфальта, наклон... Вася споткнулся о Стаса, потеряв равновесие, налетел на встающую Ксюху. Носком туфли ударил ее между лопаток — и свалился на стоявшего на коленях оперативника. Опрокинув его, упал сам, приложившись лицом о камни.

* * *

В кармане Егеря зазвонил телефон.

Прямо перед ним лежали трое оперативников, один пытался вставать, мотая светловолосой головой, из разбитого о камни носа текла кровь. Дальше Тьма и вскочивший Маг помогали подняться Амазонке. Вокруг орали, люди бежали в разные стороны. Одержимые смотрели на Егеря. Телефон звонил.

Не опуская дробовик, ствол которого смотрел в грудь Мага, Егерь достал трубку, коснулся клавиши и скосил глаза. На экране было:

«УХОДИ!»

Когда он снова посмотрел вперед, одержимые бежали к церкви. В верхней части Андреевского спуска зиял провал, осененный, будто нимбом, брызгами из лопнувшей трубы. Брусчатка по краям медленно осыпалась, дыра росла.

Увалень-оперативник с разбитым носом наконец сумел встать на колени. Злобно ругаясь, вытянул из-под пиджака какую-то штуку, похожую на большую перьевую ручку.

Егерь сунул дробовик под куртку и побежал к церкви.

* * *

Аномалы врезались в топу празднично одетых людей, сбили с ног жениха. Вокруг кричали. Они обогнули церковь, перелезли через ограду — и помчались вниз по крутому склону, от дерева к дереву. Ксюха упала, вскочила, упала снова... Движения ее были неверные, дерганые.

В нижней части склона она приказала, опершись о плечо Стаса:

— Теперь бежим к речному вокзалу.

* * *

На Андреевском спуске все происходило быстро.

— Электроудар, — констатировал Мальков, когда они обогнули пролом. — Дар Амазонки, дистанционно создавать электрическое поле, в действии.

— А это чей дар? — спросил Титор, показав в сторону пролома.

Один оперативник погиб, второго надолго вырубило. Досталось и Бонду, но меньше — он лежал на боку и пытался встать, держась за ребра.

Туристы разбежались, большинство продавцов — тоже, лишь длинноволосый художник, опасливо поглядывая на людей, столпившихся посреди мостовой в верхней части Андреевского спуска, стаскивал с ограды свои картины.

Вася, вытирая кровь с лица, оправдывался:

— Шеф, ну так получилось! Япошки эти со своими фотиками, один мне прямо в глаза вспышкой, понимаете? Блин, Саня совсем мертв! — Он присел на корточки над оперативником.

Дина холодно сказала:

— Вот-вот появится милиция, что будем им объяснять? У нас нелегальная операция, не согласованная с властями.

Оглядевшись, Титор принял решение:

— Уходим. Всех — в машины. Караулов, бери одного, Сергей, мне помоги. Быстро!

Закидывая на плечо тело, Вася потянул Бонда за руку:

— Вставай!

Киевлянин начал подниматься, разевая рот, как рыба без воды. Вдалеке взвыли сирены. Титор с Мальковым понесли к БМВ раненого оперативника, Василий с мертвецом на плече потащил за собой Бонда. Спешащая впереди всех Дина на ходу набирала номер на своем телефоне.

* * *

Егерь схватил с одного из лотков, перевернутых во время паники, темную шляпу, со второго прихватил шерстяную куртку в национальных украинских узорах, с бахромой из шнурков. Одержимые хорошо разглядели его на спуске, когда он едва не выстрелил в них, надо было хоть как-то изменить внешность. Скомканный плащ охотник спрятал в портфель.

Он заметил, куда рванулись беглецы, но побежал не прямо за ними: немного спустился по мостовой и только тогда перебрался на склон. Справа доносился хруст веток — там двигались одержимые. Егерь достиг нижней части склона почти одновременно с ними, но далеко в стороне, и поспешил по улице.

Дважды он едва не упустил их и все же сумел отследить до Речного вокзала. Там Амазонка посадила друзей на скамейку, а сама куда-то ушла. Неподалеку было кафе, Егерь зашел туда, взял чашку кофе и пирожок. То и дело поглядывая на Мага с Тьмой сквозь стеклянную перегородку, наскоро перекусил.

За это время до него дважды пытались дозвониться, но разговор не состоялся — какие-то сбои на линии. Когда Амазонка появилась вновь и все трое направились к причалам, Егерь, следуя позади, набрал сообщение: «Речной вокзал. Они собираются отплыть».

Вскоре телефон зазвонил, и синтетический голос спросил:

— Где ты?

— Речной вокзал, — повторил Егерь. — Слежу за ними. Кто создает локальные землетрясения?

Собеседник помедлил.

— Неизвестно. Это очень мощный дар... У нас нет информации, что кто-то из живущих сейчас одержимых способен на такое. В дело вмешалась неизвестная сила.

— Не могу понять ее цель. Она хочет убить Мага с Тьмой или защитить их?

Вместо ответа голос сказал:

— К Киеву подъезжают эстонцы.

— Я же сказал, что справлюсь один, — проворчал Егерь, наблюдая за одержимыми, которые подошли к сходням, ведущим на небольшой туристический теплоход.

— Нет, ты сказал, что, если Комитет инициирует полицейскую облаву, втроем вы будете заметнее. У эстонцев машина. Запомни их украинский телефонный номер. Как только выяснится, где одержимые сходят на берег, свяжись и сообщи эстонцам. Будете работать вместе.

— Они не нужны мне, — повторил Егерь.

— Нужны. Теперь понятно, что Маг и Тьма вскоре встретятся с группой Жреца. Ты готов выступить в одиночку против пятерых, владеющих различными дарами?

— Да, — сказал он.

— Риск слишком велик, — возразил голос. — Эстонцы помогут, свяжись с ними. Запоминай номер...

Глава 8
АНОМАЛЬНАЯ ЗОНА

4 суток до Контакта

Теплоход плыл по темной реке, большой город остался позади, как и дамба, и водохранилище, которое называли Киевским морем. Ксюха сидела на кожаном сиденье в углу верхней палубы, Стас устроился слева от нее, Яна — справа, у покатой стеклянной стены, за которой медленно двигался берег с редкими огнями. Урчал двигатель, волны хлюпали о борт. На верхней палубе царил шум — здесь гулял народ, стояли столы с закуской и напитками, играла музыка.

Они смогли попасть на эту посудину потому, что Ксюха в последний момент договорилась с кем-то из команды, а тот в свою очередь договорился с капитаном, что, по ее словам, обошлось в триста местных гривен. Народу на теплоходике, арендованном под корпоративную вечеринку, было много, часть гостей пришла с родственниками, так что незнакомые лица подозрения не вызывали — определить в троице чужаков вряд ли кто-то смог бы.

— Я хотела просто отплыть от Киева вниз по Днепру, — пояснила Ксюха Стасу с Яной. — Потому что на дорогах больше шансов, что остановят менты. Но повезло, этот теплоход идет до Страхолесья, а нам как раз туда.

Ксюха сидела понурившись, спрятав руки в рукава плаща. Она казалась усталой: взгляд тусклый, движения вялые.

— Плохо выглядишь, — сказал Стас.

— Мне после этого... — девушка вытянула руку ладонью вперед как тогда, на Андреевском спуске, — всегда плохо, а тут еще и троим зараз вмазала.

— Что ты тогда сделала? Что это было, какой у тебя дар?

— Вы сказали, у вас память отшибло. Так что вы не помните?

— Если чего-то не помним, так и не знаем, что не помним этого, — сухо заметила Яна.

Они с Ксюхой всегда друг друга не то чтобы не любили, но как-то холодновато относились, отчужденно.

— Место, где нас держали, я уже почти вспомнил, — сказал Стас. — Комната, то есть, скорее, камера... Я в ней жил один, иногда виделся с кем-то из вас, но ни разу — со всеми. Коридоры, в которых меня испытывали. Охранники, медики. Никаких окон, вроде мы были где-то под землей. Еще — дрожь.

— Дрожь? — Ксюха подняла голову.

— А ты помнишь ее? — подхватила Яна. — Она шла снизу, такая... плохая, неприятная.

— А до этого? Событие, с которого все началось, помните?

— Событие... — Стас покачал головой. — Только как мы едем и разговариваем, а потом — белый свет между осин.

— И еще тени, длинные узкие тени, — добавила Яна.

— Тени я тоже помню, — кивнула Ксюха. — Как они тянулись к машине. Но Жрец говорит, что это...

— Кто такой Жрец? — перебила Яна.

— Ты что, даже этого...

— Артур, — уверенно заявил Стас.

— Ну конечно. — Ксюха стала загибать пальцы. — Артур — Жрец, Мишка — Шут, я — Амазонка, вы — Маг и Тьма, Алена — Фея, Борис — Воин. Так нас назвали в КАСе. А мы еще с интерната привыкли к прозвищам, так что они быстро прижились.

— Так мы получили свои «дары» именно после происшествия на Косе Смерти? — спросила Яна. — Что было потом?

Ксюха вздохнула, села ровнее, сжав ладони коленями, стала рассказывать:

— Тогда все вырубились, пришли в себя уже в больнице, куда нас привезли. Потом оттуда нас забрали касовцы. Где дальше нас держали в Москве, не знаем. То есть понятно, что это спецслужба, Комитет, но точно про него ничего не известно, Жрец так ничего и не смог раскопать. Огороженное здание без вывески, хорошо охраняемое. Один санитар стал помогать нам. То есть Жрецу, тот с ним много говорил. Санитар был уверен, что у него тоже есть дар, только не проявленный, как у Тьмы, прямо бредил им. Хотя у Тьмы непонятно какая способность, а он утверждал, что владеет телекинезом. Говорил: ему постоянно чудится, как он взглядом двигает стакан, как заставляет шевелиться лампочку, висящую на проводе.

Она наклонилась к стоящей у ног сумки и достала бутылку минеральной воды. Пока Ксюха пила, Яна глядела в темное окно, а Стас осматривал зал. Народ гулял вовсю. Вроде теперь за ними не следили, но у него из-за последних событий разыгралась паранойя. Заметив, как Стас оглядывается, Ксюха опустила бутылку.

— Что?

— Нет, ничего. Просто проверял.

— Ты бы в Киеве получше проверял, — проворчала она.

— Мы же не агенты, — возразила Яна. — Там везде толпы, как узнать, что следят?

На палубе заиграл «шансон», хриплый голос запел что-то про зону и лагеря. Яна спросила:

— Куда мы плывем? Далеко?

— Скоро выходим, — сказала Ксюха. — Потом еще надо будет идти, то есть ехать. Сами всё увидите.

— Так куда? — уточнил Стас.

Амазонка покосилась сначала на него, потом на Яну.

— Послушайте, я веду вас к Жрецу, в наше место. И я не уверена — вдруг слежка не прекратилась? Может, кто-то успел подсесть на теплоход за нами. Или на вас «жучки»? Если, когда сойдем на берег, они снова нападут, кто-то из нас может вырваться, кого-то схватят... Короче, просто делайте, что я говорю, и когда я привезу вас к Жрецу, он все расскажет.

АНОМАЛЫ. Тайная книга

— Ты так и не ответила, что сделала с теми людьми на Андреевском спуске, — напомнил Стас.

— Я могу... — Ксюха помолчала и заключила. — Нет, Жрец лучше меня умеет говорить. Он много чего успел выяснить, его будете расспрашивать.

— А Боря с... То есть Воин с Феей остались в этом КАСе? — спросила Яна.

Откинувшись назад и прикрыв глаза, Ксюха ответила:

— Да. Мы собираемся вытащить их.

* * *

Быстро переговорив с одним из матросов, Егерь прошел вдоль парапета, за которым от причала медленно отплывал теплоход. В толпе мелькнули и пропали трое аномалов. На темную воду падал свет, музыка и веселый гомон лились с закрытой верхней палубы.

Страхолесье? В здании речпорта на стене висела большая карта, и Егерь направился к ней. Остановился, задрал голову, читая названия на украинском. Днепр вился синей лентой, вливался в Киевское водохранилище. Дымер, Глебовка, Ясногородка, Сухолучье, Горностайполь... А вот и Страхолесье. Рядом залив, от которого начинается Тетерев, а дальше...

В голове что-то повернулось — и вдруг он понял, куда именно стремятся одержимые.

Быстрым шагом пересекая здание порта, охотник достал трубку, набрал номер, который ему назвал соратник из КАСа. Раздался щелчок, гудки смолкли, и в трубке воцарилась тишина. Подождав, он сказал:

— Это Егерь.

Глухой голос произнес:

— Говори.

— Они плывут в Страхолесье, на юг от Киева, район Тетерева. Я на Речном вокзале, Днепровская набережная. Заберите меня.

— Будем через час тридцать.

Егерь прикинул, сколько теплоход будет плыть до Страхолесья, с учетом шлюза. Если одержимые успеют высадиться и уйти оттуда до их приезда...

— Слишком долго, можем не успеть. Надо раньше.

— Раньше — нет, — сказал собеседник.

— Тогда направляйтесь сразу в Страхолесье, встретимся там. Либо я сообщу координаты, если уйду дальше за ними. GPS есть?

— Да, — сказал голос.

— Какая у вас машина? Как вас узнать?

Снова пауза. Голос произнес: «Мы узнаем тебя», — и зазвучали гудки.

* * *

До недавнего времени Страхолесье оставалось захудалым местом, и пристани, подходящей для швартовки корабля подобного размера, там не было. Но когда неподалеку, в районе реки Тетерев, полюбил охотиться нынешний президент страны, хозяйничающие в государстве люди начали скупать участки в округе. Земля тут же подорожала, места эти стали считаться чуть ли не элитными... Страхолесье преобразилось буквально за год. Появились несколько десятков дорогих особняков, асфальтированные дороги, супермаркет, пара ресторанов. В один из них и должны были перейти гуляющие на теплоходе после того, как он причалит к новенькой пристани.

Когда теплоход причалил, аномалы вышли на небольшой пристани, озаренной светом единственного фонаря. Близилось утро, но было еще темно. За время плавания веселье на теплоходе не угасло, музыка так и играла все время. Пьяная толпа, спустившись по трапу, направилась к ресторану, где ярко горели окна.

У пристани приткнулись несколько грузовиков и пара легковушек. Дальше начиналась дорога, за которой стояли дома. Ксюха уверенно направилась вдоль ряда машин, Стас с Яной шагали следом. У крайнего дома Ксюха остановилась и постучала. Вскоре дверь раскрылась, высунулся зевающий мужик. Протягивая смятую банкноту, она сказала:

— Хочу забрать свой транспорт.

Он молча выкатил из сарая два велосипеда. Один был новенький, складной, со всякими стекляшками и блестящими никелированными колпачками, второй — дряхлая «украина», когда-то черная, а теперь буро-серая от грязи и ржавчины. При движении древний велик скрежетал и дребезжал. Рядом велосипеды смотрелись странно.

Когда мужик ушел, Ксюха пояснила:

— Этот крутой я украла в дачном домике здесь рядом. Вы поедете на «украине».

— Такой Боливар может не вынести двоих. — Стас с сомнением оглядел дряхлый транспорт.

— Если что, поменяемся.

Она отстегнула пакет от багажника велосипеда, не стесняясь Стаса, скинула платье, переоделась в спортивный костюм, обулась в берцы.

«Украина» протестующее скрипнула под двойной ношей, но на части не рассыпалась. Когда Ксюха поехала впереди, на ее велосипеде зажегся фонарик, и Стас последовал за бледным лучом света. Сидящая на багажнике Яна обхватила его за пояс.

Поселок остался позади, и они свернули на старую грунтовую дорогу, уходящую в лес.

— Все-таки куда мы едем? — спросил Стас, нагоняя Ксюху.

Она сказала:

— Сейчас все поймете.

* * *

Таксист, согласившийся отвезти Егеря в Страхолесье, уверил, что домчит туда быстро, но перед Дымером произошла большая авария, там была пробка, машины продвигаются по метру в минуту. Время близилось к полуночи, и через полчаса тянучки таксист затребовал полуторную плату от той, о которой договорились сначала. Взбешенный Егерь сказал, что вообще не заплатит, полез из машины, таксист с возмущенным матом схватил его за плечо... и бывший подполковник с такой силой двинул его кулаком в челюсть, что водитель сполз по сиденью, упершись коленями в «торпеду». Из разбитого лица на свитер потекла кровь.

Егерь обошел место аварии и поймал машину с другой стороны.

Когда подъехали к пристани, теплоход был уже виден. Егерь расплатился, автомобиль уехал, и он спрятался в тени ближайшего к пристани дома. Достал телефон.

И снова после гудков в трубке молчали.

— Я на месте, — сказал он. — Теплоход подплывает. Где вы?

— Близко, — ответили ему после паузы.

— Как близко? Они вот-вот высадятся.

В трубке надолго воцарилась тишина. Егерь хмурился и переступал с ноги на ногу. Он был неразговорчив и, прежде чем что-то сказать, предпочитал подумать, но в сравнении с этим молчаливым собеседником казался сам себе болтуном, суетливым и неубедительным.

— Мы близко, — повторил голос. — Жди.

— Когда они выйдут, я пойду за ними.

— Нет — жди.

— Мы потеряем их!

— Все под контролем.

— Я сказал, что...

— Жди нас. Приказ Корпорации.

— Какой еще...

Собеседник отключился. Егерь сжал зубы так, что хрустнуло за ушами. Из-за угла он видел, как потянулась к ресторану вывалившая из теплохода толпа, как от нее отделились трое одержимых... и подошли к дому, за которым он прятался. Сунув руку под полу, охотник нащупал дробовик, уперся горячим лбом в стену. Неподалеку раздался стук, тихие голоса. Они были совсем близко! Выскочить из-за угла, первой завалить Амазонку, потом остальных двоих... Главное — стрелять всем в головы, потому что иначе та сила, что захватила их сознание, может выжить и переместиться куда-то еще.

Скрипнула дверь, снова донеслись голоса. Потом дверь закрылась... шорох, металлическое дребезжание... Когда стало тихо, Егерь снова выглянул. Одержимые на велосипедах катили в глубину поселка. Охотник выскочил из-за угла, сделал несколько шагов вслед. На пристани было тихо и пусто, а из ресторана лилась музыка, перед ярко освещенным зданием стояли несколько машин.

Велосипедисты исчезли за поворотом улицы, освещенной редким рядом фонарей. Егерь побежал следом, остановился. Уходят! Угнать машину? Но на это надо время, он же не профессиональный угонщик — пока вскроешь замки, пока заведешь без ключа... К тому же в ресторане наверняка есть охрана, засекут. Безвыходная ситуация! Проклиная все на свете, охотник бросился к дому, хозяин которого отдал одержимым велосипеды, — может у того есть еще один, или мотоцикл, мопед, можно сунуть ему денег, купить...

На пристань выкатила «Тойота-Хилукс» с зачехленным кузовом, круто развернувшись, встала. Егерь побежал к ней. Задняя дверца приоткрылась, он распахнул ее, нырнул внутрь, захлопнул и выдохнул:

— По этой дороге гоните!

* * *

Между бетонными столбами была натянута колючая проволока в несколько рядов. Ограда пересекала поле и ныряла в ельник, позади нее шла грунтовая дорога, едва различимая в свете луны.

— Вроде контрольно-следовой полосы, — пояснила Ксюха, слезая с велосипеда. — Менты по ней ездят, проверяют.

Они быстро пошли вдоль ограды, углубились в ельник — деревья позади столбов были срублены, дорога продолжалась и там, — и вскоре достигли дыры, где колючка, кроме верхнего ряда, оказалась выкушена. Перебравшись на другую сторону, пересекли контрольно-следовую полосу и заспешили дальше. Ельник вскоре превратился в смешанный лес. Достигнув грунтовой дороги с кустарником и поваленными деревьями по краям, аномалы снова оседлали велосипеды, но не успели проехать и километра, как впереди раздался шум двигателя.

— Прячемся! — приказала Ксюха.

Пришлось съезжать с дороги под прикрытие деревьев. Шум нарастал, и вскоре из темноты, светя фарами, вынырнула машина.

— «Серый Ланос», — прошептала Ксюха. — Так его называют. На этой тачке менты гоняются за самоходами. Замрите.

Автомобиль медленно прокатил мимо, шум мотора стих.

— Теперь надо побыстрее отъехать от периметра, — сказала она, выкатывая велосипед обратно на дорогу. — Тут опасно, а дальше шанс наткнуться на кого-то небольшой.

Когда рассвело, дорога совсем пропала — растворилась в почерневших прошлогодних листьях и гниющих ветках. Распогодилось, показалось солнце, осветив рощи, разделенные серыми пустошами, овраги и болотца.

Троица проехала мимо бетонной ограды в проломах, за которой виднелись кирпичные бараки и ржавая техника. Потом слева потянулись деревенские домики. Дворы заросли деревьями и высоким бурьяном, ветки торчали из окон, из дыр в крышах и стенах, затянутых мхом. Яна недоуменно оглядывалась, но больше не задавала вопросов. Стас тоже молчал.

Через некоторое время Ксюха сказала:

— Впереди поворот на Черевачский мост, который ведет через Уж, на повороте часто дежурят менты. Подождете, пока я разведаю обстановку.

— А объехать нельзя? — спросил Стас.

— Вокруг заболоченные места, не получится.

Яна со Стасом отъехали в кусты, Ксюха одна отправилась вперед. Вернувшись, объявила:

— Вроде никого, давайте быстро, вдруг появятся.

Когда переехали мост, издалека донесся рокот — поначалу едва слышный, он быстро нарастал.

— За мной! — крикнула Ксюха и понеслась по кочкам в сторону уродливой ржавой конструкции с колесом, похожим на гигантскую шестерню, с квадратной кабиной и обрывками тросов. Махина одиноко торчала на другом краю поля.

Далеко над кромкой леса показался вертолет. Ксюха, пригнувшись, нырнула под железную станину землеройной машины, Стас с Яной тоже побыстрее спрятались. Бросили велосипеды, присели. Вертолет летел над полем в их сторону.

— Это военный? — спросила Яна. — Зеленый весь.

Стас с Ксюхой молчали. Когда вертолет исчез из виду, Ксюха достала карту, расстелила на влажной земле и сказала:

— Теперь нам на запад.

Вскоре, углубившись в лес, они достигли линии электропередачи и поехали по просеке на север, от одной решетчатой вышки до другой. Ветер посвистывал в вышине между ржавых балок, оборванные концы проводов покачивались и тихо шуршали, ударяясь друг о друга.

Поели на ходу — у Ксюхи оказались несколько черствых бутербродов. Наконец Яна не выдержала:

— Мне надоело ехать, ничего не понимая. Что это за место?

Их проводница, не оглядываясь, бросила:

— Скажи ей сам, ты ведь уже понял. И не тормозите, нам еще несколько часов то ехать, то идти.

Стас, руля одной рукой, через плечо сказал Яне:

— Мы поплыли от города через Киевское море, потом шли на северо-запад... Попробуй вспомнить карту.

— Да не знаю я карту Киевской области! — разозлилась она. — Никогда не видела, зачем она мне? Говори уже!

— Да ты посмотри сама. — Стас показал вперед, где далеко-далеко виднелась полосатая труба, из-за расстояния казавшаяся бледно-серой и расплывчатой. — Разве тебе это ничего не напоминает?

— Труба... — Яна нахмурилась. — Ну да, на фотографиях видела. Мы что... Неужели мы в...

— Точно, именно там, — согласился Стас. — Вообще, если задуматься, то это логично. Где еще прятаться аномалам?

Ближе к вечеру впереди замаячили козловые ЖДкраны. Когда миновали их, Ксюха сказала:

— Здесь повышенный фон. Старайтесь в грязи не мазаться.

Потом снова был лес, а когда уже начало темнеть и впереди замаячили дома брошенного поселка, она объявила:

— Мы на месте.

* * *

Егерь положил портфель на сиденье рядом. Впереди сидели двое брюнетов; за рулем — постарше, рядом помладше. Лицо водителя он разглядел в зеркальце заднего вида: острый подбородок, крупный нос, впалые щеки, выступающие надбровные дуги. Черные вихрастые волосы с сединой.

Второй обернулся — он оказался похож на водителя, но подбородок еще острее, а щеки запали сильней. Лицо у него было совершенно волчье, взгляд мертвенный, короткие волосы жесткой щетиной торчали над низким лбом. Оба эстонца давно не брились — щетина напоминала наждак.

— Давно уехали? — спросил молодой.

— Недавно, на двух велосипедах, — пояснил Егерь. — Не знаю, как за ними незаметно следить на машине, но сейчас надо хотя бы увидеть их издалека.

Эстонец отвернулся. Машина ехала по ночному поселку, и одержимых впереди видно не было.

— Как вас звать? — спросил Егерь.

Они молчали. В «Тойоте» висела явственная аура опасности, насилия, словно внутри этой машины был убит не один человек. Егерь не так много знал про эстонцев, в Пси-Фронте блюли конспирацию на случай провала отдельных ячеек. Эти двое были братьями. Как и охотник, специализировались на «стирании» одержимых и тоже считались лучшими спецами в Восточной Европе. Но Егерь занимался только убийствами, а эстонцы участвовали еще в каких-то силовых акциях, даже в ограблениях, о которых ходили смутные слухи. Хотя братья приезжали в командировки в Россию, раньше Егерь с ними не сталкивался. Зачем Пси-Фронту кого-то грабить? Для финансирования своих операций? Скорее всего, Фронт имеет другие источники дохода, наверняка владеет каким-то бизнесом, и даже не одним... Егерь в который раз за последние сутки подумал о том, что крайне мало знает про организацию, в которой служит уже столько лет. Штаб-квартира где-то в СНГ; цели — борьба с тайным инопланетным вторжением; оперативные группы работают автономно, выполняя задания, которые им сбрасывают кураторы вроде покойного Величко. У Егеря был счет в болгарском банке, куда периодически поступали средства — не очень большие, но хватало на жизнь и на обеспечение его операций.

Бывший напарник, научивший Егеря большинству приемов по выслеживанию одержимых, погиб от руки одного из них больше пяти лет назад, и с тех пор охотник лишь несколько раз вживую общался с соратниками. Дважды он работал в паре, а один раз — втроем, когда надо было «стереть» одержимого, оказавшегося крупным провинциальным мафиозо. Егерю было достаточно того, что Пси-Фронт дал ему большую жизненную цель, он не желал знать ничего сверх необходимого минимума. Но сейчас недостаток информации угнетал отставного полковника. Как работать с эстонцами, если ничего не знаешь? Конечно, эти двое — соратники, как и тот, говоривший синтетическим голосом, но каковы их сильные и слабые стороны, в чем на них можно положиться, а в чем — нет? В конце концов — можно ли им полностью доверять?

А еще — Корпорация. Что это такое? Так эстонцы называют Пси-Фронт. Почему именно «Корпорация»? Егерю не нравилось это слово, оно настораживало.

— Как к вам обращаться? — повторил он, напряженно вглядываясь в улицу за лобовым стеклом.

— Освальд, — произнес водитель низким хриплым голосом. — Он — Гуннар.

И снова в «Тойоте» наступила тишина. Некоторое время они ехали через поселок, потом дорога повернула в сторону Киева. На север, к лесу, от нее отходила другая — земляная, узкая. Машина затормозила. Эстонцы молчали.

— На север, — решил Егерь. — Зачем им назад возвращаться?

Ни слова не говоря, Освальд повел машину по северной дороге.

* * *

— Новошепеличи, — объявила Ксюха. — Нам сюда.

Стас с Яной вовсю крутили головами, разглядывая глухие, заросшие улицы с домами без подъездов или подходов к калиткам. Растительность взломала асфальт, за десятилетия сквозь окна в постройки нанесло земли — кусты с бурьяном росли и внутри. Крыши прохудились, сквозь проломы наружу торчали ветки.

Середина улицы заросла немного меньше, но и там было не проехать — пошли пешком, ведя велосипеды рядом. Ксюха двигалась впереди, огибая высокие кусты и сминая те, что пониже.

— Смотри, — прошептала Яна.

Слева возле покосившегося забора, торчащего над целым морем бурьяна, стоял, склонив голову к груди, лохматый седобородый дед. Просто стоял там и покачивался вперед-назад...

— Это самосел? — спросил Стас.

— Дед Савва, — пояснила Ксюха. — Больше тут никого нет.

Они изрядно шумели, но житель Новошепеличей словно не замечал их.

— А чего он такой? — спросила Яна тихо.

Ксюха пожала плечами.

— Бабка его недавно умерла, с тех пор одурелый бродит. А может, из-за Жреца... — Она замолчала.

— Что из-за Жреца?

Но Ксюха не ответила. Вскоре она повернула на другую улицу, потом свернула еще раз. Теперь обветшалые дома, деревья и кусты были со всех сторон.

— У деда Саввы электричество в избе есть, — снова заговорила Ксюха. — Недалеко ЛЭП, подстанция, от нее он провода протянул. А Шут уже от его дома — к нам.

— Куда «к нам»?

— А вот, смотрите куда.

На другом конце поселка был пологий холмик, на вершине его стоял дом, выглядевший чуть получше, чем остальные. Перед домом они увидели Мишку в ватных штанах, грязных сапогах и черной тужурке. Он метал раскладной ножик в доску. Оглянулся, увидел их, загоготал радостно и бросился навстречу. Небритый, с пятном сажи на щеке. Обнялся со Стасом, с Яной, отстранившись, окинул ее взглядом с ног до головы и осклабился. Широкое лицо его выражало такую искреннюю, мальчишескую радость, что Яна не нашла сил разозлиться.

— Скотина ты все-таки, — только и сказала она. — Зачем такое платье подсунул?

— А чтоб Капитану было приятнее с тобой путешествовать. Что с Пашкой нашим?

— Его убили, — сказал Стас. — Или только ранили. Еще возле схрона.

— Эх... — Впрочем, грусть Мишки, ставшего теперь Шутом, была мимолетной. — Ну ладно, за мной давайте. Жрец, эй, Жрец!

Он поспешил к дому.

Когда они подошли, навстречу из двери шагнул Артур. На нем были джинсы и свитер в ромбик, туфли, длинные светлые волосы причесаны, побритый... только шейного платка не хватает для полноты картины.

Ксюха покатила велосипеды к сараю, а Стас с Яной остановились. Артур с улыбкой коснулся ее плеча, кивнул, пожал руку Стасу. На Яну он посмотрел как-то особенно внимательно, даже пристально.

— Заходите. Устали? Сейчас поужинаем, а потом я расскажу вам, что в действительности с нами произошло.

* * *

То, что одержимых они потеряли, стало ясно на рассвете. В конце концов Освальд остановил «Тойоту» посреди сумрачного дубового леса. Егерь вышел, хлопнув дверцей, и встал спиной к машине. Глаза его недобро посверкивали, на скулах играли желваки. После всех трудов — одержимые исчезли! Из-за того, что эти двое задержались по пути в Страхолесье...

Обернувшись, он столкнулся взглядами с волчьелицым Гуннаром.

— Чего зенки вылупил? — бросился Егерь зло. — Просрали дело!

— «Зенки»? — Младший эстонец повернул голову к брату.

— Глаза, — пояснил Освальд, доставая из чехла на ремне трубку мобильного телефона. — Грубое слово.

— Почему грубишь? — без выражения спросил Гуннар у Егеря.

Сплюнув, тот сказал:

— Теперь неизвестно куда идти. Все, я звоню нашему человеку в КАСе.

Егерь потянул трубку из кармана, и вдруг Гуннар переместился к нему — очень быстро, сгорбившись, на полусогнутых. Вытянув руку, крепкими волосатыми пальцами цепко впился в запястье.

— Подожди.

— Отвали на хрен! — Егерь кулаком пихнул его в плечо.

Он был уже в возрасте, но удар все еще оставался силен — Гуннар отшатнулся. Лицо исказилось, сверкнули черные глаза, он схватился за рукоять пистолета, торчащую из-за ремня. Рука Егеря легла на дробовик, висящий в чехле под курткой.

— Гуннар, стой! — властно окликнул Освальд сзади.

Волчьелицый ссутулился сильнее, руки расслабленно повисли вдоль тела. Все так же на полусогнутых он отступил и отвернулся от охотника, будто тут же позабыл про него.

Егерь замер, уставившись в коротко стриженный затылок. Его вдруг накрыло хорошо знакомое ощущение. За долгие годы работы в Пси-Фронте он научился кое-чему, развил в себе особое чутье, и сейчас... Неужели? Этот Гуннар, неужели он... Нет, такого не может быть — просто не может быть!

Освальд уже разговаривал с кем-то:

— Теретулнуд! Ма тахан теада...

В роще коротко прощебетала птица. Ветерок пробежал через подлесок, шевельнулся и снова застыл кустарник — и опять воцарилась звенящая тишина, окутывающая эти странные, безлюдные места.

Освальд, убрав трубку, сказал что-то вроде «сеал» и показал на север. Гуннар шагнул к багажнику «Тойоты». Пока младший эстонец доставал оттуда два рюкзака, его брат надел плотную черную куртку и принялся рассовывать по карманам всякую мелочь.

Егеря они словно не замечали, и он спросил:

— Нам на север? Откуда ты знаешь?

— Есть сведения, — коротко бросил Освальд.

Он добавил что-то на эстонском, обращаясь к брату. Гуннар положил рюкзак на землю и вытащил из машины свернутый брезент.

— Помоги.

Вместе с Егерем они накрыли машину брезентом, стянули веревки под днищем.

— Далеко идти? — спросил Егерь, снова берясь за портфель.

— Пока не знаю, — сказал Освальд.

Братья подняли рюкзаки, и младший, не дожидаясь спутников, зашагал в указанном направлении. Освальд с Егерем, перекинувшим через голову ремень портфеля, направились за ним.

— Откуда сведения? — спросил охотник.

— Из Корпорации, от Медузы.

— Что еще за Медуза? Кто это?

Освальд глянул на него.

— Босса так зовем. Сведения из нашей штаб-квартиры.

— Он знал, где скрывается группа Жреца? Так почему не...

— Раньше не знал, — оборвал эстонец. — Только сейчас, когда я обозначил район. Гуннар, как?

Младший молча ускорил шаг.

Шли долго, миновали несколько брошеных поселков, пересекли асфальтовую дорогу, возле которой пришлось прятаться, пережидая, пока проедут военные автомобили. Давно наступил день. Иногда издалека доносился рокот вертолета, слышался собачий лай, пару раз где-то за деревьями проезжали машины. Все молчали; Освальд широко вышагивал рядом с Егерем, Гуннар почти бежал впереди, словно дикий зверь на запах дичи, иногда оглядывался — лицо его было пустым, ни тени мысли в глазах... Всякий раз знакомое чувство накатывало на Егеря.

И с каждым километром, который уводил их в глубину Зоны отчуждения Чернобыльской АЭС, одна мысль все настойчивее стучалась в двери его рассудка. Мысль эта была пугающей. Гуннар — одержимый. Возможно, Освальд тоже?

Но если так — что же такое, на самом деле, Пси-Фронт?

ЧАСТЬ ВТОРАЯ
ТЕНЕВЫЕ СИЛЫ

Глава 1
ГЕОКРИСТАЛЛ

Когда Иван Титор опустился на стул перед директором, Георгий Сергеевич Манохов неторопливо поднялся из удобного кресла. Сдвинув в сторону ноутбук, он присел на угол массивного темно-красного стола, всем своим видом давая понять, что разговор будет недолгим.

— Операцию провалили, аномалы исчезли.

Иван промолчал. Манохов и так все знал, Дина наверняка успела доложить: и как бледный, перепуганный Бонд помогал избавиться от тела мертвого оперативника, и как возвращались в Россию... Оставаться в Киеве стало слишком опасно — происшествие на Андреевском спуске вызвало целую бурю в столице соседнего государства, встали на уши и СБУ, и милиция; касовцы, спешно покидающие Украину, чувствовали себя не представителями серьезной спецслужбы, а зайцами, улепетывающими от облавы.

— У меня возникли обоснованные, очень серьезные сомнения в вашей способности справляться с обязанностями начальника оперативного отдела.

Говорил Манохов не зло, а нехотя и будто снисходительно, как если бы уже списал Титора.

Иван молчал. Что ни скажешь в такой ситуации, поднаторевшее в кабинетных разборках начальство обратит это тебе во вред.

— В связи с чем я принял определенное решение... — тут Директор сделал многозначительную паузу.

Он был невыразительным мужчиной лет на пять старше Титора. До КАСа — крупный функционер МВД. Хоть и начальник, а движения немного поспешные, дерганые, глаза не то чтобы бегают, но... светлые зрачки нет-нет да и прыгнут то влево, то вправо — в общем, не внушающие уважения глаза. Еще Манохов имел привычку браться двумя руками за воротник дорогого, но не слишком импозантно сидящего на нем пиджака и одергивать его. Титор представил, как Динка занимается с этим чмырем сексом на шикарном кожаном диване у стены, и едва сдержал презрительную ухмылку.

«Наплевать, — подумал он. — Ты держишь паузу, чтобы у меня поджилки тряслись, а мне наплевать. Я знаю, что ты решил, и мне это безразлично. На самом деле так мне даже лучше: больше возможностей для расследования».

— Но сначала, — вновь заговорил Директор, — я бы хотел четко понять, почему операция была провалена.

Иван пожал плечами, понимая, что выглядит сейчас едва ли не нагло.

— Мы бы их взяли у границы, если бы не отвлеклись на Калугу.

— То есть вы хотите сказать...

Раздался писк. На столе стояли два телефона, черный — большой, «под старину», и красный — плоский, компактный, почти без кнопок. Когда он зазвонил, Манохов преобразился мгновенно. Соскочил со стола, как мальчишка, и плюхнулся в свое кресло, уставившись на аппарат.

Титор переводил взгляд с начальника на телефон и обратно. Он впервые слышал, чтобы этот «красный» подал голос... Почему звонок идет не через секретаря? И почему Директор всполошился?

Кинув на Титора быстрый взгляд, тот взял трубку, поднес к уху и тихо сказал:

— Манохов слушает.

И тут же весь подобрался, напрягся еще сильнее.

— Конечно, узнал, рад вас слышать. Нет, мы пока еще... Нет... Но... Да, операция продолжается. Я знаю, что осталось всего трое суток, однако... Конечно, не телефонный разговор... Завтра же приеду к вам. Да, я все понял!

Положив трубку, он перевел дух. Несколько секунд сидел не шевелясь, потом кинул взгляд на Титора и сказал, сухо и поспешно, явно желая побыстрее выпроводить Ивана из кабинета:

— Вы переводитесь на должность начальника внутренней охраны здания, вместо Барцева, он станет первым заместителем Дины Андреевны. Мальков тоже переходит в ее распоряжение. Барцев ждет, чтобы сдать дела. По инструкции — принимая эту должность, положено ознакомиться с объектом. У меня все, свободны.

Иван, внутренне ликуя, встал. У двери оглянулся — Манохов исподлобья смотрел на него, и по выражению его лица было ясно: в КАСе Ивану Степановичу Титору служить осталось недолго.

Он предвидел, что его переставят в начальники охраны. Эта должность была ниже, чем та, что он занимал раньше, но... Наплевать! Зато возможностей в задуманном деле больше.

Миша Барцев, похожий на бывшего борца-тяжеловеса, дожидался его в своем кабинете.

— Слушай, не будем хатами меняться? — с ходу начал он. — Мы ж рядом, какая разница, ты тут сидишь, я там... Должностной инструкции именно на этот счет нету, ну так бумаги друг другу передадим, а остальное неохота мне перевозить. А?

— Не будем, — согласился Иван.

— Заместитель мой в недельном отпуске, так что пока без него обходись. В целом ты и без меня общую обстановку знаешь, но давай пройдемся, раз уж положено.

В КАСе было два надземных этажа и три подземных уровня. В документах они назывались просто «Минус первый», «Минус второй», и самый нижний, — «Минус третий», но среди работников давно закрепились другие названия: «Гараж», «Лаборатория» и «Тренажер».

Надземные этажи занимала администрация, медпункт, охранные помещения плюс склад оборудования, используемого на уровнях. По оси здания шел центральный ствол с лифтами, именуемый у работников «Колодцем».

Барцев спросил:

— Ну что, на лифте или пешком?

— Давай пешком, — решил Титор.

Лифтов было две пары, пассажирские и грузовые, и все располагались в «Колодце». Между лифтами пряталась тайная винтовая лестница, ведущая на самый глубокий объект, о котором знали только высшее руководство, начальник научного отдела, начмед, завхоз и несколько оперативников.

Для начала спустились на «Минус первый». В гаражах, помимо собственно стоянки, находились еще автомастерская и комнаты вспомогательных служб: сантехников, электриков, столяров... Здесь царствовал завхоз и встречались почти исключительно его подчиненные — в комбинезонах, заляпанных машинным маслом или обсыпанных древесной трухой.

Пока шли через гараж, Барцев рассказывал, что здесь да как, и показывал посты охраны.

На уровне «Лаборатория» одну половину занимали медицинский и прочие научные отделы, а в другой держали аномалов. По коридору, куда выходили двери их камер, сновали люди в белых халатах — сосредоточенные, серьезные, не замечающие Титора с Барцевым.

Они спустились на нижний уровень — «Тренажер», где были залы со спортивными снарядами, бассейн, испытательные стенды, центрифуги и прочие штуки для аномалов. А еще — несколько прихотливо изгибающихся коридоров и множество помещений всевозможных размеров. Во время опытов с аномалами там постоянно что-то переделывали, меняли оборудование, сносили и возводили временные перегородки, тянули кабели и ставили прожекторы...

Но сейчас здесь было пусто и тихо. На входе в эту часть уровня в пуленепробиваемой будке дежурил охранник в полной выкладке.

Сквозь броневые окошки, забранные решетками под большим напряжением, Титор с Барцевым по очереди заглянули в камеры всех аномалов. Воин, крепкий, коротко остриженный парень в спортивках и майке, отжимался от пола, положив ноги на стул. Фея спала — она вообще нечасто бодрствовала.

Когда вернулись к лестнице, Барцев остановился и, покосившись на охранника в будке, ткнул пальцем в пол.

— Туда пойдем?

В его голосе явно читалась надежда на то, что идти «туда» не понадобится — ну хотя бы потому, что для этого надо сперва подняться на уровень выше. Только там имелись неприметные двери, ведущие на секретную лестницу — единственный путь в «Глушь», как посвященные называли самое нижнее помещение.

Титор не любил ходить в это место и на вопрос Барцева покачал головой.

Они попрощались, Барцев ушел, а Титор медленно побрел назад по «Минус третьему», заложив руки за спину и размышляя. Операцию по поимке аномалов слил сам Директор с помощью Дины. То ли слил просто потому, что бездарь и в оперативных мероприятиях ничего не смыслит, то ли намеренно. Дина кому-то постоянно названивала... Докладывала Директору? Или связывалась с кем-то еще? Если дело просто в бесталанности Манохова (который тем более на дух не переносит Титора) — надо уходить из КАСа, любыми возможными способами, переводиться в другое место, хоть это и нелегко, учитывая секретность информации, к которой Титор имел здесь доступ. Но если Манохов с Диной действуют в интересах кого-то, противостоящего КАСу?

Как вообще возник Комитет? Дойдя до глухой стены, Иван свернул в коридор с камерами и зашагал мимо ряда дверей, лишь за двумя из которых сейчас находились аномалы. КАС создан по инициативе человека, которого называли Куратором, — важной персоны из правительства. Манохов поставлен на должность лично им. Кажется, именно с Куратором он говорил по красному телефону — и тот высказывал недовольство. Что-то их там поджимает, какой-то срок подходит...

Формально КАС подчиняется правительству, но в действительности — только Куратору. И при этом поставленный им на должность директора Комитета человек, возможно, подыгрывает аномалам. Что за странные игры? Иван Титор намеревался разобраться в этом.

Поднявшись в гараж, он встретил Сергея Малькова, с озабоченным видом спешившего навстречу.

— Опаздываешь куда-то?
— Нет, Иван Степанович.
— Надо поговорить.

— К вам в кабинет? В... новый?

— Нет, я в старом пока. Лучше давай просто пройдемся.

Они зашагали рядом. На периферии уровня чаще попадались не водители, а техники из обслуживающего персонала в промасленных спецовках. Рядом, за стеной, гудели моторы, выл какой-то механический агрегат. Обслуга с начальством и аномалами не контактирует, здесь нравы проще и свободней, Титор слышал обрывки разговоров, кто-то смеялся в соседнем боксе. Потом голоса снова стали сосредоточенными — мужики вернулись к работе.

Он коснулся плеча Малькова, с вопросительным выражением повел рукой вокруг. Бывший заместитель, понимающе кивнув, задумался ненадолго и сделал приглашающий жест. Они пересекли гараж, свернули под лестницу, и Мальков набрал код на замке в железной двери. Потом была вторая, запертая на обычный замок... Наконец зашли в кладовую, которую он открыл своим ключом. Титор знал, откуда Мальков знает шифры, откуда у него ключи. В заместители к Ивану Степановичу тот попал из помощников Велемского, бывшего начальника внутренней охраны. Велемского убил при попытке к бегству аномал, тот самый, что оставил шрам Титору. Насколько Иван помнил, Мальков тогда ведал сеткой внутреннего наблюдения, а еще в его обязанности вменялся контроль внутренних постов.

— Это «глухой угол», — пояснил Сергей, включив свет и прикрыв дверь. — Вверху камер и микрофонов меньше, но на уровнях ими утыкано почти все, хотя есть небольшие сектора вроде этого... В общем, здесь можно говорить.

— Как тебе под Диной?

Титор огляделся. К бетону крепились железные полки, на них лежали кофры и коробки, все темно-зеленое, с крупной белой маркировкой. Редко используемое оборудование, а может, пустая тара, которую по инструкции нельзя списывать, а надлежит утилизировать в строгом порядке.

— Боюсь, не сработаемся, — вздохнул Мальков в ответ на его вопрос. — Она недоброжелательно относится ко мне и сразу показала это. Иван Степанович, если честно, у меня много дел. О чем вы хотели поговорить?

— В КАСе идут какие-то тайные игры, и я хочу выяснить, в чем дело. Ты ведь плотно занимался камерами наблюдения?

Мальков не удивился неожиданному вопросу — у Титора даже сложилось впечатление, что бывший заместитель догадывается, о чем пойдет речь.

— Да, Иван Степанович. И в свое время настраивал первую сетку, которую потом переделали по приказу Директора.

Титор кивнул:

— Поэтому и говорю с тобой. Та сетка частично демонтирована, частично включена в новую. Насколько знаю, одна из претензий Манохова была — видеокамеры в кабинетах руководства. Даже то, что их мог отключить сам Директор, его не устраивало. Теперь камеры в его кабинете нет?

— Нет, Иван Степанович.

— А может, осталась, но ты просто отключил ее?

— Она снята, даже провода из коммуникационного туннеля в стене вытащили.

— Можно каким-либо способом наблюдать за кабинетом и слушать разговоры в нем? В кабинете Манохова и, желательно, Дины?

Мальков молча глядел на бывшего шефа. Положение понятно — Титор теперь может только просить, не приказывать. И то, что он предложил сейчас... Если Сергей донесет на него, Титору конец, пусть даже доказательств не будет.

Наконец Мальков ответил:

— Нет, работу камеры не восстановить никак. Но... В общем, есть одна идея. Сделаю, что смогу. Давайте встретимся через... Нет, давайте лучше завтра, перед службой. Восемь утра, хорошо? Где-нибудь недалеко от здания, но не рядом, чтобы нас случайно не заметили.

— Стоянка за торговым центром, та, что возле остановки?

— Думаю, вполне подойдет.

Они покинули кладовку и, кивнув друг другу, разошлись в разные стороны. По дороге к лифтам, разминая на ходу сигарету, Титор вспомнил о сбежавших аномалах. Интересно, куда они подались? Где прячутся?

* * *

Легендарная компьютерная игра «Сталкер» и серия книг по ее мотивам породили молодежную субкультуру со своим сленгом, символикой, сайтами, сетевыми форумами и многим другим. Если верить адептам этого культа, ночью в Зоне отчуждения неспокойно. Светятся таинственные огни на Свалке, горят глаза ночных мутантов, шелестит трава под мягкими лапами... И разносятся бородатые анекдоты да негромкие песни под гитару вокруг редких костров, у которых сидят сталкеры — отважные бродяги Зоны, собирающие «хабар», чтоб заработать на хлеб насущный.

А на самом деле все не так. Ночью в реальной, не выдуманной Зоне тихо, мирно, спокойно. Редко-редко проедет ночной патруль да повернется с боку на бок в своем схроне одинокий «самоход», незаконно проникший за Периметр просто ради приключений, ради того, чтобы почувствовать себя «не таким, как все». А может, и по какой-то другой, но вряд ли особо возвышенной или романтичной причине. Нет в настоящей Зоне ни мутантов, ни аномалий, ни сталкеров, и охраняют ее не грозные военные, а обычные менты и «погранцы».

Сейчас, в последнюю ночь небывало теплой зимы, здесь совсем тихо. Темно, лишь светится занавешенное окошко в доме на краю заброшенного поселка под названием Новошепеличи.

...В доме, где обосновались аномалы, были кухня, две комнаты и кладовка. Рабочая печка плюс буржуйка. Тепло и даже есть свет. Тускло, с перебоями, но лампочки горели — уже хорошо.

Ксюха спала в одной комнате, Артур в другой, Мишка устроился на печи в кухне. Яну разместили с Ксюхой, а Стасу выделили большую кладовку.

Когда они пришли, Яне нездоровилось, да и он сильно устал после тревожной ночи и дневного перехода. Артур объявил, что обо всем поговорят завтра, они наскоро поели (Яна отказалась, сразу отправилась спать) и разошлись.

Стас поворочался-поворочался и понял, что не заснет. Мозг взбудоражен, только закроешь глаза — перед тобой пляшут волны, которые бились в борта теплохода, мелькают лица людей, машины, камни мостовой Андреевского спуска, в ушах стоит гул церковного колокола... да еще храп этот.

Он встал, вышел на кухню. Бледный свет луны лился в окно. На печке, поверх которой валялись ватники и одеяла, дрых пузом кверху Мишка. Левая рука и нога свесились, толстяк храпел, приоткрыв рот. Все ему нипочем, счастливый человек, Стас бы тоже хотел уметь так легко, без напряга относиться к жизни...

А снаружи стояла тишина, какой в городе не бывает никогда. Мертвая тишина, гробовая.

Он потянул носом воздух — чуть сладковато пахнет сигаретами... Ну да, ясно, кто это.

Из-под двери комнаты, которую занял Артур, пробивался свет. Поскрипывая растрескавшимися, окривевшими от сырости и времени досками пола, Стас подошел и тихо постучал.

— Заходи, — сразу донеслось изнутри.

Это комната выглядела аккуратней других, даже занавесочки висели на окнах. Кровать застелена чистым одеялом, по стенам — полки с потрепанными книгами, оставшимися от прежних хозяев дома.

На столе стоял включенный ноут, от которого один провод шел к трещине в стене, а второй, потоньше, к дыре в потолке.

В кресле, закинув ноги на угол стола, сидел Артур: в одной руке — длинная сигарилла, в другой подвешенная за нитку треугольная проволочная рамка. Она медленно проворачивалась.

— Садись, — сказал Артур, даже не бросив взгляд на Стаса, будто и так знал кто это. — Там стул, или вон лавку можешь придвинуть. Ты уверен, что в Зоне за вами не следили? Ксения вроде бы ничего такого не заметила, но...

Стас огляделся, взял низкую лавку с прямой спинкой, застеленную ковриком, поставил у стола. Сел и сказал:

— По-моему, за нами никто не шел.

— Закуривай, — предложил Артур. — В кувшине вино, стакан возьми с полки. Вино из яблок, местный дед делает.

Вина не хотелось, а вот закурить вдруг потянуло, хотя Стас и не помнил даже, когда делал это в последний раз. Взял сигариллу из пачки, прикурил. Впервые за двое суток он мог позволить себе расслабиться, впервые за ним никто не гнался. Хотя в безопасности Стас себя не чувствовал, но тревога и напряжение исчезли.

Он медленно затянулся, выпустил дым ноздрями. Артур, не отрываясь, следил за вращающейся рамкой.

— Был такой немецкий ученый, Густав фон Поль, — негромко заговорил он. — Открыл занимательный факт: больные раком, за которыми Густав наблюдал, спали в местах, где вот такие биолокационные рамки резко отклонялись либо равномерно вращались против часовой стрелки, закручивая нить в одну сторону. Рак, по мнению Густава, зачастую является следствием длительного обитания в патогенной зоне.

— То есть здесь — патогенная зона? — Стас выпустил в потолок струю дыма.

— Аномальная, — уточнил Артур. — Я предпочитаю это слово. Не очень сильная, куда ей до той, возле озера, но все же... А ты ничего не чувствуешь?

Стас покачал головой.

— Вроде все как обычно. То есть место странное, конечно, но это потому, что ведь Зона отчуждения же... Так что, мы теперь раком заболеем?

Артур улыбнулся краешком губ.

— Такие места на всех воздействуют по-разному. Могут и благотворно, а могут негативно. Либо приводят к церебральным изменениям, из-за которых появляется то, что в КАСе называли «даром». Ну, как у нас. Я выбрал этот район не столько потому, что в Зоне можно спрятаться, сколько из-за аномальности. А узнал про него еще в КАСе... Да, не удивляйся, благодаря санитару у меня иногда был доступ в Сеть, вот я и начал расследование: что же с нами произошло. Так вот — нас, уже состоявшихся аномалов, такие зоны могут подпитывать энергией, усиливая способности. Поэтому я и решил остановиться здесь.

— А дар способен вызвать землетрясения? — спросил Стас.

Не меняя позы, Артур глянул на него.

— Ты о чем, Маг?

Стас рассказал про провалы и синие молнии. И не успел еще закончить, как вдруг, словно прохладным ветерком в теплой комнате, на него пахнуло эмоциями...

Удивление, недоверие.

Видно было, что Артур по-настоящему заинтересовался — он даже ноги со стола снял и выпрямился в кресле.

— Я решил, что это дар Янки, то есть Тьмы, — неуверенно заключил Стас.

Артур поднял сигариллу, наблюдая за тонкой струйкой дыма, и покачал головой:

— Дар Тьмы? Нет, не может быть. Я знаю, у нее другой, я ощутил его еще в Комитете. Она... Нет, подожди немного, сейчас не скажу, мне надо разобраться во всем.

Стас подался вперед:

— В чем ее дар? Яна боится его, хотя не говорит. Боится, что стала чудовищем. Я хочу знать!

Артур мягко ответил:

— Извини, Маг, завтра все узнаете, и ты, и она. Лучше о тебе поговорим — ты интуит, да? В этом твой дар: ощущать эмоции, а еще — намерения и желания. Я правильно сформулировал? Мысли читать напрямую ты не можешь?

Стас молча сбил пепел.

— А мое намерение предвидеть способен? — спросил Артур.

— Ты хочешь мне все рассказать. Все, что знаешь, и прямо сейчас.

Артур снова улыбнулся. Рамка перестала крутиться — нитка, на которой она висела, свернулась тугим жгутиком, и та незримая сила, что закручивала проволочный треугольник, больше не могла преодолеть ее сопротивления.

Положив рамку, Артур заговорил опять:

— Все это, все, что с нами происходит, лишь незначительная часть чего-то большего. Лоскут, понимаешь? Не самый значительный элемент действий и борьбы теневых сил.

— Каких еще теневых сил?

— Тех, что стоят за... всем. — Артур сделал широкий плавный жест. — За всем, что вокруг. И КАС — тоже лишь часть. Просто эгоистичная, жадная до власти спецслужба, созданная важными людьми, чтобы взять под контроль аномалов.

— Как именно нас хотят взять под контроль? Что это значит?

— Послушай меня внимательно, Маг, — сказал Артур. — Это важно. Любая новая технология, которая в разные времена появлялась у людей, использовалась ими и во благо, и во вред. Всегда были плюсы и минусы. Из лука убивали животных для пропитания, кого-то он спас от голода, но с его помощью убивали и людей. Лазер используется и в хирургии, и как оружие. Интернет улучшил взаимосвязь, ускорил прохождение информации, но он полон вранья, афер, порнографии... Главное, он стал площадкой, где дуракам и профанам удобно объединяться в толпу и орать хором, заглушая голоса умников и специалистов. К чему я клоню, ты понимаешь?

— Наши способности — тоже новая технология?

— Да, считай, биотехнология, но не созданная человечеством, а появившаяся случайно. От нее людям может быть и польза и вред. Запомни: множество сволочей попытаются воспользоваться нами в своих целях. И наше право... наша обязанность — не позволить им сделать этого.

Вдруг у Стаса в голове возникло видение: *земной шар, окруженный черным*. И тут же Артур повернул к нему лэптоп.

На мониторе медленно вращалась Земля. На поверхности ее мерцали с полтора десятка бледно-желтых пятнышек разной силы свечения и размеров.

— Ты не мог бы немного сосредоточиться? — попросил Артур.

— В смысле, ты о чем?

— Просто смотри в одну точку на стене. Сейчас поймешь, просто попробуй.

Пожав плечами, Стас так и сделал. Краем глаза заметил, как Артур склонил голову, почти упершись подбородком в грудь... Потом он вздрогнул, и мгновенно перед глазами Стаса встала картинка: снова земной шар, на нем — выпуклые очертания континентов и островов, и по всей поверхности планеты горят желтые пятнышки.

Образ был вполне отчетливым, объемным и цветным, и это была не только картинка, с ней пришли и эмоции, неявное, но ощутимое чувство — *это наша планета... наш дом... надо беречь его...*

Стас моргнул, образ растаял, и он уставился на Артура.

— Это — твой дар?! Насылать всякие образы?

— И не только зрительные, как ты понял. Интересно да? Но сейчас я хочу рассказать о другом... По работе мне часто приходилось заниматься поиском в Интернете. Это затягивает, и кое-какими вещами я заинтересовался уже помимо своих служебных обязанностей. Знаешь ведь, как это бывает — тебя не пускают куда-то, и поэтому тебе сильнее хочется туда влезть. Настоящим хакером меня назвать трудно, но азы этого дела я постиг. Иногда забирался в такие области Сети, о которых обычный юзер даже не слышал. И узнавал там всякое... Вот, например, интересный факт: волны землетрясений, идущие по планете в направлении восток-запад, движутся медленнее, чем в направлении юг-север. Знаешь, почему?

Нахмурившись, Стас покачал головой. Он не понимал, к чему клонит Артур, тот говорил слишком неопределенно... И вдруг его накрыло то же ощущение, что и раньше, — дуновение тепла, принесшее мимолетный образ.

Решетчатый куб.

Стас даже моргнул недоуменно — это что такое? Артур уже говорил:

— В начале двадцать первого века были исследования по «сейсмическому просвечиванию» — прослушивали волны землетрясений, прошедших через земное ядро. Температура там внизу около четырех тысяч, давление страшное. В ядре есть мягкие и твердые фракции, и последние образуют кристаллическую структуру. То есть ядро Земли на самом деле кристалл. Или сверхкристалл. Это — кубический скелет планеты, окруженный «плотью» — «мясом» и «кожей»... Ну а кристаллам присуща анизотропия. Слышал такое слово? Оно означает: их свойства различны по разным направлениям. Этим и вызвана разная скорость прохождения волн от землетрясений. Итак, геокристалл, как я его называю, имеет форму решетчатого куба. Не хочешь вина?

— К чему мне все это говоришь?

— Сейчас поймешь. Так не хочешь? А я выпью...

Артур плеснул из кувшина в стакан, отпил немного. Движения его были как всегда мягкие и плавные, изящные.

— Представь себе такой большой куб из арматуры... нет, из какой-то толстой проволоки — крепкой, твердой, но все же потоньше арматурных прутов. Возьми в руки лом. Сильно ударь по кубу. Что будет?

Стас сделал последнюю затяжку и затушил сигариллу в консервной банке.

— Прогнется решетчатая стенка этого куба?

— Нет, она слишком твердая. Так что произойдет? Ну, подумай!

— Решетка задрожит, — решил Стас.

— Правильно. Это называется резонанс.

— Ядро Земли тоже резонирует? — Он все еще не понимал, куда клонит Артур, но помимо воли заинтересовался.

— Скажем так: оно может резонировать. Например, под действием каких-то космических излучений. И когда-то... не знаю когда, Земля прошла через сильный поток. Необычное излучение, не имевшее аналогов, особые частицы высокой энергии. Это было... словно очень сильный удар по решетке. От ядра, то есть от узлов куба, в центре планеты пошли обратные потоки излучения, которые в разных местах пронзили земную поверхность. Некоторые называют такое излучение теллурическим, оно известно в эзотерике, во всяких псевдонауках. В этих местах, где излучение геокристалла проходит сквозь поверхность, и образовались...

— ...аномальные зоны, — заключил Стас.

— Да. Периодически происходят всплески излучения, этакие вспышки. Мы попали на Косу Смерти как раз в момент одной из них. Просто не повезло... или наоборот — повезло?

Артур замолчал, позволяя ему обдумать услышанное. Стас даже зажмурился, чтобы ярче представить себе это, и то ли Артур в этот момент послал ему еще один образ, то ли собственное воображение сыграло, но ему вдруг привиделся огромный сверкающий кристалл в центре голубого шара, и потоки излучения, расходящиеся во все стороны от граней. Они пронзают литосферу — «кожу» Земли... На поверхности, там, где прошли лучи, вспыхивали огоньки — острые, яркие. Даже дух захватило, и Стас замер, не дыша, удивленный мыслью, неожиданно пришедшей в голову. Выходит, планета, попавшая в поток необычных космических лучей, получила аномальные свойства... А они, те, кто оказался в отраженных потоках — там, на Косе Смерти, — аномалы... С ними произошло то же, что с Землей?

— Я читал про такую теорию, будто Земля — живой организм... — произнес он, раскрыв глаза.

— Геотеизм, — усмехнулся Артур. — О нем забыли еще в девятнадцатом веке. Ну, в качестве наглядной модели его тоже можно использовать. Хотя сейчас нам важно другое. Что ты слышал про Чарльза Форта?

Манера Артура задавать неожиданные вопросы немного нервировала, но Стас решил не раздражаться:

— Ничего. Рассказывай уже.

— Некоторые считают его отцом уфологии. Чарльз Форт жил в Америке почти сто лет назад. Любопытный был человек, чудаковатый, со странностями... Можешь почитать о нем в Интернете. Сначала он изучал всевозможные необычные случаи, аномалии, чудеса, собирал данные по архивам, писал на эту тему книги, потом стал сам ездить по аномальным местам. По легенде, написал некую «Тайную книгу» про них, но она исчезла. Умер необычной смертью, хотя я нашел в Сети утверждение, что на самом деле Форт просто исчез, а похоронен был не то пустой гроб, не то тело какого-то бродяги из госпиталя. Я вышел на информацию о Форте случайно, когда просматривал различные истории, связанные с Косой Смерти и другими аномальными местами. Так вот, Форт посещал их, классифицировал... И вдруг я обнаружил, что во многие из этих мест за последнее десятилетие направлялись экспедиции, и все их организовывала одна контора — НИИ «Психотех». Странная организация, она возникла будто из ниоткуда. Я не смог, до сих пор не могу вычислить источники их финансирования. Вроде в этом НИИ есть доля государства, а еще какого-то западного фонда, но все слишком туманно. Для чего эти экспедиции, как связан Чарльз Форт, его изыскания, экспедиции «Психотеха», «Тайная книга»... не могу пока что собрать это в кучу.

Пожав плечами, Стас предположил:

— Форт посещал аномальные места и в книге описал их, а теперь «Психотех» посылает туда экспедиции... Наверное, «Тайная книга», если она и правда была, попала в распоряжение «Психотеха». Но вообще ты мне столько наговорил, что совсем запутал.

— А это и правда запутанная история, вернее — несколько переплетенных в клубок историй. То, что книга Форта попала в «Психотех», мне, конечно, тоже пришло в голову.

— А может, «Психотех» — другое название КАСа?

— Нет-нет, это две разные организации, просто штаб-квартиры обеих находятся в Москве. И все это: «Психотех», КАС, Чарльз Форт, «Тайная книга», аномальные места — переплетено в запутанный, сложный клубок, с которым мне... нет, нам придется разбираться еще долго. Сейчас ответов на многие вопросы нет, но я хочу, чтобы ты понял одну важную мысль, уяснил ее для себя, просто чтобы всегда быть очень осторожным и действовать обдуманно.

— Какую мысль? — проворчал Стас. В голосе собеседника была назидательность, а он этого очень не любил, его свободолюбивая натура сразу начинала протестовать.

— Мы стали частью чего-то большого и... темного, — пояснил Артур. — Теперь мы не просто маленькие люди в большом мире, нами заинтересовались силы, управляющие человечеством. И нам надо выбраться из всей этой передряги живыми. И вытащить Воина с Феей. Я хочу вернуться в КАС и освободить их.

Стас недоверчиво уставился на него.

— Ксюха упоминала, но... Действительно собираешься вернуться туда?

— Что, не хочешь спасти их? — Взгляд Артура стал острым.

— Ясно, хочу. Ты специально меня ставишь перед таким выбором? Я хочу их вытащить, но не верю, что мы способны на это.

— Мы сможем, — уверенно сказал Артур. — Но вернемся к этому разговору позже. Тебе надо отдохнуть.

Стас зевнул — усталость и правда брала свое.

— Как вообще тут живется? Я толком не успел ни с кем поговорить, только пришли — уже стемнело, Ксюха сразу спать, потом и Мишка...

Артур поднялся из кресла.

— Тихо живется. Электричество есть, еду можно раздобыть — у других самоселов или у деда Саввы. Главное, не попадаться на глаза местной милиции.

— А дед этот — что с ним? Он какой-то странный.

— Иди спать, — предложил Артур вместо ответа. — Я тоже буду ложиться. Завтра мне надо поговорить с Яной, а потом у нас будет общий сбор.

Стас покинул его комнату, пересек кухню с храпящим Мишкой и в своей кладовке сразу лег. И прежде чем уснуть, вспомнил вопрос Артура: «Ты уверен, что в Зоне за вами не следили?»

* * *

Мужчина с сумкой на плече выскочил из-за сарая неожиданно, когда Егерь с эстонцами уже почти миновали очередную брошенную деревеньку.

Позже Егерь решил, что это был беглый зэк — он слышал, вокруг ЧАЭС такие попадаются, — причем не просто зэк, а еще и наркоман в ломке либо просто псих.

Была поздняя ночь, они шли без остановок. Увидев троих незнакомцев, бродяга вытянул перед собой руки с растопыренными пальцами, словно хотел броситься на них и выцарапать глаза. И забормотал — неразборчиво, но угрожающе. Как испуганная собака, которая рычанием пытается унять страх и напугать врага.

Волчьелицый Гуннар шел впереди, не шел — стремительно рысил, ноги так и мелькали, будто зверь по следу; Освальд с Егерем двигались сзади. Когда появился бродяга, остановились, Гуннар включил фонарик.

Бродяга попятился обратно за сарай. Гуннар оглянулся и, когда его брат кивнул, сорвался с места. Блеснул нож, чужак заорал... Взмах, второй — очень быстрые, едва уловимые. Кровь, хрип. Бродяга упал на спину, широко разбросав руки. Гуннар вытер клинок о грязную одежду мертвеца, погасив фонарик, схватил труп за плечи и поволок в сарай.

— Зачем убивать? — спросил Егерь.

Освальд пожал плечами.

— Свидетель.

— Что он мог рассказать, кому? И это был не одержимый. А наша миссия...

Он запнулся, решив, что разговоры про миссию звучат слишком патетично. Гуннар появился из сарая, на ходу отряхивая руки, без выражения глянул на спутников и поспешил в прежнем направлении.

— Одержимый... — протянул Освальд неопределенно. — Кто одержимый, а кто нет? Где грань?

И, не дожидаясь ответа, поспешил за братом. Егерь тоже зашагал вперед. Равнодушная жестокость, с которой только что убили обычного человека, была ему неприятна. И она настораживала, как и странный ответ Освальда. Нет, старший эстонец — не одержимый, Егерь ничего такого не чувствовал, но вот младший... От него так и веяло нечеловечностью, чуждостью. И эта его целеустремленность — куда он бежит, почему именно в северо-восточном направлении? Как волк на запах дичи, словно чует ее впереди.

Они снова углубились в лес и быстро достигли просеки, по которой шла линия электропередачи. Егерь незаметно сунул руку под куртку, поправил дробовик в чехле, чтоб удобней было выхватывать. Как одержимый может работать на Пси-Фронт? Ведь главная цель организации — уничтожение, полное их искоренение на планете. Другой человек смирился бы с подобным компромиссом — что Фронт использует одних одержимых для охоты на других, — но Егерь такое принять не мог.

А что, если на самом деле цель Пси-Фронта совсем в другом? Но в чем тогда? Ради чего охотник убивал одержимых столько лет?

Они свернули и дальше шли по просеке. Двигались молча, Гуннар, как и прежде, впереди. Егерь наблюдал за эстонцами, пытаясь припомнить все, что знал о

Пси-Фронте, все мелочи, что упоминал покойный Юрий Величко и другие соратники, с которыми приходилось тесно сотрудничать.

Светало, когда они вышли из леса к брошенной деревне, сплошь заросшей деревьями и кустами. Было еще темновато, и Егерь хотел включить фонарик, но Освальд сказал:

— Не надо.

Гуннар остановился, подавшись вперед и сжав кулаки, напряженно вглядывался в темноту. Наконец он попятился, облизал губы и сипло сказал:

— Они там. Рядом.

— Откуда ты знаешь?.. — начал Егерь, но Гуннар уже спешил дальше.

— За ним! — бросил старший брат.

Стали пробираться через заросли. Посреди улицы была протоптана небольшая тропа, от нее в стороны иногда ответвлялись другие, поуже.

— Кто-то здесь ходит, — заметил Освальд.

На другом конце деревни Гуннар, укрывшись за раскидистым деревом, выглянул из-за ствола.

— Свет. Там! — пролаял он.

Егерь, уже заметивший тусклое свечение в окошке дома на холме, спросил:

— Откуда ты знаешь, что это одержимые?

— Он знает, — уверенно ответил Освальд. — Это точно они. Днем осмотримся получше и до вечера возьмем их.

— Возьмем? — переспросил Егерь.

Глава 2
ДАР ТЬМЫ

3 суток до Контакта

У Малькова был аккуратный белый «Шевроле». Снег недавно сошел, в Москве слякоть, а машина чистенькая, почти что сверкает...

Автомобиль остановился в условленном месте в трех кварталах от здания КАСа, и Титор, дожидавшийся бывшего зама на остановке маршрутки, направился к нему. Сел на переднее сиденье, кивнул Малькову. В салоне тихо гудел климат-контроль, поток теплого воздуха шел из решеток на «торпеде».

Мальков сразу перешел к делу:

— Как я и говорил, старую систему наблюдения запустить не удастся даже в небольшом секторе директорского кабинета.

— Плохо, — пробормотал Титор. — И у Дины?..

— Там тоже глухо. Увы, не только камера демонтирована, даже старые провода обрезаны.

Титор потянул портсигар из кармана, но вспомнил, что Мальков не курит.

— Что ж тогда... Тупик, куда ни сунься?

— Есть еще один способ, Иван Степанович.

— Какой?

Мальков взял кейс с заднего сиденья, вытащил лэптоп. Раскрыл его и молча ткнул пальцем в крошечный глазок веб-камеры, поблескивающий на узкой полоске матового пластика над монитором.

Несколько секунд Титор молча смотрел, потом щелкнул пальцами.

— Да! Как ни зайдешь, он там всегда стоит включенный... Но ты разве сможешь? Это уже хакерство, а не электроника, в которой ты разбираешься.

— Я и в компьютерах неплохо разбираюсь, Иван Степанович. Проникнуть в касовскую сеть снаружи я бы не смог, это высший пилотаж. Но включить веб-камеру через вай-фай и потом считывать поток... Надеюсь, получится. Но мне нужно, чтобы вы подтвердили. Делаем это?

Титор задумался вновь. Если что-то пойдет не так, если их вычислят... Мальков подставляется, как и он. И пути назад уже не будет.

— В конце концов, я теперь начальник внутренней охраны, — сказал Иван. — И я считаю, что в целях ее обеспечения необходимо подключиться к лэптопу Директора. Как скоро ты сможешь все сделать?

— Часа три-четыре, чтобы все организовать.

— Тогда начинай.

* * *

Утро выдалось светлое, тихое и теплое. Чтобы побыть одному, Стас отправился гулять по поселку.

Кусты пробились прямо в некоторых домах. В сараях, взломав полы, росли деревья, кое-где ветки торчали из прорех в крышах. Он заглянул в один дом, к которому смог продраться, в другой... Странный мирок. Некоторые здания так обросли, что в них и не пройти никак, разве что с вертолета на крышу прыгать. Что там внутри? Вечный полумрак, шелест листвы, если ветер задувает окна, ползают насекомые, древоточцы гложут гнилые доски, под обоями шуршат уховертки. Своя тайная, незаметная жизнь, которую годами, десятилетиями не нарушает ничто, которую никогда не видел ни один человек.

Поселок молчал, вся Зона отчуждения молчала. Наткнувшись посреди улицы на большую проплешину в зарослях, Стас присел посреди нее на корточки, опустив руки между ног, уперся ладонями в землю, закрыл глаза и прислушался к своим ощущениям. По словам Артура, они в аномальном районе вроде того, на Косе Смерти, только послабее. Значит, он должен чувствовать что-то этакое... Или теперь, когда уже стал аномалом, когда прошившее земную поверхность резонансное излучение геокристалла сдвинуло что-то в мозгу, активизировало некие спящие центры, обострило их чувствительность — теперь ничего нового в подобных местах Стас ощущать не будет?

Что же все-таки это были за провалы и молнии, когда они с Яной убегали от касовцев? Ведь Артур понятия про них не имел, он по-настоящему удивился. Стас-то решил, что это дар Тьмы, но...

Вспомнив, как ходил на занятия по йоге и пытался научиться медитировать, он постарался отогнать все мысли. Стал вслушиваться в себя, попытался ощутить разом все тело: какое положение оно занимает в пространстве, почувствовать воздух, легко скользящий сквозь ноздри... Что-то мелькнуло на самом краю сознания, порыв, словно дуновение теплого ветра. И вдруг он понял: это же Яна! Она только встала... Ее эмоции — еще сонные, неявные — слабость, нежелание подниматься... Но Жрец зовет, надо идти... А это облачко рядом с ней — более четкое, активное — это Ксюха, и она собирается...

Неподалеку что-то хлопнуло, и Стас раскрыл глаза. Несколько секунд оторопело глядел перед собой, потом вскочил. Слева заросли были невысокие, и он увидел деда Савву между домами, рядом с треснувшим колодезным воротом. Дед стоял вполоборота к Стасу и качался вперед-назад. Голова опущена, глядит прямо перед собой. И молчит. Стас повел плечами. Будто зомби, сомнамбула... Что с этим бедолагой приключилось? Но хлопок вроде донесся не отсюда, с другой стороны.

Он пошел на звук и вскоре очутился возле длинного сарая без крыши. Сквозь пролом в стене заглянул внутрь.

Там Мишка, потирая руки, расхаживал перед самодельным столом. На криво сбитой столешнице стояло полено, на земле рядом валялись еще несколько бревнышек.

Мишка остановился, повернувшись к столу лицом, поднял руки. Неровный земляной пол зарос травой, и, когда Стас направился к толстяку, тот сразу услышал и оглянулся.

— А, приветик! Уже встал? Я думал, вы с Тьмой до полудня дрыхнуть будете.

— Я всегда рано просыпаюсь. — Стас остановился рядом. — Чем это ты занят?

Мишка хитро глядел на него.

— А ты у нас, стало быть, интуит, да?

Он ничуть не изменился — все такие же порывистые движения, все так же живо на все реагирует, много говорит, и все эти его подколочки-шуточки-вопросики тоже как прежде.

— А вот о чем я сейчас думаю?
— Я же интуит, а не телепат.
— Не знаешь, значит? Так и запишем!
— Ну, не знаю.
— Это хорошо, — удовлетворенно кивнул Мишка. — А то я бы себя не очень уверенно чувствовал в твоем присутствии. Да и все наши...
— Сейчас ты хочешь показать мне свой дар, — перебил Стас. — Очень хочешь, тебе аж не терпится похвастаться, вот что я чувствую.
— Ну! — Мишка, ухмыляясь, потер ладони. — Правильно, правильно, вот смотри...

Он снова поднял руки, замер на несколько секунд...

С громким хлопком полено взлетело со стола, и тот громко скрипнул. Шелестнула трава по всему сараю, в лицо дунул ветер, Стас от неожиданности отступил на шаг.

Полено поднялось метров на пять, если не больше, и упало обратно, но не на стол, а немного в стороне. Глухо бухнуло в землю.

Мишка повернул голову к Стасу — на лбу бисеринки пота, пальцы немного дрожат.

— Левитация? — спросил тот с уважением. — Или нет...
— Антигравитация! — выпалил Мишка, оскалабившись. — Так Жрец назвал. Я — антиграв! Круто?
— Круто, — согласился Стас. — А какие, э... особенности? Какой вес можешь, ну или...

— Над этим и работаю. Чем больше вес — тем большее усилие требуется. Но вот что я понял: дар прокачивается, как мышца. Чем больше занимаешься, тем он сильнее. И еще как бы четче, то есть лучше им владеешь, точнее. У меня пока не получается на определенное расстояние пулять, даже с направлением пока не очень, только вот вверх, ну, при желании, почти ровно по горизонту. Но так чтобы наискосок, под особым углом зафигачить — это нет, не выходит еще. Да и устаю... но я научусь, ёлки, обязательно научусь!

Болтая все это, Мишка пошел к столу (Стас за миг до того ощутил его намерение повторить опыт), взял самое большое полено с земли, поставил вертикально и стал пятиться.

— А что все-таки с тем дедом? — спросил Стас. — По дороге видел — он вообще странный.

— Баба померла, с тех пор такой.

— А почему баба померла?

Миша махнул в сторону дома на холме:

— Да Жрец... Ладно, неважно!

От него повеяло неуверенностью, и Стас спросил:

— А не надорвешься?

— Нет, оно не так уж... Вот когда я однажды болванку чугунную попытался, за поселком на машинном дворе нашел, вот тогда — ого, на неделю слег!

Не переставая болтать, Мишка опять стал рядом со Стасом, поднял руки.

— А еще интересно — мой дар только на... как сказать... на неживые предметы действует, то есть эту... органику не могу толкать, вот засада, а? А то б я людишек, касовцев этих — туда, сюда! Смотри, попытаюсь сейчас эту дуру наискосок, так сильно, чтоб в верхнюю часть стены вмазала.

Он напрягся...

Но за миг до того, как Мишка опять применил свой дар, что-то произошло.

Оба ощутили хлопок — не слышный, хотя и гораздо мощнее того, который происходил в момент срабатывания Мишкиного дара — словно невидимый великан ударил в ладоши.

Эпицентр возмущения был в стороне занятого аномалами дома. Подогнулись колени, Стас едва не упал. Мишка крякнул, руки повисли вдоль тела, словно к ним прицепили пудовые гири.

— Не вышло... — пробормотал он, болезненно морщась. На лбу опять выступил пот. — Что это было? Из меня... вроде щас все силы из меня вышли.

Со стороны дома донесся приглушенный крик.

— Это Яна! — Преодолев слабость, Стас сорвался с места.

Она сидела под дверями на поленнице, сжавшись, обхватив колени руками, уткнувшись в них лицом, и слегка раскачивалась, как дед Савва у колодца. Взбежав по склону холма, Стас подскочил к ней, схватил за плечо:

— Что?!

Яна подняла голову — бледная, осунувшаяся. Слабо показала на дверь.

— Это Жрец, он просто...

— Артур?!

Стас ворвался в дом, окинул взглядом кухню. Ксюха стояла у горячей печи с чугунком, Артур сидел на лавке у стола. Стас шагнул к нему, сжав кулаки:

— Что ты сделал?!

Ксюха, быстро поставив чугунок на пол, в один прыжок оказалась между ними, приняла боевую стойку, и у Стаса закружилась голова — он ощутил выбор, который Ксюха пыталась сделать, в виде двух наложившихся друг на друга отчетливых желаний: *ударить рукой... или своим даром, электричеством...*

Артур даже не встал с лавки. Когда он заговорил, в доброжелательном голосе его была легкая усталость и, совсем немного, снисходительность:

— Нам нельзя ссориться. Все успокойтесь, я объясню. Маг... Амазонка, прекрати, пожалуйста!

Она опустила руки, Стас разжал кулаки. Зло глянув на обоих, вышел вон. Яна еще сидела, но опустила ноги на землю, распрямила спину. По склону поднимался запыхавшийся Мишка.

— Что случилось? — крикнул он, но никто не ответил.

— Я нормально, Капитан, — сказала Яна. — Ты не нервничай.

— Что он сделал?

Из дома донесся голос Жреца:

— Давайте все сюда!

Обняв Яну за плечи, Стас помог ей подняться, и втроем с Мишкой они зашли в дом.

Артур уже сидел во главе стола. Мишка, оглядевшись, стал помогать Ксюхе с посудой, а Стас усадил Яну на лавку у окна. Девушку знобило. Он сходил за покрывалом, закутал ее, сел рядом. Ксюха поставила перед Стасом тарелку, чашку, бросила на стол кривые вилки. Мишка тем временем водрузил в центр чугунок, раскрыл — пахнуло вареной картошкой с тушенкой.

— Последняя банка осталась, — заметил он, накладывая себе первому большой деревянной ложкой. — Ксю, ты вот за периметр ходила, а новые припасы не притащила.

— Нам не до того было, — отрезала она, накладывая Артуру.

— Хватит, спасибо, — сказал тот, когда к нему в тарелку перекочевало раза в три меньше порции, что навалил себе Мишка.

Ксюха положила себе, налила в чашку крепко заваренного чая из закрытого крышкой глиняного кувшина.

Стас хотел помочь Яне, но она вяло мотнула головой:

— Я уже в норме, Капитан.

Встав, она взялась за деревянную ложку. Стас спросил:

— Кто-то объяснит мне, что произошло?

Арутр аккуратно положил вилку, посидел молча, как всегда, неспешно собираясь с мыслями, и заговорил:

— Маг, ты до сих пор не знаешь, в чем дар Тьмы.

— Не знаю. А вы все уже знаете, значит?

— Я — нет! — Мишка тоже налил себя чаю, принялся шумно хлебать.

— Я понял это еще в КАСе, — сказал Артур. — Вернее, начал догадываться, а теперь окончательно убедился. Яна...

— Я — подавитель, — сказала она.

— Кто? — удивился Стас. — Что это означает?..

— Ее дар — подавлять чужие дары, — буркнула Ксюха. — Что непонятно, Капитан?

Стас уставился на Яну, и она кивнула. Уперев локти в стол, Артур сложил пальцы домиком.

— Хочу попросить вас всех отныне называть его Магом. А теперь объяснение... Я, скажем так, ментально активировал определенный участок мозга Тьмы, тот, что ответственен за дар. Понимаешь, Маг, я — суггестор[1]. Мой дар сродни твоему, но все же отличается. Ты предвидишь, а я могу влиять — на поступки, поведение. Не очень сильно, в определенной мере. И вот я попытался пробудить ее дар. И у меня... получилось, да, Тьма?

— Да, — кивнула Яна. — Только это было тяжело.

— Извини, — сказал Артур. — Я не хотел причинить тебе боль. Просто твой дар нам очень нужен.

— Для чего? — спросил Стас.

— Он поможет проникнуть в КАС и освободить Воина с Феей.

— Поешь еще, — вмешалась Ксюха. — Ты слишком мало...

— Больше я не хочу, спасибо, — перебил Артур, и она замолчала.

Все притихли, только Мишка чавкал и хлюпал — толстяку все было нипочем, он будто и не заметил возникшей за столом напряженности.

---

[1] *Суггéстия* (лат. *suggestio*) — внушение, т.е. психологическое воздействие на сознание человека, при котором происходит некритическое восприятие им убеждений и установок. Суггестор — человек, владеющий суггестией.

— Нет, я не понимаю, — снова заговорил Стас. — КАС охраняют не аномалы, правильно? Как этот дар, подавление, нам поможет?

— В их научном отделе нас изучали, — спокойно пояснил Артур. — Не только нас, но и тех, кто попадал к ним раньше. И на основе исследований они пытаются создавать устройства, которые могли бы делать то, что делаем мы, работали бы на тех же принципах. Что-то у них уже получилось, и касовцы используют это в своих охранных системах. Дар Тьмы нужен, чтобы пройти на нижний уровень, освободить наших и выйти живыми. Я уверен, что без этого мы не справимся. Поэтому нам с Тьмой надо поработать еще.

— Ты не будешь большее ее мучить, — угрюмо бросил Стас.

— Я согласна, — возразила Яна.

— Но ты...

— Капитан, то есть Маг, пожалуйста! — Она заговорила громче и тверже. — Я сама это решу. Ты мне не отец и не старший брат.

Стас отодвинул тарелку, встал и пошел к выходу.

В дверях оглянулся, все еще злой на всех, включая Яну, позволившую ставить над собой эти эксперименты, и сказал Артуру:

— Значит, влиять можешь? Не вздумай влиять на мои поступки, Жрец.

Тот серьезно ответил:

— Мы друзья. С вами всеми я так никогда не буду поступать.

* * *

Егерь сидел на своем плаще позади раскидистой акации, грыз сухарь и запивал водой из фляги. Из кроны дерева над его головой Гуннар в бинокль наблюдал за домом, где прятались аномалы. Освальд уже несколько раз пытался поговорить с Медузой, но связь в Зоне работала не слишком хорошо. Сейчас эстонец стоял за кустами с мобильником возле уха — судя по приглушенному бормотанию, в этот раз у него получилось.

Вот только почему он говорит так, чтобы Егерь не слышал? Если они напарники — какие тайны? Охотник покосился вверх — Гуннар застыл, оседлав толстый сук, — и привстал с мыслью подойти поближе к Освальду, чтобы подслушать разговор, но тут волчьелицый пролаял:

— Вышел один. Толстый.

— Это тот, которому в Комитете дали псевдоним Шут, — пояснил Егерь.

— Толстый, — повторил Гуннар. — Идет. За дом, теперь не видно.

— Как бы они не разбрелись кто куда. — Егерь выпрямился, закручивая фляжку. — Надо начинать, нас трое...

— А их — пять, — откликнулся Гуннар. — У каждого сила. Осторожно надо.

— Я не предлагаю...

— Тихо! Не мешай смотреть!

Егерь сел, мрачно глядя перед собой. Освальд, закончив переговоры, вернулся к дереву и произнес так, чтобы слышали оба:

— В доме должны быть Жрец, Шут, Амазонка, Маг и Тьма. Их силы... — Освальд замолчал, вопросительно глядя на Егеря.

Сообразив, что под «силами» эстонцы подразумевают особенности одержимости, тот сказал:

— Амазонку я видел в деле — она владеет каким-то ударом. Бьет с расстояния, возможно, током. У Жреца — суггестия. Про остальных мой связной в КАСе говорил... В общем, Маг — интуит, предвидение, Шут — изменения гравитационного вектора, но очень кратковременные, а вот с Тьмой пока неясно.

— У Амазонки сила «электра», — подтвердил Освальд. — Нам нужны она и Жрец. Гуннар, ясно?

Тот не ответил, а Егерь спросил:

— Что значит «нам нужны»?

— Медузе нужны.

— В каком виде они ему нужны?! — повысил голос охотник.

— Тихо! — тут же пролаял сверху Гуннар.

А Освальд сказал такое, от чего у Егеря холодок пробежал между лопаток:

— В живом. Их приказано доставить в штаб-квартиру.

Старший эстонец откинул клапан лежащего на земле рюкзака, достал пластиковый футляр и пистолет с необычно длинным тонким стволом. Раскрыл футляр — там были небольшие черные флакончики с острыми концами.

Внутри у Егеря все клокотало, но гнев быстро прошел, уступив место холодной, хорошо контролируемой ярости, и, когда Освальд принялся заряжать инъекторами рукоять пистолета, охотник заговорил ровным голосом:

— Вы не собираетесь убивать аномалов? Хотите взять в плен, привести в Пси-Фронт, чтобы там их исследовали?

Эстонец, сидящий на траве и занятый пистолетом, ответил, не поднимая головы:

— Так.

— А может, и не только исследовали, может, и сотрудничали с ними?

Освальд пожал плечами. Вверху зашуршало — Гуннар полез вниз.

— Я сотру их всех, — сказал Егерь. — Всех пятерых.

— Медуза приказал иначе. — Закончив с оружием, старший эстонец выпрямился.

— Мне он ничего не приказывал. Все одержимые будут мертвы еще до вечера.

Освальд равнодушно качнул головой.

— Нет, двоих надо взять живыми.

Егерь отвернулся, показывая, что разговор закончен. Гуннар спрыгнул на землю между ним и Освальдам, а глаза старшего брата сузились, когда он понял, что Егерь говорит абсолютно серьезно, что он действительно собирается убить всех одержимых, наплевав на приказ.

— Смотри на меня и слушай! — приказал Освальд, и Егерь резко повернулся к нему. — Двоих надо оставить живыми. Ты это понял?

— Нет, этого не будет.

— Ты!!! — вызверился Гуннар, мгновенно переходя от равнодушия к животной ярости. — Что сказали?! Двоих — живыми! Выполнять приказ!

— Пошел на хер, — бросил Егерь презрительно.

Тогда Гуннар кинулся на него — но охотник был готов, он этого и добивался. Стрелять было нельзя, одержимые совсем рядом, услышат и насторожатся, поэтому Егерь упал на колени, пригнувшись. Голова очутилась между ногами эстонца, Егерь обхватил его за колени и с выдохом вскочил, через плечо бросив волчьеголицего позади себя, теменем оземь.

Перед лицом мелькнул кастет с острыми шипами, но в руке уже был раскладной «офицерский» нож, оставшийся со времен КГБ. Отставной подполковник Захарий Петрович Егоров никогда не боялся пустить его в дело.

Освальд поперхнулся, глаза выкатились из орбит, когда лезвие вошло в шею. Оттолкнув старшего эстонца, Егерь высвободил оружие, и тут вскочивший Гуннар ударил его ножом в левое плечо. Провернув, выдернул и сделал охотнику подсечку. «Офицерский» вылетел из руки Егеря далеко в сторону, он упал. Гуннар прыгнул к нему. Егерь схватил лежащий в траве пистолет и выстрелил.

Игла шприца воткнулась в грудь эстонца. Тот зарычал, схватил инъектор, вытащил из себя.

Егерь пополз к своему ножу. Гуннар шагнул следом, но у него заплелись ноги, и он быстро засеменил вправо, кренясь набок все сильнее. Челюсть отвисла, глаза выпучились, и эстонец рухнул в траву. Глазные яблоки безумно вращались, он шумно, с присвистом дышал и беспомощно скалился.

Егерь сел, посмотрел на Освальда — мертв, на Гуннара — лежит на боку и пытается встать, но не может. Осторожно стянув с плеча потемневший от крови пуловер, скосил глаза. Рана была скверная.

Глава 3
КУРАТОР

Все утро Титор занимался своими делами, которых после вступления в новую должность хватало. Тем более что заместитель, доставшийся в наследство от Миши Барцева, два дня назад ушел в недельный отпуск, и отозвать его не получилось: зам отдыхал где-то в Австралии, и с ним не было связи.

Титор то просматривал документацию, то в сопровождении подчиненных ходил по этажам и уровням, запоминая расположение постов и сверяя их со схемой-инструкцией, то сидел над графиками смены караула. Скопировал себе несколько документов, чтобы были под рукой, переговорил с новыми помощниками, стараясь определить тех, на кого можно положиться в случае непредвиденных обстоятельств.

К обеду, умаявшись, он взял две чашки кофе, сел в своем кабинете Барцева, скинул туфли и закурил.

Тихо постучали, Иван недовольно буркнул:

— Ну?

Дверь открылась, и зашел Мальков с раскрытым лэптопом. Титор сунул ноги в туфли.

Мальков сказал светски:

— Хотел узнать, как вам на новом месте, Иван Степанович? — и в это время положил на стол записку.

«Уверен, что видеонаблюдения здесь нет, но отсутствие аудиоподслушки гарантировать не могу. Продолжим беседу».

Прочтя это, Титор кивнул и спросил:

— А как тебе новое начальство?

— Я доволен, все хорошо. Дина Андреевна очень точный и дисциплинированный руководитель.

Мальков обогнул стол и поставил лэптоп так, чтобы оба видели экран.

— Ну что же, рад, что у тебя все нормально. — Титор вопросительно глядел на бывшего зама.

Сигнал на монитор не поступал — шел «снег». Из USB-порта торчал штекер, от него тянулись проводки двух маленьких наушников. Мальков показал на них, вставил один в ухо и, пока Титор брал другой, защелкал кнопками клавиатуры. Экран потух и засветился снова. Теперь на нем была видна уходящая в перспективу темно-красная столешница, ее угол, дальше — стена, край окна... Часть кресла и сидящий в нем Манохов.

Он говорил в трубку красного телефона. Мальков уменьшил громкость, но через наушник Титор слышал каждое слово:

— ...Да, жду вас! Прямо сейчас? Но... Нет-нет, конечно, просто я полагал, что приеду к вам, а не вы сюда...

Ах, по дороге? Вертолет? В вашем распоряжении около двадцати минут, я понял. Секретность... Никого на крыше, мы здесь все организуем, никаких проблем. Жду с нетерпением!

Директор положил трубку и подался вперед, почти исчезнув из поля зрения, — должно быть, потянулся ко второму телефону. Донесся его голос:

— Света, Титора ко мне... Нет, стоп! Позови Караулова. Быстро — чтобы прямо сейчас был здесь.

Мальков, повысив голос, снова заговорил — мол, надеется, что Ивану Степановичу на новом месте понравится, и им, возможно, еще удастся поработать вместе.

Директор опять целиком попал в поле зрения. Его массивное кожаное кресло на колесиках, как понял Титор, стояло не прямо за столом, а было сдвинуто вбок; веб-камера лэптопа, направленная в ту же сторону, шефа снимала отлично, а вот кабинет просматривался плохо.

В дверь постучали.

— Входи быстрее! — бросил Директор.

— Вызывали, Георгий Сергеевич? — произнес невидимый Караулов.

— Через пятнадцать минут на крышу опустится вертолет с важным человеком на борту. На крыше никого не должно быть, гостя с охраной провести ко мне в кабинет. Пусть твои люди уберут служащих с лестницы на тридцать... нет, на сорок минут. С лестницы и части коридора, который между нею и моим кабинетом. Сам встретишь вертолет на крыше, но близко не подходи, просто покажи гостям, к какой двери идти. Что ты на меня уставился? Та лестница, что ближе всего к моему кабинету, угловая!

— Я понял, Георгий Сергеевич, — проговорил старший оперативник растерянно. — Но только почему я, а не Барцев... то есть теперь уже Титор — это ведь его...

— Все сделаешь ты! — отрезал Директор. — А Титор пусть ходит и посты проверяет. Будут вопросы — это мой личный приказ! Через десять минут чтобы все было готово! Выполняй!

— Так точно!

Шаги стали удаляться, и Манохов окликнул:

— Да, Караулов! Зайди в операторскую, прикажи отключить все камеры на крыше и угловой лестнице. Слышал? Чтоб никаких записей, пока вертолет снова не взлетит!

— Но старший по дежурной смене не...

— Передашь — мой личный приказ!

— Так точно, Георгий Сергеевич!

Мягко стукнула дверь.

Титор понял, что все это время сидел с напряженной спиной, подавшись вперед, и расслабил плечи. Покосился на Малькова, тот сказал:

— Пожалуй, я пойду, Иван Степанович. Удачи вам.

Положив наушник на стол, он направился к двери. На мониторе Директор встал и пропал из поля зрения.

Мальков кабинета не покинул. Хлопнул дверью, чтобы звук донесся до скрытого микрофона, если, конечно, тут была прослушка, тихо вернулся и взял наушник. Конечно, ему тоже любопытно, что за встреча намечается... Титор кивнул на стул у стены, чтобы

Мальков поставил его ближе к столу и сел, но бывший зам покачал головой.

Манохов что-то делал в своем кабинете — в наушнике раздавались стук и звон. Мебель он там, что ли, двигает и бутылки из бара достает? Сам, даже секретаршу не позвал.

Кто-то торопливо зашагал мимо кабинета, потом несколько человек направились в другую сторону — это Василий поднял на ноги оперативников. Вообще-то, происходящее целиком подпадало под ответственность начальника службы внутренней безопасности, и то, что Манохов не позвал Титора, о многом говорило. Его отодвигали, постепенно отстраняли от дел... Так он скоро на место Караулова попадет, а то и к Васе в помощники.

Мальков, стоящий немного позади, коснулся плеча Титора и, когда тот оглянулся, показал вверх, откуда доносился приглушенный рокот — к зданию КАСа подлетал вертолет.

Иван Степанович Титор с удивлением понял, что охвачен азартом. Как тогда, до ранения, оставившего шрам на его лице. Движения стали быстрее, резче, он чувствовал себя моложе и, как гончая, шел по следу, раскручивая дело.

Мальков щелкнул пальцами. Это был настолько нетипичный для него жест, что Титор поднял бровь.

Бывший зам сунулся к его включенному компьютеру, нагнувшись, уставился в большой плоский монитор и положил руки на клавиатуру.

Среди нескольких окошек всплыло еще одно — для пароля. Мальков ввел его, принялся разворачивать новые окна. В каждом было видеоизображение, и вдруг Титор понял — они идут с камер наблюдения! Бровь его поднялась еще выше. Стало быть, в кабинет начальника внутренней охраны сигналы могут поступать параллельно с главной операторской? Но Мальков откуда об этом знает? И как он...

Все окошки погасли, кроме одного, которое Мальков развернул на весь экран.

Там была крыша с необычного ракурса — камера находилась в углу, где-то под бордюром, примерно в метре над поверхностью. Наклонившись к уху Титора, Мальков прошептал:

— Камера из старой сетки. Тогда ее не демонтировали, только отключили, и я оставил путь к ней... как чувствовал, что понадобится.

Шел мелкий дождь. На середину крыши опускался небольшой темно-зеленый вертолет, мелькали серые лохмотья поднятого винтами сора, дождевая капля попала на объектив и сползла, оставив след, в котором изображение слегка расплывалось. Далеко в стороне маячила массивная фигура Караулова.

Шасси коснулось бетона, лопасти вращались все медленнее. Они еще не остановились, когда дверца в выпуклом боку сдвинулась и наружу выпрыгнули шестеро мужчин в костюмах и черных кожаных куртках. За ними из вертолета выбрался некто в длинном сером пальто, охранники развернули над ним зонтики, обступили со всех сторон. Василий издалека показал направление, и группа устремилась к раскрытой двери. Двое охранников, опередив остальных, нырнули в проем.

Когда все гости покинули крышу, Вася, потоптавшись на месте, пошел за ними. Титор вопросительно оглянулся на Малькова, и тот пожал плечами. Как и бывший шеф, он тоже не понял, что за персона прибыла в КАС. Хотя не оставалось сомнений, что это создатель Комитета, таинственный Куратор, по каким-то причинам очень заинтересованный в исследовании аномалов.

Крыша опустела, и Титор в кресле развернулся к лэптопу Малькова. По экрану проплывали темные волны, изображение исчезло. Мальков защелкал клавишами, восстанавливая прием сигнала. Он волновался, закусил губу, но молчал. Наконец удалось настроить картинку...

Директор вернулся в свое кресло, оно сдвинулось, и в кадре оставался лишь его край. И все равно было понятно, что он сидит не вальяжно раскинувшись, а выпрямив спину и сложив руки на коленях, будто провинившийся школьник.

В наушниках зазвучал голос:

— Как вы называете ее... Сущность? Георгий, мне казалось, я поставил четкое, ясное задание: контакт между Сущностью и Суггестором, то есть этим вашим Жрецом должен быть организован в определенный срок, день в день, час в час. А Жрец до сих пор не найден.

Сердце провалилось куда-то в желудок, потом испуганной птицей вспорхнуло к самому горлу — Титор узнал этот голос! Собственно, его бы узнало, наверное, большинство людей в стране... Он быстро глянул назад. Мальков стоял, закусив губу. Даже этого дисциплинированного «манекена» проняло!

— Третье марта, десять часов вечера, и ни минутой позже, — с напором говорил Куратор. — Но вы так и не нашли его. Более того — потеряли еще двоих.

— Но, поймите, с моими ресурсами...

— В вашем распоряжении огромные ресурсы.

Манохов едва ли не взмолился:

— Но ведь ресурсы — это и люди тоже! Человеческий фактор! Шеф моего оперативного отдела — казалось бы, человек с опытом, знающий, — неумело повел дело, пошел по «пустому» следу, ну, а потом...

— Так избавьтесь от него. И объясните мне, каким образом вы собираетесь действовать дальше?

Титор чувствовал: сдержанность, с которой звучит голос Куратора, лишь следствие выдержки, самодисциплины, но под кажущимся спокойствием прячется испуг, едва ли не паника.

— Осталось три дня. Если Суггестор не будет здесь до этого срока, если не произойдет его контакт с Сущностью, если он не распространит *волну*... Вы представляете, что будет, Георгий? Конец не только... определенным политическим силам. Это будет конец и КАСа, и ваш личный тоже. Об этом позаботятся.

— Я все понимаю, — пробормотал Директор. — Но в данных обстоятельствах... что я могу...

Переливчато зазвонил телефон, и Манохов, судя по звуку, схватил трубку.

— Я же сказал не... Какая разница? Дина Андреевна должна... Она... Информация? Что?! Это правда?!! Пусть заходит! Немедленно!

Он бросил трубку, и в комнате зазвучал новый голос, хмурый и строгий:

— Кто-то собирается войти в помещение?

— Это Дина Андреевна Жарикова, мой заместитель, — быстро произнес Директор. — У нее сообщение крайней важности. Для всех нас!

— Хорошо, пусть заходит, — произнес Куратор с недоумением и недовольством. — У меня осталось пять минут.

В комнате быстро переместились несколько человек — охрана перестраивалась, чтобы учесть появление нового объекта. Легкий стук двери... И уверенный голос Дины:

— Здравствуйте, господа. Прошу меня извинить.

— Говори! — едва не крикнул Директор.

— Поступило сообщение о местонахождении аномалов. Мы готовы взять их, — произнесла она.

По монитору вновь побежали помехи, зашипело — и звук пропал, а после исчезла картинка. Мальков наклонился над лэптопом. Титор, глядя перед собой остановившимся взглядом, слепо нашарил портсигар на столе, открыл, достал сигарету. Прикурил, едва ли осознавая, что делает.

Он понял, что глубоко затягивается уже который раз подряд, лишь когда от сигареты осталось меньше половины. Встал, сдвинув кресло — натянулся проводок, и черный наушник выпал из уха. Мальков колдовал над лэптопом, но, кажется, в этот раз ничего не получалось. Титор снова затянулся, сломал сигарету, раздавил в пепельнице, сплющив в тугой комок. Суггестор, Жрец... Все упирается в него, в его способность навязывать людям поступки, стремления, нелюбовь и приязнь, в его дар, который Жрец усиленно, гораздо настойчивее, чем другие аномалы, развивал, ежедневно тренируя...

А что будет, если его к тому же свести с Сущностью?

Мальков развел руками — восстановить сигнал не получилось, — и Титор качнул головой, мол, теперь неважно. Бывший зам закрыл лэптоп, постоял в задумчивости и направился к двери. Когда он покинул кабинет, Титор подождал немного и пошел следом.

И в коридоре натолкнулся на спешащую Дину, едва не опрокинул ее. Придержал за плечо.

— Извини.
— Ты тоже. Пропусти, я спешу. Ты не видел Малькова?

Из глубины коридора доносились голоса и топот.

— Не видел. — Он посторонился. — Что за суета, Дина?

Она окинула его взглядом, помедлила, что-то решая про себя, и сказала:

— Мы нашли аномалов. Кажется.
— Кажется?
— Поступил сигнал... Неважно.
— Хорошая новость. Кого за ними отправят?

Дина уже шла дальше.

— Этим будем заниматься не мы.
— Не мы? — удивился Титор.

Она бросила через плечо:

— Другая служба. Тебя все это не касается, Иван, занимайся своими делами.

Титор, сцепив руки за спиной и сутулясь больше обычного, медленно направился в другую сторону.

Возле поворота на лестницу заглянул в небольшую комнату отдыха. На диване сидел Горбонос, а перед ним нервно переминался с ноги на ногу Караулов. Оба курили. Вася кивнул:

— Здрасьте, Иван Степанович.

— Кто сейчас прилетал? — строго спросил Титор. — Почему меня не поставили в известность?

— Приказ Георгия Сергеевича. — Старший оперативник выглядел растерянным и слегка виноватым. — Сказал — камеры отключить, встретить, проводить, близко не подходить...

— Степаныч, а ты знаешь: аномалов нашли! — перебил Горбонос зло.

— Уже слышал от Дины. Это хорошо, правильно? Так чего у тебя лицо перекошенное?

— А с того перекошенное, — Горбонос даже вскочил от негодования, — что я сам со своими парнями хотел этих красавцев взять. Жестко чтоб! Так нет же...

Он замолчал, и Титор спросил:

— Ну и кого вместо тебя посылают?

— А я знаю?! — Выдохнув струю дыма, Горбонос отправил окурок в пепельницу. — Это у Манохова спросить надо, так он хрен ответит!

— Судя по всему, людей дает... тот человек, что прилетал сейчас, — вставил Вася.

Титор молча вышел из комнаты. Итак, КАС был создан, чтобы получить «аномальный» козырь в политических играх, и, когда возможности Суггестора стали ясны, Куратор просчитал, что, сведя его с Сущностью, обеспечит себе...

Не додумав, Иван шагнул на лестницу. Навстречу быстро поднимался Мальков. Он спешил, но при виде Титора приостановился, оглянувшись, подступил ближе и тихо сказал:

— Я пытался вспомнить: что же будет третьего марта? Никак не мог, а потом...

— Потому что не третьего, а четвертого, — сказал Титор.

— Да! Четвертого марта выборы президента. И через Жреца в связке с Сущностью...

— Кое-кто собирается обеспечить нужный ему итог, — заключил Иван Титор.

* * *

Образ поджаренной, с корочкой, курицы был настолько ярким, что рот моментально наполнился слюной, и Стас сглотнул. Он даже ощутил запах... и голод — а ведь секунду назад не хотел есть!

Повернулся к дому на холме и увидел спешащего вверх по склону Шута. Не просто спешащего — Мишка несся, словно рыцарь к заточённой в башне принцессе, бежал со всех ног, так его проняло. Сбоку по склону поднималась Амазонка, она была уже возле дверей. А Яна... ага, Яна внутри, как и Артур, — это они курицу сбацали. Да с кашей, гречневой, хорошо приготовленной, когда она не кипит, не вываривается в кастрюле, а медленно доходит...

Стас заметил, что тоже бежит, и умерил шаг. Даже смешно стало. Ну, Жрец, ну, манипулятор! Смог наслать образ этой бесовской курицы, да со всем «сервисом»: в цвете, с запахом, чуть ли не со вкусом... Ведь

Стасу, как и остальным, в жизни не раз и не два довелось есть и хорошо приготовленную курицу, и правильно приготовленную кашу, где-то в закоулках мозга осталась информация, воспоминание об этом — и теперь дар Артура вытащил их на поверхность. Вот что значит настоящая, полноценная суггестия, то есть внушение. И Жрец, как выясняется, мастер в этом деле. Возможно, благодаря тому, что сейчас они находятся в аномальной зоне, усиливающей дар... Интересно, что еще он может?

Амазонка исчезла в дверях, за ней скрылся Шут. Когда Стас уже подходил к дому, образ курицы словно лопнул, разом сметенный всплеском боли и испуга. Он бросился к крыльцу. Боль в вихре эмоций, излучаемых Жрецом, быстро стихала, уступая место растерянности, досаде... Стас влетел на кухню, поскользнулся — у порога валялось несколько горстей сушеных грибов. Друзья столпились у стола, а перед ними на полу растянулся дед Савва. Лицо бледное, синюшное, лежал старик неподвижно и, как показалось Стасу, не дышал. По спутанной бороде тянулась серебристая нить слюны. Возле вытянутой руки деда тускло поблескивала большая тяжелая подкова.

Стас отыскал взглядом Яну — она замерла в проеме двери, ведущей в коридор. Амазонка, склонившись над сидящим на табурете Жрецом, осторожно промокала платком ссадину на его лбу. Артур морщился и пытался отвести голову, но Ксюха придерживала его ладонью за затылок. Мишка хмурился. Вид у всех был растерянный.

— Что случилось? — спросил Стас.

— Этот... бросился, — буркнула Амазонка и снова взялась за Жреца.

Тот отвел ее руку и заговорил, явно очень стараясь, чтобы голос звучал ровно, спокойно:

— Не беспокойся, теперь все нормально. Амазонка его... Ты его убила?

Она пожала плечами.

— Раз ударила. Может, у него сердце слабое.

— Чем ударила — своим даром? — спросил Стас. — Если так, то для старика вполне достаточно. Почему он напал?

— Да идиот потому что, — ответил Шут. — Ты ж видел, какой он... как зомби. Ф-фух! Я и оглянуться не успел, а этот хрен старый...

— А почему именно на Артура напал?

— Называй меня Жрец, — поправил тот. — А почему на меня — это у него надо спросить. Но он вряд ли ответит.

Дед Савва судорожно, с присвистом, втянул в себя воздух и пошевелился.

— Он и раньше двух слов связать не мог, — добавил Жрец. — Маразматик.

Все молча следили за стариком, который тяжело завозился на полу среди рассыпанных грибов, перевернулся, поднялся на четвереньки... Никто не решался подойти и помочь. Когда дед наконец сумел встать на ноги и, шаркая разбитыми башмаками, побрел к выходу, Стас посторонился.

— А где курица? — спросил Шут.

Амазонка со стуком поставила на стол блюдо. Вот те раз! Курица радикально отличалась от образа, нарисованного Жрецом. Тощая, хилые ножки торчат неубедительно, да к тому же подгорела с одного боку, правда, не сильно. Стас потер кулаком заросший подбородок... М-да, разительный контраст.

— Давай, Капитан, тарелки тащи, — скомандовал Мишка.

— Он теперь Маг, — заметил Артур.

Они, похоже, решили сделать вид, будто ничего не произошло. По прежнему стоящая в дверях Яна все время молчала, со Стасом взглядом не встречалась. Осунувшаяся, бледная... Он постарался внутренне ожесточиться, хотя это было и непросто. Сама выбрала такой путь, согласилась экспериментировать с Жрецом — теперь пусть терпит! И пусть тоже делает вид, что все нормально, как и эти трое.

— Я не голоден, — буркнул Стас. — Яна, ты совсем плохо выглядишь. В чем дело?

— Тени, — пробормотала она, и все повернулись к ней.

— Что? — спросила Амазонка напряженным голосом.

Она обвела их взглядом и сглотнула, взявшись за горло.

— Вы их тоже видите во сне? Узкие тени, которые к нам тянутся... Никак не могу избавиться от этого наваждения.

— Это именно наваждение, — сказал Жрец. — Просто кошмар. Да, мы все видели их, но...

Шут перебил его:

— Главное — я никак не могу понять, что же отбрасывает эти тени! Они так тянут, тянутся, ну будто пальцы... Брр! — Он потряс головой и, махнув рукой, с деловым видом подступил к кухонному столу.

— Просто кошмар, — повторил Жрец убежденно. — Маг, ты куда?

— Хочу потренироваться, пока совсем не стемнело, — Стас бросил это через плечо, выходя из дома.

— Смотри, чтоб тебя никто не засек! — выкрикнул вслед Мишка, уже вовсю гремевший посудой. — К югу дорога грунтовая, там менты иногда проезжают.

— Ладно. — Стас начал закрывать дверь.

Артур добавил:

— Ты и правда осторожней, Маг. Внимательно по сторонам смотри, здесь кто угодно появиться может.

* * *

Москва — стратегический объект, а значит, должна быть хорошо защищена.

Помимо множества других военных формирований в городе и области расположены отдельные части Роты тактической обороны, которая задействуется в случае химических диверсий, токсикологического или радиоактивного заражения — разворачивается по боевой тревоге и устраняет их.

Отделения роты раскиданы по военным частям в разных концах города и области... К примеру, отделение химразведки № 3 — по мало кому известной причине выведенное из прямого подчинения ротному командиру — располагалось на базе военной части ВЧ11/42 на окраине Москвы. На консервационном складе части стояли несколько боевых машин отделения, у него был свой хорошо защищенный от прослушивания комплекс, состоящий из казармы, тренировочного ангара, отдельного оружейного склада и столовой. В комплексе постоянно находились семь человек из двенадцати, входящих в личный состав, командовал ими майор, носящий оперативный псевдоним Варяг.

В части их называли просто «химиками». Они ни с кем не контактировали, не заводили друзей, ели отдельно, тренировались тоже... Всякие слухи ходили про «химиков» среди солдат, но ни один не отличался достоверностью.

Министерство обороны платило «химикам» по официальным ставкам, но реальные деньги — которые в пять раз превышали легальную зарплату — им приносил раз в месяц вальяжный господин в дорогом костюме, приезжающий на черном «Мерседесе» со спецномерами. Деньги эти, как и суммы, необходимые для обеспечения операций, иногда выполняемых «химиками», поступали из небольшого «карманного» банка, настоящих хозяев которого вряд ли смогла бы отыскать налоговая служба страны.

В этот раз господин-в-мерседесе прибыл незапланированно, лишь за тридцать минут до своего визита перезвонив Варягу и предупредив о приезде.

Варяг спешно собрал «химиков» в штабном помещении, отгороженном от ангара звуконепроницаемой перегородкой, и вышел за ворота части.

Господин-в-мерседесе передал ему пакет, в котором лежало двадцать пять тысяч долларов — оплата для семерых за предстоящую работу, включая расходы. Еще в пакете была спутниковая карта с обозначенным местом проведения операции и записка с номером телефона киевлянина, который должен был обеспечить группу транспортом.

— Оружие доставят по нашему обычному каналу, по легенде «Образцы с оружейного завода», — сказал господин-в-мерседесе. — Вы уже работали с таким, когда брали главу аккинцев[1] с сыном. Усыпляющее воздействие, никаких смертей.

— Обычные стволы вообще не берем? — уточнил Варяг.

— Нет. Во избежание! — со значением добавил собеседник и уехал.

Работа оказалась крайне срочной. Всего полчаса ушло на инструктаж, и вскоре уже «химики» в трех легковых автомобилях и одном микроавтобусе — все с обычными «гражданскими» номерами — катили по Киевской трассе к границе с Украиной. Операцию, настолько стремительно начавшуюся, закончить необходимо было также очень скоро — этой же ночью, до полуночи.

Глава 4
ЗАХВАТ

2 суток до Контакта

Весь вечер Стас потратил на тренировки.
Уединившись на кухне заброшенного дома, он прослушивал ментальные голоса в округе. Кроме ано-

---

[1] *Аккинцы* — один из крупнейших чеченских тейпов.

малов и деда Саввы в поселке никого не было, да и тот «ощутился» лишь однажды — сознание Стаса вдруг накрыло тусклой, безысходной тоской, и он побыстрее «отключился» от старика.

Несколько раз он менял места, проверяя, зависит ли от этого острота ментального слуха. Побродив по поселку, вернулся к холму, на котором стоял дом, обжитый аномалами. Снаружи Шут рубил дрова. Завидев Стаса, махнул рукой и снова принялся за дело. У него был самый сильный эмоциональный фон, но и самый простой: вот сейчас он полностью посвятил себя делу, с веселым энтузиазмом погрузился в такое, казалось бы, немудреное занятие, как рубка дров. Стас чувствовал Шута в виде ритмичных, коротких, быстро воплощающихся в жизнь «намерений»: *взмахнуть топором... ударить... поставить новое полено... смахнуть со лба пот рукавом ватника... жарко — скинуть ватник... взмахнуть топором...*

А где остальные? Чтобы Шут не отвлекал, Стас двинулся в обход холма. И при этом поймал себя на двух вещах: во-первых, он быстро перестроился, как требовал Жрец, и теперь даже мысленно называет их всех «Шут», «Жрец», «Амазонка», «Воин», «Фея», только Яна для него осталась Яной; во-вторых, похоже, аномальность этого места на него все-таки действует. Что ни говори, а чувствительность усилилась, раньше он не считывал эмоциональный фон напрямую, лишь иногда словно порывом ветра доносило клуб дыма — намерение человека, да и то если тот находился рядом. А теперь...

За домом тренировалась Амазонка, одетая лишь в спортивки и футболку. Она принимала стойку карате, наносила удар ногой или рукой, меняла положение, снова удар... Действовала Амазонка скорее рефлекторно, ее тело знало движения, и Стас не ощущал ничего. Зато он чувствовал Яну и Жреца — как два теплых сгустка внутри дома. Яна пульсировала. Концентрические волны расходились от нее, вначале жгучие, но быстро тускнеющие и гаснущие. А в центре сознания ярко горела точка — кажется, она и была источником волн.

Жрец ощущался в виде шара из матового, едва прозрачного стекла. Закрыт со всех сторон, не заглянуть внутрь... Он что, защиту выставил, чтобы Стас его не «просветил»?

Вдруг из «шара» вырвалась игла света, впилась в сознание Яны, в ту самую светящуюся точку — и она полыхнула. Незримое, необжигающее пламя покатилось с холма. Стас отпрыгнул, пламя накрыло его и пошло дальше, тускнея.

И сразу все погасло. Все ментальные образы исчезли, мир стал плоским, серым. Это и есть дар Яны? Стас приложил ладони к ушам. Словно оглох вдруг, как в самолете бывает во время взлета.

Ссутулившись, он медленно пошел прочь от холма. Неприятное все же чувство. Свой дар он ощущал как новый орган или свойство тела или как конечность, и вдруг ее будто отрубили...

Темнело, становилось холоднее. Стас побрел между деревьями, не замечая окружающего, все еще придавленный и растерянный. Постепенно самообладание возвращалось — вместе с даром, но теперь тот проявлялся слабее, сознания друзей ощущались в виде тусклых огней. Интересно, это остаточное действие Яниного «всплеска» — или просто Стас вышел за границы аномальной зоны?

Он остановился, когда слева полыхнул огонь.

Нет, не настоящий — это был ментальный огонь, вспышка... вспышка боли!

Стас повернулся в ту сторону, под ногой громко треснула ветка. Что такое, кто это там? Не очень далеко в лесу... Клубок боли не двигался, рядом с ним ощущалось другое сознание — обычное, спокойное. И какое-то темное.

Сзади зашумел двигатель — он замер, прислушиваясь. Потом зашагал на звук. Два сознания за спиной угасли и больше не ощущались. Он спустился в неглубокую расщелину, выбравшись по другому склону, обогнул густые заросли.

Через лес шла грунтовая дорога, по которой ехал «уазик» армейского типа, в народе именуемый «козликом», камуфляжной расцветки, с прямоугольной поисковой фарой на кабине. Становилось все темнее, фара ярко горела. Стас присел за деревом. «Уазик», качаясь на ухабах, медленно прокатил мимо, и он разглядел внутри троих в военной форме. Слева дорога забирала в сторону от Новошепеличей — машина повернула туда и вскоре скрылась из виду.

Когда шум мотора смолк, Стас выпрямился и побрел назад, безуспешно пытаясь уловить два сознания, которые ощутил перед появлением машины. Щурился, жмурился, вслушивался в себя и в окружающее... нет, не получается настроиться на нужную волну. Споткнулся о корень, едва не упал, потом ударился о дерево, и тогда, раскрыв глаза пошире, поспешил назад, к холму. Черт знает, что это такое было. «А может, звери?» — вдруг подумал он. Ну, точно! Дикие звери, их же тут полно, вон, волка они видели, когда ехали с Ксюхой и Яной, и еще медвежьи следы... Это могла быть лисица, поймавшая зайца, или тот же волк, — поэтому одно сознание, принадлежавшее дичи, и полыхало болью.

Стало совсем темно, и Стас зашагал быстрее. Деревья расступились, впереди замаячил холм, в доме на вершине горели два окна. Сделав несколько шагов, он остановился.

Кто-то побирался к дому с другой стороны. И слева. И справа... И сзади тоже!

Сознания незнакомцев были словно стальные шары. Шесть тускло-металлических шипастых шара бесшумно, медленно катили к холму. Шипы агрессии и жестокости то вырастали, то втягивались в них.

Стас упал, распластался на земле. Сзади, на краю леса, тихо зашелестела трава.

* * *

Перед пытками Егерь стащил с Гуннара ботинки и раздел, оставив лишь штаны, а потом так крепко привязал к дереву, что эстонец остался стоять даже когда умер.

По его торсу, груди, плечам и рукам тянулись разрезы, кровь текла из них, пузырясь, вместе с розовой пеной. Скрестив ноги, Егерь сидел на куртке Освальда, тело которого сбросил в овраг неподалеку, и неподвижно глядел перед собой. Рядом стоял раскрытый портфель, была расстелена тряпица, на ней лежал нож, наполовину пустая склянка с соляной кислотой и стеклянный шприц, из которого Егерь прыскал на разрезы.

Он пытал не человека — одержимого.

Но как стало ясно теперь, одержимые являлись совсем не тем, чем он считал... Если только Гуннар сказал правду.

Голова эстонца свесилась на грудь, рот был заткнут кляпом. Во время пытки Егерь периодически вынимал его, слушал хриплую ругань и сбивчивые рассказы, затем возвращал на место. Он был уверен, что до холма с домом голоса не долетят, но по грунтовой дороге неподалеку кто-то мог пройти или проехать и услышать их.

Но вот теперь Гуннар умер. Не от ран — кажется, сердце не выдержало.

И внутри Егеря тоже что-то умерло. Во второй раз.

Это было сродни тому потрясению, когда развалился Советский Союз. Дело, беззаветному служению которому охотник двадцать лет посвящал себя, оказалось обманом...

Двадцать лет! Он ударил кулаком по морщинистой сильной ладони и выпрямился.

Нет, не так. Он занимался правильным, нужным делом. Пусть даже альены не имеют к этому отношения... Но на кого Егерь работал! Вот что было самым чудовищным! Ужасная, невероятная правда не умещалась в сознании, и он стал расхаживать перед деревом с мертвецом. Пси-Фронт, этот Медуза... Неужели такое возможно? Но ведь одержимые существуют, есть аномальные места. Одержимость Гуннара — его «дар», как выражался Освальд, — как раз и заключалась в том, что он был способен на расстоянии ощущать паранормальные районы. Потому-то эстонцы и знали, куда идти, после того как Егерь вычислил общее направление, в котором движутся аномалы, потому Медуза и прислал именно эстонцев — младший безошибочно привел их на место. Предположить, что беглые одержимые спрятались в аномальном месте, было логично, ведь теллурическая энергия подпитывает их.

Так что это не фантастика, это — реальность.

Медуза должен быть уничтожен. Как и весь Пси-Фронт.

Егерь наткнулся на эту мысль, словно на большой пень, запнулся, ноги заплелись, он едва не упал и встал как вкопанный. Он должен убить Медузу. Если Гуннар не соврал. Но он под конец говорил правду, Егерь видел по его глазам, эстонец не лгал. Вся эта невероятная, фантастическая история — правда!

Да и что тут, если задуматься, фантастического? Ведь верил же Егерь в инопланетян, в их тайную психовойну против человечества. Так что же тогда такого невероятного в Медузе? Он-то хотя бы человек...

Почти человек.

Или уже не человек?

Нечто гораздо большее, чем человек?

А еще эта «Тайная книга» — ее хорошо бы раздобыть, ведь это источник потрясающей информации.

Что же касается пси-войны, так она никуда не делась, она продолжается. Только война эта не против инопланетян, но против аномалов. И Егерь остается на передовой.

Но сначала он должен разобраться с Медузой — с этим извращенным, уродливым, чудовищным, невероятным существом в человеческом обличье.

Интересно, старый напарник Юрий Величко знал об истинной сущности Медузы, о настоящих целях Пси-Фронта? Знал и обманывал Егеря все эти годы... Или Величко был таким же «слепым охотником»?

Егерь вытер нож о штаны Гуннара, перерезал веревку и через темный лес потащил мертвеца к оврагу. Зашумел мотор, он замер. Тот же звук, который был недавно... В прошлый раз шум совпал со смертью Гуннара: эстонец как раз пришел в себя, глаза его полыхнули бешеной ненавистью, он так напрягся, что едва не порвал толстую крепкую веревку, но вскоре обмяк. В этот момент Егерю показалось, что за деревьями неподалеку треснула ветка, он схватился разом за нож и пистолет, вслушиваясь. После этого и загудел мотор, но почти сразу смолк, и больше никаких тревожных звуков не раздавалось. На всякий случай охотник тихо прошелся в сторону, откуда донесся треск, прячась за деревьями, осмотрелся — никого. В лесу ветки ломаются по множеству естественных причин, так что он возвратился к пленнику — и увидел, что тот за эти минуты успел испустить дух.

И вот теперь со стороны земляной дороги снова донеслось гудение. Машина неторопливо проехала мимо, после чего шум стих.

Кривой глубокий овраг принял в себя тело второго мертвеца. Егерь забросал эстонцев ветками и прошлогодней листвой, вернулся, собрал вещи, надел плащ, перекинул через голову ремешок портфеля.

Надо возвращаться к границе, искать на таможне агента Пси-Фронта, который должен был помочь Освальду с Гуннаром переправить двух пленных аномалов в Россию, а дальше действовать по обстоятельствам. Но что делать с этими, поселившимися в доме на холме?

Вновь раздался шум — теперь ехали не меньше двух машин. Да и тональность другая... Кто это там?

Егерь быстро направился к дороге. Совсем стемнело, он едва различал деревья. Достал ПНВ, нацепив на голову, включил. Лес высветился зеленым, и тогда Егерь вытащил пистолет Освальда из-за ремня. Второй, снаряженный усыпляющими ампулами, лежал в портфеле, висевшем на боку.

Оказавшись у дороги, он присел с оружием наизготовку. Впереди стояли две машины: джип и микроавтобус. Дверцы раскрылись, наружу вышли семеро. Камуфляж, круглые шлемы с глухими забралами, в руках пистолеты-игольники новейшей разработки. Донеслись негромкие голоса, один человек вернулся в кабину, а шестеро быстро направились в сторону Новошепеличей, при этом расходясь, вытягиваясь широкой дугой. Развернувшись, Егерь бесшумно попятился, сел под толстым стволом, прижался к нему спиной и затих.

Двое прошли слева и справа от него, причем один — совсем близко.

Донеслась команда, потом едва слышные щелчки — скорее всего, они включили вмонтированные в шлемы ПНВ. Вскоре фигуры растворились между деревьями. Егерь неподвижно глядел вслед незнакомцам, пытаясь понять, кто это такие и что ему делать теперь.

* * *

Стас плашмя лежал в траве, посеребренной светом луны. Шесть холодных шипастых шаров окружили холм и медленно вкатывались по склонам — неизвестные подбирались к дому. И ничего не сделать, ничего! Это какие-то спецназовцы, солдаты, милиция, оперативники КАСа... Он не знал, с кем имеет дело, но понимал, что не справится с шестью бойцами.

Они почти достигли вершины. Поняв, что другого выхода нет, он встал на колени, сложил руки рупором и крикнул:

— Берегись! Опасность!!!

Через миг шары полыхнули холодной сталью, ощетинившись резко выросшими шипами — так в ментальном пространстве отобразилась реакция незнакомцев на крик.

Потом в доме, за тускло освещенным окном, что-то произошло.

Шар, находящийся ближе всех к Стасу, рванул по склону вниз, остальные — к вершине. Оставалась надежда, что Амазонка справится с ними, да и Шут, он ведь «антиграв», ей поможет... Не способный больше ничего сделать, Стас побежал к лесу, преследуемый шипастым шаром, различая шелест травы и тяжелый топот ног по земле.

От холма пришел яркий, зримый образ, мгновенно заполнивший сознание: Амазонка, Шут, Яна, Жрец и он сам, Маг, стоят в ряд, на коленях, сцепив пальцы на затылке... Артур приказывал всем сдаться, не вступать в схватку с незнакомцами!

Помимо воли подчиняясь приказу, Стас сбился с шага, едва не развернулся, — но сзади тихо хлопнуло, что-то свистнуло над ухом, и он рванул с удвоенной силой. Преследователь не отставал, но и нагнать не мог. Присланный Жрецом зрительный образ угас, далеко позади пять колючих шаров сошлись на вершине, между ними, едва различимые, клубились и вспыхивали сознания друзей. Жрец в последний миг раскрылся, и мысленным взором Стас углядел в нем что-то необычное, какой-то оттенок чувства, слабый-слабый намек на... удовлетворение?

Ноги заплелись, он едва не упал — и головой вперед влетел в заросли. Яна, там же осталась Яна! — сейчас Стас беспокоился именно о ней. Преследователь двигался молча. Уже между деревьями Стас кинул взгляд через плечо — и в первый миг перепугался даже сильнее прежнего, разглядев у темного силуэта круглую гладкую голову... Шар, тот самый шар! Он втянул иглы, чтобы выплюнуть их во все стороны и проткнуть беглеца. Ментальные образы вторглись в реальность!

Но потом он понял: это просто шлем. Стас бежал между темными стволами деревьев, и образ шара со втянутыми иглами преследовал его по пятам. Больше всего пугала целеустремленная неумолимость — незнакомец не пытался вызвать подкрепление, ни разу не крикнул что-то вроде «Стой!» или «Сдавайся!..». В его молчании была уверенность, что беглец не уйдет, никуда не денется. Пытаясь оторваться, запутать человека в шлеме, Стас бросился в кусты справа, продрался сквозь них, снова круто повернул — но холодный металлический шар, готовый выстрелить острыми иглами шипов, следовал по пятам, точно повторяя все его маневры.

Когда Стас выбежал на небольшую поляну, что-то шевельнулось рядом с ним. Толчок, подножка — и он полетел в траву. Покатился, врезался плечом в дерево. Возглас, возня, звук удара, короткий вскрик... Встав на колени, при свете луны Стас разглядел: человек в шлеме распластался на животе, одна рука выгнута кверху — неестественно, будто сломана в плечевом суставе, ее за кисть сжимает незнакомец. У него в руке нож, с которого стекает темная струйка, и ясно, что клинок только что пронзил тело упавшего, скорее всего, где-то под самым краем шлема...

— Оставайся на месте! — приказал незнакомец Стасу.

Быстро обыскав тело, он шагнул ближе, свободной рукой вытащил из кармана пистолет. Вскочив, Стас узнал невысокого пузатого бородача со спутанными волосами, которого уже видел раньше.

— Одержимый? — спросил Егерь прищурившись. — Маг, кажется? Сбежал...

— Что? — начал Стас. — А вы...

— Остальных взяли?

— Да, но...

— Это не оперативники КАСа, — размышлял Егерь вслух, мучительно борясь с рефлексом, который сформировался за годы работы в Пси-Фронте: видишь одержимого — убей его. Все его тело, каждая мышца буквально вопила: шаг вперед, ножом по горлу, потом выстрел в голову... Дробовик доставать не понадобится, достаточно пули из пистолета. Но другой голос возражал: *«Годы работы* в Пси-Фронте? Нет, ты работал *на* Пси-Фронт. Как раб на хозяина, как пес, не зная, кому в действительности служишь. Но теперь — хватит!»

Аномал (мысленно он решил отныне называть одержимых так) попятился, ощутив его агрессию, и Егерь сказал:

— Я тебя не трону. Эти люди — не оперативники Комитета. Не знаю, кто такие. Хотя, может, какая-то новая бригада? Но как они нашли?.. Ладно, сейчас неважно, иди за мной.

Егерь зашагал прочь от холма. Дойдя до края полянки и не слыша звука шагов за спиной, кинул через плечо:

— Мы с ними не справимся. Хочешь помочь своим — для начала спаси себя.

Когда фигура бородача почти исчезла среди деревьев, Стас неуверенно зашагал следом.

* * *

Услышав шум, Яна села на кровати. После экспериментов Артура у нее раскалывалась голова, а еще часто начинало казаться, что она падает куда-то. Под ногами распахивалась бездна, и девушка летела в темную глубину, захватывало дух, сердце начинало колотиться в груди — хотя при этом она видела под собой землю или пол.

И все же Яна понимала: тренироваться необходимо. Ее дар одновременно и разочаровывал, и казался необычным, не таким, как у Ксюхи, Мишки или Стаса. Дар был нужен в борьбе против КАСа. Так утверждал Жрец, и у Яны не было причины не верить ему.

«Что там шумит?» — подумала она, и тут яркий образ накрыл ее: *все аномалы стоят на коленях, руки сцеплены за головой...*

Из кухни донесся шум, звук удара, возглас. Яна вскочила, на несколько секунд превратившись в такую, какой была раньше — подвижную, активную, быструю... Но не успела сделать и пару шагов, как в комнату мягко скользнул человек в темном комбинезоне и глухом черном шлеме, с пистолетом в руках.

— Замри! — донеслось из-под шлема.

Яна вскрикнула. Каким-то образом человек вдруг оказался у нее за спиной. Схватил, вывернул руку.

— Отпустите! — Она дернулась.

— Молчать!

Ее сильно приложили кулаком по затылку, потом еще раз, заставив шагать вперед и при этом не отпуская вывернутую руку.

— Сюда. Стоять. Повернись... Руки за голову...

На кухне на коленях, именно как в видении от Артура, замерли аномалы. Яну заставили опуститься рядом с ними лицом к печке. Она попыталась перехватить взгляд Мишки, оказавшегося рядом, и тут же последовал окрик:

— Не двигаться! Смотреть перед собой.

И Яна уставилась перед собой. Взгляд скользил вдоль трещин, змеящихся по кладке, а сзади раздавались приглушенные шлемами голоса. Слов не разобрать, но ясно, что захватчики чем-то озабочены. Чем? Операция, кажется, прошла успешно... И вдруг она сообразила: здесь нет Капитана! Ему удалось спастись! Теперь он им поможет... хотя... Нет, он точно поможет! Но только как? Ему самому бы спастись от этих...

Наконец им приказали встать и вывели из дома. Аномалы и конвоирующие их вооруженные люди спустились с холма в сторону леса. Впереди шел один боец в шлеме, двое по бокам, еще двое сзади. Холм остался позади, под деревьями стало темнее, и Яна начала спотыкаться. Двигались быстро, тишину нарушали лишь хруст веток под ногами да шумное пыхтение Мишки. Он ковылял, тяжело сопя, стрелял глазами по сторонам. Зато Ксюха шла ровно и глядела перед собой, в спину Жреца, поближе к которому она старалась оказаться. А тот сохранял спокойствие — он был задумчивым, даже сонным.

Один из конвоиров, получив приказ, свернул и скрылся за черными стволами. Яна украдкой озиралась, вглядывалась в темноту — выискивала подходящее место для засады. Вот здесь может затаиться Капитан, или там, за кустами... Сейчас он выскочит, свалит охранника, потом... Она одернула себя: дура, о чем ты думаешь? Он один, обычный парень, а тут отряд бойцов с оружием. Что он может сделать? Нет, Стас не покажется им на глаза, он же не полный идиот. Может, его вообще убили? Эта мысль ужаснула ее, Яна сбилась с шага и получила тычок в спину.

Наконец их вывели из леса к грунтовой дороге, где в лунном свете стояли две машины. Возвратился боец, который в лесу обыскивал кусты, — он спешил, нагнал остальных бегом. Что-то доложил старшему. Когда пленных заталкивали в микроавтобус, Яна успела заметить, что двое охранников ушли обратно в лес.

Внутри Яна оказалась возле дверцы с тонированным стеклом, прижатая к ней Мишкой. Толстяк выглядел растерянным, он то и дело с надеждой оглядывался на Артура, но тот молчал. Когда их усадили, он оказался впереди, спиной к остальным, и не оглянулся ни разу. Ксюха устроилась позади него — села ровно, сложив руки на коленях, и больше не меняла позы.

В окно Яна увидела, как возвращаются двое бойцов, они несли к дороге третьего. Тот не шевелился, его держали за руки и за ноги, голова в шлеме свесилась и покачивалась при каждом шаге... Мертвец, решила Яна. Это что, Капитан его убил? Так им и надо, козлам! А сам Капитан, значит, исчез, убежал? Или лежит там среди деревьев застреленный?

Водитель занял свое место, пассажир рядом с ним оглянулся, поднял руку с пистолетом и произнес:

— Это «игольник», стреляет парализатором. Вырубитесь на сутки, отходняк неприятный. Башка будет трещать, слабость, рвота. Либо — сейчас каждый примет по таблетке, которую я дам, тоже отключитесь, но без таких последствий. Выбирайте.

Выражения лица под глухим забралом было не разглядеть, но говорил человек с явной неприязнью. Постучав указательным пальцем по рукоятке пистолета, он заключил:

— Для меня вопрос только в том, сэкономлю я заряды или нет. Они дорогие.

Мишка засопел громче прежнего, заерзал. Ксюха с Яной ждали реакции Артура. А тот после паузы спокойно произнес:

— Мы выпьем ваши таблетки.

* * *

К утру спрятались под землеройной машиной — Стасу уже приходилось укрываться здесь с Ксюхой и Яной. Земля была холодной, и он сел на корточки, опершись спиной о железную стойку. Егерь, стащив с плеча плащ, разглядывал перебинтованное плечо.

— Значит, ты охотник на таких, как я, — сказал Стас. — Убийца.

Обвинение не произвело на спутника никакого впечатления, он по-прежнему молчал.

— И многих ты убил?

— Никогда не считал... — Голос звучал равнодушно. — Да, многих.

Стас не понимал ситуацию, а это всегда нервирует; он хотел спать, он устал после многочасового ночного перехода, но главное — силы забирало осознание того, что всё это время рядом находится вооруженный убийца. И нет смысла бежать — Егерь просто выстрелит ему в спину. Молчание затянулось, и Стас заговорил вновь:

— Ты точно не знаешь, кто забрал моих друзей?

— До сих пор за вами гонялись только КАС и моя... служба, — сказал Егерь. — Думаю, эти спецы тоже работают на Комитет. Просто задействовали новых. Может, какую-то украинскую бригаду.

И вновь надолго воцарилась тишина. Быстро светало, но ночной холод все еще пробирал до костей. Егерь достал из портфеля упаковку обезболивающего, проглотил таблетку и вылез из-под платформы. Оглядевшись, вернулся.

Стасу надоела неподвижность — его энергичная натура требовала действий, движения, и он тоже собрался вылезти размяться, но тут охотник сказал:

— Надо кое-что прояснить. Слушай. Двадцать лет я считал, что очищаю Землю от инопланетян.

— Нет никаких инопланетян! — выдохнул со злостью Стас, уже слышавший от Егеря про альенов.

— Откуда знаешь? — прищурился тот.

Сказать на это было нечего, и Стас отвернулся. Подождав ответа, Егерь продолжал:

— Есть они или нет — мы не знаем наверняка. Я ошибался в другом: ваша братия к альенам отношения не имеет. Меня ввели в заблуждение. Пси-Фронт... — Егерь уставился куда-то в переносицу Стаса. Губы зашевелились, будто охотник повторял про себя нечто, услышанное недавно. — Пси-Фронт — организация аномалов. Таких, как ты. А точнее, можно сказать, одного аномала. То есть на самом деле Пси-Фронт и есть этот... Неважно.

— А важно то, что ты хочешь отомстить! — сказал Стас все еще со злостью. — За то, что тебя развели как лоха.

— Восстановить справедливость, — поправил Егерь вновь без всяких эмоций.

— Хочешь уничтожить этот Пси-Фронт?

— Да.

— А уверен, что сможешь сделать это?

— Не уверен. Надеюсь. Я получил кое-какую информацию, но тот... человек, который дал мне ее, не знал места расположения их штаб-квартиры. Только то, что она в Москве. Мы должны были доставить вас на границу Украины, там ждет курьер из Пси-Фронта, который переправил бы вас к Медузе. Так мои напарники по этому делу называли своего босса.

— Называли? — уточнил Стас.

— Я убил их, — кивнул Егерь. — Но это — не твое дело.

— Хорошо, не мое, тогда зачем ты все это мне рассказываешь?

— Мне надо, чтобы кто-то помог. Пусть даже любитель, все равно — нужен напарник.

— А мне зачем идти против Пси-Фронта? — удивился Стас. — Лезть в это логово? Мои друзья не у них, а снова в КАСе, так? Ну и почему я должен...

— Ты говорил о провалах на дороге, — перебил Егерь. — Провалах и молниях. Знаешь, что это?

Уже некоторое время до них доносился тихий шелест — шел мелкий дождь. Теперь влага стала проникать под машину, просачиваясь сквозь щели и дыры, капать сверху. Егерь накинул капюшон. Стас молча ждал продолжения, и он объяснил:

— Я обдумал это и понял: таким способом вас атаковал Пси-Фронт.

— Что? — удивился Стас. — О чем ты?

— Помнишь «нюхач», с помощью которого вас искали возле фабрики? Это прибор, созданный в КАСе на основе экспериментов с аномалами. В Пси-Фронте такие называют «церебраторами», потому что они спроектированы после изучения ваших мозгов. Если Пси-Фронт — организация аномалов, то у них тоже есть церебраторы. Причем, думаю, более мощные. Провал и молния — попытки уничтожить вас, чтобы вы не объединились с группой Жреца, не усилили ее.

— Но почему... какое дело Пси-Фронту до нас?

— Пошевели своими аномальными мозгами. Почему организация аномалов столько времени финансировала выслеживание и убийства других аномалов? Потому что они видят в вас конкурентов. За вами послали меня плюс пытались уничтожить с помощью церебраторов. Возможно, устройства использовали в таком деле впервые, да к тому же дистанционно, с большого расстояния, поэтому и не могли сфокусировать их действие в нужной точке.

— Но откуда стреляли? Нет, подожди, я не... это все слишком невероятно!

— Слишком невероятно — что? — Плечо сильно ныло, и Егерь бросил в рот вторую таблетку. — Мы не знаем, как действуют церебраторы Пси-Фронта. Я думаю, для них необязательно, чтобы цель находилась в зоне прямой видимости. Может, для удара достаточно ввести координаты, как в GPS.

— Но откуда они знали, какие координаты вводить?

— Что, если наблюдали за вами через спутник? Потом потеряли, когда вы убежали от горящих «Жигулей» в лес, поэтому удары и прекратились. Но они наблюдали также за машинами КАСа. Когда в Киеве оперативники попытались захватить вас, снова засекли тебя и Тьму и тогда нанесли еще один удар.

Стас припомнил, как ночью Егерь все время старался держаться между деревьями, и даже когда они достигли просеки с линией электропередачи, шел не по ней, а вдоль, оставаясь под кронами.

— Если у этого Медузы имеется доступ к такой информации... — растерянно начал он.

— К данным спутников слежения? Да, это многое говорит о силе того, с кем нам придется разобраться.

— Я пока ничего тебе не обещал. С чего ты решил, что стану помогать?

— А своим друзьям ты помогать собираешься или нет?

— Да. То есть... я... — Стас замолчал.

Он ломал над этим голову всю дорогу сюда. Что, если просто исчезнуть? С этим его даром — пусть тот стал слабее, как только они покинули аномальный район, — он сможет выжить. Надо пересечь границу, скрыться где-то в Азии, в Африке, решить вопрос с документами. В конце концов, у него ведь остались связи, тот же Делон...

Но всё это началось из-за него. Стас привез ребят на Косу Смерти, если бы не это — они бы жили по-старому.

Вот именно, по-старому. Стас вдруг отчетливо понял одну вещь: вопреки всему он рад произошедшему. Все прежние судорожные попытки сделать жизнь полнокровной: криминал, прыжки с парашютом, лазание по горам, путешествия, нелегальные автогонки по ночному городу, дайвинг и прочее — были лишь неумелой попыткой наполнить свою жизнь смыслом. Достигнуть равновесия с окружающим миром, заняв свое место в нем. Стас всегда ощущал, что родился для чего-то большего, но это «большее» постоянно ускользало от него. У него, как он однажды понял, просто не было талантов, кроме неуемной энергии, а ее недостаточно, чтоб совершить что-то значимое. Зато теперь все изменилось. Он может развивать свой дар, совершенствовать, исследовать открывающиеся возможности, он может найти других аномалов...

Вот только шестеро его друзей в плену и запросто могут погибнуть либо сойти с ума в ходе экспериментов, которые снова и снова будут проводить над ними. И виноват в этом он, Стас Ветлицкий.

— Да, я хочу помочь, — сказал он. — Хочу вытащить их оттуда.

— В одиночку? Без подготовки, без оборудования, без оружия, без опыта?

— Значит, ты поможешь мне с КАСом, если я помогу тебе с Пси-Фронтом?

Егерь кивнул. В царившем под платформой полумраке Стас вгляделся в его лицо. Возникло уже знакомое ощущение — словно порывом теплого ветра к нему принесло чужие чувства...

Искренность. Он понял: этот человек не врет и не лукавит, говорит, что думает. Охотнику действительно нужен напарник.

— Ты мне поможешь, — заключил Егерь. — Тебе некуда деваться. Пси-Фронт первый на очереди, там добудем церебраторы. С их помощью атакуем КАС.

Глава 5
КАС

Одна за другой две «неотложки» въехали на уровень «Гараж». Не зализанные черные «Мицубиси», а всем знакомые машины с красными крестами на боках.

Иван Титор не сдвинулся с места. Автомобили встали друг за другом, дверцы раскрылись, наружу вылезли оперативники Василия Караулова в белых халатах поверх костюмов. Между «скорыми» прошла Дина в сопровождении Малькова. Она небрежно что-то приказала, и заместитель направился к одной из машин.

Титор стоял немного в стороне — его к делу не подпускали, через Мишу Барцева Директор передал приказ, чтобы начальник Службы внутренней безопасности «не лез», доставкой аномалов будет руководить Дина Андреевна.

В каждой машине были по две койки с откидными ножками на колесиках. На каталках лежали Жрец, Амазонка, Шут и Тьма. А где Маг? Титор, прищурившись, смотрел, как оперативники везут аномалов в глубину гаража, к центральному стволу с лифтами. Стянутые ремнями люди на каталках не шевелились, и глаза у всех были закрыты.

Если аномалов брала другая команда, которую предоставил Куратор, значит, уже в России они передали пленников людям Караулова. Интересно, как провезли аномалов через границу? На такой случай в КАСе были разработаны две легенды, возможно, люди Куратора воспользовались одной из них.

Показался Василий — он выполнял роль водителя одной машины. А из другой вылез Горбонос. Стало быть, Дина использовала для перевозки не только оперативников, но и касовскую бригаду быстрого реагирования, как минимум — ее командира.

Василий поспешил за каталками. Мальков вместе с Горбоносом, на ходу стягивающим белый халат, направились в другую сторону, а Дина с деловым видом зацокала каблуками вслед за людьми, увозящими аномалов. Титор, отвалившись от колонны, под которой стоял, шагнул навстречу, сказал: «Дина, в двух камерах надо исправить...» — но она резко бросила: «Отойди, Иван, не мешай работать», — и быстро прошла мимо.

Титор постоял, качаясь с носков на пятки и обратно, и зашагал следом.

Пешком он спустился на уровень «Тренажер». Там суетились сотрудники, стоял шум — аномалов развозили по камерам, устраивали, запирали. Опустевшие каталки тащили к лифту.

Когда Иван снова увидел Дину, она беседовала с Афанасием Гринбергом, научным руководителем касовской лаборатории. Манера ее изменилась — Дина терпеливо, едва ли не подобострастно слушала собеседника и вежливо кивала. Несколько раз попыталась вставить хоть пару слов, но никак не могла дождаться паузы в плавной речи. Афанасий умел говорить так, что перебивать его не получалось. И выглядел соответственно — величественный, вальяжный, с благородным профилем и львиной гривой седых волос.

Титор остановился в стороне, незаметно наблюдая. Эти двое стояли возле двери, в которую как раз завозили Жреца. Афанасий говорил и говорил, делая плавные жесты. Дина проводила взглядом носилки и снова попыталась что-то сказать, но Гринберг не умолкал:

— В свете всего вышеизложенного я настаиваю на необходимости...

Из комнаты показался начмед Яков Мирославович — невысокий, с животиком и бородкой, и возмущенный донельзя. Он двумя руками аккуратно взял Дину за локоть и повлек в помещение. До Титора донеслось: «Афанасий, тебя тоже попрошу».

Все трое исчезли из вида. Аномалов уже разместили в камерах. Коридор полнился голосами, по нему сновали оперативники в темных костюмах и черных сорочках, подчиненные Гринберга в белых халатах, бойцы Горбоноса в камуфляже — на Титора внимания не обращали, и он подошел к камере, куда доставили Жреца и в которой скрылась руководящая троица. Сложив руки на груди и склонив голову, словно в задумчивости, а на самом деле внимательно слушая, встал под стеной у проема.

— Дина Андреевна! — Голос начмеда звенел от напряжения. — Я повторяю: был использован сильнейший седатив. Причем судя по отчету, который мне предоставил этот, как его...

— Варяг, — напомнила Дина.

— ...Сначала пациентам дали таблетки, а затем, спустя всего несколько часов, когда они еще находились без сознания, ввели препарат внутривенно! И это...

— ...И это потому, — перебила она, — что они как раз подъехали к границе и командир отряда боялся, что аномалы не вовремя проснутся.

— А теперь вы хотите... — с возмущением начал Яков Мирославович.

Дина оборвала его, заговорив тише, в это время по коридору в унисон застучали шаги сразу нескольких человек, и Титор прослушал ответ. Он скосил глаза — в его сторону направлялись двое оперативников, двое парней в камуфляже, а еще Караулов и Горбонос.

Из дверей донесся голос Афанасия Гринберга:

— Я не ослышался? Завтра вечером вы собираетесь осуществить контакт Жреца с Сущностью?

— Это невозможно! — фальцетом вскричал Яков Мирославович.

— Это прямой приказ Манохова! — отрезала Дина.

— Но, голубушка моя, — степенно заговорил Гринберг, — такие приказы не отдаются без ведома главы научного...

Тут Дина наконец позволила себе то, что мало кто позволял, — перебила его:

— Господа, весь этот разговор абсолютно бессмыслен. Мы зря теряем время. Директор действует не по своей инициативе, есть распоряжение сверху... С очень высокого верха. Контакт произойдет ровно в десять, и вам необходимо подготовить...

— Иван Степанович! — позвал Василий. — Вы б отошли, а?

Титор, успевший прикрыть глаза, чтобы легче было вслушиваться в негромкий разговор, повернулся к нему. Караулов с Горбоносом поставили своих людей возле каждой двери, за которой лежали аномалы — по одному человеку в костюме и одному в камуфляже, — и теперь, судя по всему, собирались сделать то же самое и здесь, возле камеры Жреца.

— Заснул, что ли? — проворчал как обычно недовольный всем на свете Горбонос.

— Что, у камер будет постоянное дежурство? — спросил Титор, отходя в сторону.

— Приказ оттуда! — Василий многозначительно ткнул пальцем в потолок.

— Ну, выполняйте приказы, раз так. — С этими словами Иван направился прочь по коридору.

Проходя мимо приоткрытой двери, бросил туда быстрый взгляд — Дина, начмед и Гринберг спорили, рядом на койке лежал Жрец, над ним склонился человек в белом халате.

Дальше в камерах находились Тьма, Шут, Амазонка, а в конце коридора — Фея и Воин. Возле предпоследней двери Титор притормозил. Слева от нее стоял оперативник — пиджак расстегнут, под ним кобура с «глоком», справа — камуфляжный боец с пистолетом-пулеметом на плече.

За бронированным, очень толстым, да еще и забранным решеткой окошком было полутемно. На кровати, накрытая одеялом, лежала Фея. Титор слышал от лаборантов, что она теперь спит все больше, а за последние двое суток вообще не просыпалась, и Яков Мирославович всерьез опасался, что сон пациентки перейдет в летаргический. Сегодня он собирался взять анализы и сделать энцефалографию, но отвлекла доставка других «пациентов», как он называл аномалов.

Оперативник кашлянул, Титор перевел на него взгляд.

— Иван Степанович, — смущенно сказал тот, — у нас приказ: никого не подпускать к двери.

— Даже начальника внутренней безопасности? — усмехнулся Титор.

— Даже вас. То есть... — Оперативник глянул на камуфляжного напарника, который с невозмутимым видом жевал спичку, и добавил тише: — Вас — в особенности. Извините.

В коридоре показались Дина с Гринбергом и Яковом, последний что-то возмущенно втолковывал ей, женщина резко отвечала. Кивнув оперативнику, Титор пошел прочь. Проходя мимо охраняемой комнаты Воина, кинул быстрый взгляд в окошко, но аномала не разглядел. Это помещение окружали самые толстые стены из армированного бетона, что было связано со спецификой дара Воина. Окошко же на самом деле было монитором, на который транслировалось изображение с видеокамеры внутри.

Чтобы не очутиться в лифте с Диной, начмедом и Гринбергом, он поднялся по лестнице. На площадке между пролетами остановился. Здесь было тихо, лишь отзвуки голосов доносились снизу. Титор встал лицом к стене, оперся о нее ладонью, наклонил голову и уставился на носки туфель. Значит, завтра в десять вечера? Ну что же, темное время для темных дел... Зачем Манохову — то есть на самом деле Куратору — этот контакт Жреца с Сущностью обязательно завтра вечером?

Иван Титор знал ответ. И понимал: завтрашний вечер станет началом сна — темного, мрачного кошмара, который продлится долгие, долгие годы.

* * *

— Почему не по плану действуешь? — Кривоногий мужик с соломенными усами, похожий на молодого комбайнера, в кепочке, грязноватой куртке и заправленных в сапоги черных штанах, выплюнул травинку. Он небрежно привалился спиной к подножке, ведущей в квадратную кабину грузовика-рефрижератора.

Дело шло к вечеру, со стороны украинско-белорусской таможни, куда тянулась вереница машин, доносились гудки и голоса. Рефрижератор стоял в стороне от дороги, на асфальтовой площадке у мотеля для водителей.

— Я же тебе все объяснил, — сказал Егерь. — Эстонцы погибли, как и четверо одержимых. Один выжил. Он не заметил меня рядом с эстонцами — мы ж ночью напали. Получил по голове, вырубился, я оттащил его в сторону от трупов. А когда он очухался — обманул. Наговорил всякого: что я хочу помочь, что я защищал их от эстонцев... много наговорил. А он не сильно умный, плюс перепуган был, пошел со мной, как пес на поводке. Здесь сняли комнату в мотеле, но вдруг он заартачился, подозревать стал... Ну, я и подлил ему кое-что в чай.

Егерь, по-свойски осклабившись, похлопал по портфелю на ремешке.

— У меня здесь много чего, на все случаи жизни. Одержимый — это Маг, слышал его кликуху? — вырубился, валяется сейчас там в номере. Скоро в себя придёт. Пока что он безопасен, но надо его побыстрее переправить к Медузе.

Усатый во время этой речи моргал, сопел, сплёвывал, тёр рукавом нос и не делал попыток перебить или как-то ускорить рассказ — хотя Егерь повторял всё это уже по второму разу.

— Так одержимых двое должны были сюда доставить.

Егерь крякнул и чуть по морде ему не дал — еще со времён КГБ не терпел тормозов.

— Ё-моё, я ж тебе сказал: все погибли! Эстонцы дурака сваляли, плохо разведку провели, из-за этого...

— А че за одержимый, какой у него?.. — Усатый вопросительно щёлкнул пальцами.

— И это сказал: Маг. Интуит он, предвидеть умеет.

— А... то есть никаких молний там или еще чего такого?

— Никаких. Слушай, он сейчас очнётся, надо спешить. Как вы с эстонцами собирались двух одержимых через границу переправлять?

— Так внутри ж. — Курьер показал на фуру.

— А эстонцы где?

— Так в кабине ж со мной...

— Ну, значит, теперь я в кабине поеду. Не через границу — у меня въездной визы в паспорте нет, значит, спрячусь вместе с одержимым и уже за таможней пересяду к тебе. Мага засунем туда, куда вы там хотели... Давай, пошли за ним, хватит зенками на меня лупать!

Усатый сплюнул и снова тяжко задумался. Егерь уже готов был убить его на месте. Наконец курьер кивнул, запер кабину и вздохнул:

— Ладно, че там, идем.
— Звать-то тебя как? — спросил Егерь.
— Васяней зови.

Все еще неуверенно качая головой, Васяня прошел за Егерем в полутемный холл мотеля, пропахший котлетами и тушеной капустой. Здесь было тихо, при каждом шаге под грязным линолеумом что-то потрескивало и скрипело. В углу бубнил телик, толстая дежурная, подперев кулаком щеку, пялилась в экран. По круглому лицу бродили голубоватые отсветы. На вошедших она едва глянула и снова уставилась в телевизор.

На втором этаже Егерь отпер дверь и первым вошел в комнату. Державшийся позади Васяня явно побаивался одержимого. Подойдя к кровати, Егерь склонился над лежащим там человеком. Маг был одетый, в обуви, глаза закрыты, а рот, наоборот, приоткрыт. Егерь несколько раз несильно хлестнул его по щекам, приводя в сознание. Приблизившийся Васяня отшатнулся.

— Ты че, а если очнется?!
— Это нам и надо, — буркнул Егерь. — А как его еще отсюда вывести? Ты не бойся, то, что я в чай подлил, соображалку сильно гасит. Да и.дар у пацана неопасный, так что все нормально.

Стас замычал, попытался сесть. С трудом разлепил веки и мутным взглядом скользнул по мужчинам у койки.

Курьер приободрился и даже помог поднять «клиента». Поддерживая Стаса с двух сторон, они сошли по лестнице. Аномал едва переставлял ноги, голова болталась, он сильно навалился на плечо Егеря.

В холле дежурная уставилась на них, и Егерь, подпустив в голос раздражения, буркнул:

— Ну ты нажрался! Молодой, не умеешь пить, а туда же...

Дежурная презрительно скривила губы, уткнулась в телевизор и больше в их сторону не глянула ни разу, даже когда они вывалились наружу и дверь со стуком захлопнулась.

Когда Васяня открыл заднюю дверь фуры, изнутри потянуло морозом. Он запрыгнул и протянул руку:

— Давай! Сможешь?

Егерь подхватил Стаса под мышки, приподнял — тот что-то невнятно проворчал. Пришлось покрепче сжать зубы, когда сквозь созданный таблетками заслон пробилась боль в левом плече. Васяня поднатужился, принимая живой груз, и удивленно сипнул:

— А тяжелый же, блин! Худой, а весит как... его знает что... Ну ты сила, дед, в натуре, как его поднял?

Наконец все трое оказались в кузове. Егерь огляделся — местечко было то еще. Вдоль стен тянулись облепленные инеем стеллажи, между ними на крюках висели освежеванные коровьи туши без голов и ног. Каждая крепилась двумя цепями, одна шла к крюку в потолке, другая — к полу, чтоб не раскачивались в дороге.

Васяня показал:

— Вон, ватники на крючках, один тебе, другой на этого колдуна наденем.

Голос в кузове звучал гулко. Курьер волновался, поэтому не умолкал, молол всякую ерунду, пока Егерь одевался и напяливал ватник на бесчувственного «колдуна».

— Егерь, да? — бормотал Васяня, когда они волокли Стаса между тушами. — Я про тебя слыхал, да че там — все слыхали. Силен ты, э? Охотник, мать твою, молодцом!

Туш было много, причем чем дальше — тем больше, целый лес мороженого красно-белого мяса, обтягивающего кривые ребра. Стоило отойти немного от дверей, и вход пропал из виду. Егерь неодобрительно оглядывался, ему здесь не нравилось. Мороз, темнота, задубевшее мясо на цепях... Дыхание вырывалось изо рта облачками пара, под сапогами поскрипывала колючая снежная пыльца. Стоило задеть тушу, и она начинала покачиваться. Цепи дребезжали за спиной, а спереди доносилось едва слышное гудение.

В конце контейнера из стенки выступал металлический короб метровой высоты и длиной в пару метров, накрытый задубевшим от мороза тряпьем. На стенке светила тусклая лампочка под проволочным каркасом.

— Держи колдуна покрепче. — Васяня, оставив аномала на попечение Егеря, обошел короб и опустился на корточки возле большой железной канистры. За ней была еще одна, пластиковая — с маслом, судя по надписи, а с другой стороны от короба к стенке контейнера прислонили огромную шину.

Васяня чем-то щелкнул. С хрустом лопнул ледяной налет, и торцевая стенка короба открылась, как квадратная дверь. Курьер на четвереньках полез внутрь, перед Егерем закачался оттопыренный зад, обтянутый грязными брюками. Еще щелчок — в коробе загорелся свет. Гудение за стальной, покрытой изморозью стеной стало немного громче.

— Давай его сюда! — пропыхтел Васяня, выбираясь из ящика.

Егерь заглянул в проем. Внутренние поверхности короба, кроме одной, были обиты теплоизоляцией. Там валялись несколько продавленных подушек, скомканные одеяла, в углу стоял низенький табурет. Рядом с ним рефлектором кверху Васяня поставил фонарик, и на потолке четко обозначился световой круг.

Вдвоем они затащили безвольное тело внутрь.

— Клади, клади его! — командовал Васяня. — На вот подушку, подсунь.

Стаса уложили на расстеленное одеяло, накрыли другим. Егерь, усевшись на табурет, приложил ладонь к стенке без изоляции — она была прохладная, но не ледяная.

— Объясни, — потребовал он.

— А че объяснять... Когда движок врублю в кабине, печку — тут нагреется. Видишь решеточки выше? Через одну воздух пойдет внутрь, ну, не горячий, но тепловатый такой, через другую может выходить... не задохнетесь, короче. Да и не замерзнете,

Васяня гарантирует. Возле фонарика пара наручников, а вон в стенке крюки. К ним, стало быть, колдуна прицепишь, чтоб не дергался если что. По плану, на таможне одержимые еще в беспамятстве должны быть, да к тому же я таможенникам пятьдесят евров суну — они внутрь только заглянут да документы полистают, ничего проверять не будут. Ну и все. Приемничек принести тебе, дед? Музы́ку слушать будешь?

— Нет, — сказал Егерь, осторожно положив ладонь на левое плечо, которое сильно ныло. — Когда проедем таможню — выпустишь меня.

— Ну, это само собой, не куковать же тебе всю дорогу с этим... — Васяня пнул Стаса носком сапога по ребрам, и тот застонал, не открывая глаз.

— Ну все тогда, я, значица, прямо сейчас к таможне рулю.

— В Москве мы прямо к Медузе?

Васяня, на четвереньках выбирающийся наружу, протянул:

— Не-е... Звиняй, дед, ты хоть и Егерь-охотник, а у меня приказа нет тебя прямиком в штаб. Завезу вас на такую, как ее назвать, явочную квартирку, сам доложусь, а начальство пусть решает.

Он вылез, и Егерь спросил вслед:

— Я-то скоро выйду, но одержимый до Москвы точно не замерзнет?

— Да не замерзнет твой одержимец. Васяня гарантирует!

С этими словами курьер закрыл квадратную дверцу.

— Эй, а сколько ехать? — крикнул Егерь.

— Если на таможне без задержки — до вечера в Москве будем! — донеслось снаружи.

* * *

Яна проснулась — и не поняла, день сейчас, ночь, утро или вечер. На миг показалось, что она по-прежнему в доме на холме, но тут же несколько картин, тесня друг друга, встали перед глазами: люди с пистолетами и в глухих круглых шлемах, склон холма, облитые лунным светом машины на дороге посреди леса, ладонь в перчатке без «пальцев»... И спокойный голос Артура: «Мы выпьем ваши таблетки».

А потом, заслоняя другие картины, встал образ, который Жрец наслал, когда появились эти, в шлемах: аномалы, в ряд стоящие на коленях, сцепив пальцы на затылках.

— Стас, — тихо произнесла она. — Капитан.

Его не было в доме, когда их захватили, и потом в машине — тоже. Либо убит, либо на свободе, но не в подвалах КАСа.

А она — здесь. Яна огляделась. Свет проникал лишь через окошко в двери, но стекло тонированное, чтоб не видеть, что снаружи, и освещение совсем тусклое. Знакомая комната. Утопленный в стену шкаф, без единой полки, которую можно было бы вытащить, умывальник с неподвижным краном, маленькая душевая. Стены обиты мягким пластиком, пол такой же. В углу — столешница, к ней кронштейном прикручен стул, над нею — монитор в стене, а прямо на столе кнопки клавиатуры.

Все — стационарное, неподвижное, ничего, что бы можно было использовать для... скажем, для удара. В этой комнате Яна провела долгие-долгие дни. Монитор можно включить и читать книги или смотреть мультики, фильмы, иногда по нему с пленницей общался кто-то из врачей, или седовласый красивый мужчина, обходительный и мягкий, или немного суетливый пожилой медик с бородкой.

Яна ведь вырвалась отсюда! Надеялась, что навсегда — но теперь она снова здесь.

В углу за шкафом шевельнулись тени. Комната накренилась — весь мир накренился, на один едва уловимый миг поблек... а потом все стало как прежде.

Из полутьмы между шкафом и стеной к Яне шагнул коротко стриженный крепкий парень в спортивных штанах и черной майке, босой.

Быстро протянув руку, зажал Яне рот, чтоб не вскрикнула.

— Это я, тихо.

— Борис? — пробормотала она. — Как ты сюда?..

Девушка чуть не потеряла сознание от испуга и удивления. Затошнило, голова откинулась назад, Яна едва не упала спиной на кровать. Борис поддержал ее, усадил. Подойдя к крану, включил и наполнил сложенные ковшиком ладони.

— Выпей.

Она выпила, и остаток влаги он размазал по ее лицу. Присел на кровать рядом.

— Как ты попал сюда? — спросила она хрипло. — Ты... проходишь прямо сквозь стены?

Борис покачал головой.

— Нет, так я не умею. Ты что, не помнишь, какой у меня дар?

Голос его был как всегда глуховатый и тихий, какой-то насупленно-спокойный.

— Забыла, — призналась она. — И пока не все могу вспомнить. У нас с Капитаном была амнезия после того, как сбежали из машины.

— А как вы сбежали?

— Это санитар, Паша, помог. С ним связался Жрец, они договорились... Но Паша потом пропал, то есть его схватили те, что погнались за нами.

— Я его видел недавно, — сказал Борис. — Его вели куда-то вниз. Он был как зомби.

— Постой, но ведь в этих комнатах, наверное, и камеры, и микрофоны? — вдруг сообразила Яна. — Разве нет?

— Конечно. Но я подслушал разговор техников, перед тем как вас привезли — меня как раз вели из лаборатории. Были сбои в сетке из-за какого-то несанкционированного включения камеры, теперь этот... кажется, его фамилия Мальков, все перенастраивает. Плюс вас привезли неожиданно, им надо снова включить в сеть устройства, которые вырубили, когда вы сбежали. Сейчас наблюдения нет, но это ненадолго, мне надо уйти побыстрее. Что с вами произошло дальше, расскажи.

— Подожди. Я хочу понять — ты что, можешь сбежать в любой момент?

Он качнул головой:

— Нет, несущие стены слишком толстые. Только через боковые перегородки. От себя попал к Алене, потом... кажется, в соседней комнате опять поместили Михаила, но сейчас его там нет. Может, увели на процедуры. Тут ты, а дальше... — он показал на стену, что была напротив шкафа. — Это опять толстая, дальше попасть не могу. Кто там?

— Жрец или Амазонка. Я не видела, мы были без сознания.

— Вас всех захватили?

— Да... Нет, Капитан не у них. Но я не знаю, жив он или мертв.

Ей захотелось всхлипнуть и прижаться к его плечу — оно у Воина было крепким, широким, по-настоящему мужским — но тут натура ее взяла свое, и Яна вскочила, сжав маленькие кулаки, повернулась к Борису.

— Эти сволочи снова схватили нас и запихнули сюда! Будто мы... как скот! Бараны в загоне!

Он взял ее за плечо, снова усадил.

— Расскажи все, что с вами было, Янка.

Она отвыкла, чтобы к ней обращались по имени — Артур настаивал, чтобы все использовали новые прозвища, ему это казалось важным, будто такое обращение подчеркивало их преображение. В последние часы в Зоне отчуждения даже Капитан-Маг, дольше всех сопротивляющийся, пару раз назвал ее Тьмой. И теперь настоящее имя в устах Воина, то есть Бориса, Борьки, прозвучало как-то особенно дружески и тепло.

Яна принялась рассказывать — быстро и сбивчиво.

— Кто навел на вас этих людей в шлемах? — спросил он наконец.

— Не знаю.

— Странное совпадение. Вскоре после того, как вы туда пришли, но не сразу, словно дали сутки для чего-то. Слушай, — он встал. — Мне надо уходить. Я одно хочу сказать: Жреца... Артура надо остановить.

— Остановить Артура? — не поняла Яна. — О чем ты?

— Все вы плохо знаете его. Он всю жизнь хотел доказать отцу, которому на нас наплевать, что сильный и умный. Что круче отца. И сейчас Артур не собирается жить в мире с нормальными людьми. Он хочет сделать что-то... Хочет сделать что-то нехорошее. Ему нужна встреча с Сущностью. Я пока не знаю, для чего, но ее нельзя допустить.

— Да с чего ты все это взял?! — Яна не поверила Боре и возмутилась. — Он же твой брат! Артур хотел вернуться сюда и освободить вас с Аленкой!

Борис снова качнул головой.

— Артуру на меня наплевать еще больше, чем отцу — на нас двоих. Он меня не любит с тех пор, как я разобрался, что он собой представляет. Понимаешь, он плохо относится к тем, кто недолюбливает его. А я хорошо знаю его настоящую натуру.

— Артур — один из самых... самых самодостаточных людей, которых я знаю! — возразила Яна.

— Нет, он один из самых нуждающихся в уважении, — поправил Борис. — Даже в почитании. И он в жизни не стал бы рисковать ради меня. Одного я не понимаю, для чего он вас двоих выручал, дожидался в Зоне... В чем твой дар?

— Я — подавитель, — пояснила она. — Могу глушить чужие способности. Не всегда, то есть от меня это не зависит. Артур учил меня стимулировать область мозга, ответственную за дар, и... Или, скорее, он учился сам.

Борис, насторожившись, в упор поглядел на нее.

— Он учился стимулировать твой дар? Но сама ты...

— Сама я все еще не умею. Что это значит? Я нужна была ему, чтобы научиться подавлять чужие...

Тут он вскинул руку. Из коридора донеслись приближающиеся шаги, и Борис попятился к шкафу.

— Я ухожу. Янка, мы скоро встретимся, но запомни: Артура надо остановить. Нельзя, чтобы он встретился с Сущностью, чем бы она ни была. Случится что-то очень плохое. Алена подглядела его грезы, сны о будущем... Она чуть не сошла с ума.

Щелкнул замок в двери. Борис шагнул в угол за шкаф, продолжая говорить:

— Сядь! Сядь и не смотри.

Дверь стала раскрываться.

— Не смотри!

Яна отвернулась. Мир качнулся, темными клубами взвились тени...

Дверь раскрылась, включился свет, и в комнату, потирая ладони, шагнул Яков Мирославович Вертинский в сопровождении двух лаборантов.

— Ну-с, голубушка, — сказал он с деланой сердечностью, — пойдемте со мной, пожалуйста.

Шагнув к медику, Яна украдкой кинула взгляд через плечо, в угол за шкафом — там никого не было.

Глава 6
ПСИ-ФРОНТ

28 часов до Контакта

Начало вечереть, когда Егерь с Васяней доставили Стаса на московскую явку Пси-Фронта. Уложив аномала в кровать, Егерь осмотрелся. Плохо обставленная двухкомнатная квартира, ободранные бумажные обои, лампочки без абажуров под облезлым потолком... В маленькой комнате, кроме койки, стоял одинокий табурет да большой ящик, заменяющий стол. В большой был только платяной шкаф и два матраца на полу.

— Для чего это место используют? — спросил Егерь, поправляя ремень портфеля на правом плече. Левое ныло, рукой он старался без необходимости не двигать.

Васяня неподвижно глядел ему в переносицу.

В Москве курьер стал другим, причем переменился резко. Всю дорогу он болтал, немного снисходительно задавал вопросы, на которые Егерь отвечал скупо и односложно, а в городе вдруг замолчал. Движения, до того расхлябанные, вялые, стали четкими и скупыми, глаза перестали бегать, в них появилось что-то нездоровое и пугающее. Егерь понял: Васяня вошел в фазу отростка. Это слово упомянул Гуннар незадолго до смерти.

— Явочная квартира, — почти не размыкая губ, произнес Васяня. Кровь отлила от его лица еще в машине, он был бледен, губы побелели. А еще этот взгляд в верхнюю часть переносицы... Егерь был знаком с этим приемом: если хочешь, чтобы собеседник думал, будто ты ничего не скрываешь и в разговоре честно глядишь в лицо, но если при этом ты не желаешь выдавать своих чувств, смотри именно так. Это производит впечатление, будто ты открыто глядишь собеседнику в глаза.

Было и кое-что еще. Егерь даже не сразу смог сообразить, в чем дело — взгляд курьера расфокусировался, стал отрешенным, и это производило гнетущее впечатление.

— Кто останавливается в этой квартире? — спросил охотник.

— Иногородние. Когда надо сделать дело в Москве.

Речь тоже изменилась, стала отрывистой. Егерь припомнил Холостого, как называли одного московского охотника, которому они с Величко как-то помогали вычислить и стереть одержимую в Чертаново. Холостой вел себя похоже, тоже говорил рублеными фразами, даже интонациями Васяня напоминал его, и глядел тот охотник так же.

— Жди, — приказал курьер. — Я доложу. Вернусь быстро.

— Харчи здесь имеются? — Егерь направился на кухню.

Васяня не ответил. Открыл дверь и уже с лестницы спросил:

— Этот не очнется?

— Не должен, вторую таблетку ему недавно дал.

Хлопнула входная дверь, щелкнул замок, и Егерь сразу вернулся в комнату. Стас сел на кровати.

— За ним, — скомандовал охотник, направляясь к двери. — Тихо, слушай меня и делай, что скажу.

Вскочив, Стас поспешил следом. На гвозде возле двери висел ключ. Сорвав его, Егерь вслушался. Шаги, приглушенно доносящиеся с лестницы, смолкли. Квартира находилась на третьем этаже старой пятиэтажки на окраине города. Лифта в подъезде не было.

Когда внизу тихо стукнуло, Егерь раскрыл дверь; они вышли, заперли квартиру и поспешили вниз.

Фуру курьер поставил в замусоренном скверике на краю двора. Когда Егерь осторожно выглянул, к арке ведущего на улицу проезда катила поцарапанная синяя «Вольво» с Васяней за рулем.

— На улицу! — скомандовал Егерь, дождавшись, когда машина исчезла в арке.

Это была самая ненадежная часть плана, но им повезло — почти сразу поймали такси, и азиатского вида водитель согласился следовать за синей «Вольво», запросив за это две тысячи рублей.

Он покатил, весело насвистывая восточный мотив, вслед за машиной курьера, не вплотную, но и не далеко. Вечерний час пик заканчивался — это оказалось на руку. Машин было слишком много, чтобы Васяня мог рвануть с места в карьер, но и слишком мало, чтобы они мешали следовать за ним. А заметить слежку при таком движении было нелегко.

Проехав три квартала, свернули, потом еще дважды.

— До сих пор окраина города, — тихо сказал сидящий сзади Стас в затылок Егерю. — Но этот район поприличнее.

Дар без подпитки от аномального места ослаб, но все же он служил Стасу лучше, чем до Зоны отчуждения. То ли сказались тренировки, то ли его способности усилились... Каждые две-три минуты, будто порывом ветра — клуб дыма, до него доносило настроение или намерение человека, находящегося рядом, то есть чаще всего — Егеря. Тот всегда был угрюм и целеустремлен. Желание убивать постоянно владело охотником, но оно было направлено не на Стаса, а на кого-то другого. Или уж скорее — на нечто иное, чей образ в сознании Егеря был совсем тусклым, расплывчатым, потому что он никогда не видел это «нечто» воочию. Вроде большого чернильного пятна со множеством завитушек и брызг вокруг.

Это нечто — Медузу, как понял Стас, — Егерь и хотел *стереть*.

«Вольво» снова повернула.

— Вот оно! — выдохнул Егерь, впервые проявляя другую эмоцию, помимо мрачной решимости, — сдержанную радость.

Справа вдоль дороги выстроились магазины и жилые дома, слева, была высокая бетонная ограда, впереди в ней виднелся проезд, перекрытый шлагбаумом, и будка охраны. Над оградой высилось офисное здание, квадратная башня сплошь из черного стекла, с высокой решетчатой антенной на крыше и вышкой, к которой крепились три направленные в разные стороны «тарелки».

У шлагбаума дежурили двое в камуфляже. Один шагнул к «Вольво», и стекло со стороны водителя опустилось. Такси по команде Егеря притормозило в сотне метров от машины Васяни. Азиат насвистывал, пассажиры подались вперёд, глядя сквозь грязноватое лобовое стекло. Егерь, не глядя, ткнул пальцем в кнопку омывателя.

— Э! — крякнул водила.

Прозрачные струйки прыснули, скрипнули «дворники», и видно стало лучше. Водитель, поправив кепку, откинулся назад и с недовольным видом бросил в рот жвачку.

Шлагбаум поднялся, «Вольво» скрылась из вида.

— Пройдись, — велел Егерь.

— Я? — удивился Стас. — У них может быть моя фотография.

— Ты, Мустафа, — пройдись туда.

— Я не Мустафа, я Адын! — возмутился азиат.

— «Адын», «вдвоём» — неважно. Пройдись, погляди, что написано. Видишь, табличка возле проезда? И во двор загляни, что там.

— Чтоб ты моя машина угнал?!

— С ключами иди.

— Четыре штуки с тебя, да?

— Три, — отрезал Егерь. — По этой стороне, до угла. Свернёшь за дом, назад дворами, чтоб перед охраной не маячить, и сюда. На всё — пять минут, не больше. Ну!

— А ты не нукай, да! — Водила раздражённо полез наружу, выдернув ключи из замка зажигания.

— Только не пялься, осторожно туда посматривай, — напутствовал Егерь.

На все про все Адыну понадобилось семь минут. Вернувшись, он сразу потребовал деньги, и Егерь дал ему две тысячи.

— Три договорылис!

— Сейчас остальное получишь. Рассказывай.

— Может, у тебя денег больше нет, да?

Егерь достал две пятисотенные купюры и пошуршал ими, зажав между большим и указательным пальцами.

— Говори, Мустафа.

— Адын я! Там написан «нэ-психа-тех», — поведал водитель.

— Чего? — удивился Стас. — Не-психо?..

— Не! Слушай: «Н-И-И», а под ним — «психотэх». Какой «нии» такой... И еще маленький буквы, но я не разглядел.

— А во дворе за воротами что?

— Открытый двор, большой, да. Асфальт белым расчэрчен. Машин стоят, дорогие машин, но мало. Вечер же, разъехалыс все, а?

— Что на первом этаже видно? — спросил Егерь.

— Стекло видно. Дверь стеклянный, черный. Ничего не видно болше.

— Будка еще есть внутри? Охрана?

— Нэт, — покачал головой Адын, нервничая все больше. — Нэ видел, да. Слушай, уйди уже!

Стас окинул взглядом многоэтажку. Не видно, горит где-то свет или нет — стекла зеркальные. Просто черная квадратная башня торчит за оградой, отражая фары и фонари. Зловещая Темная башня...

— Разворачивайся, едем обратно, — сказал Егерь.

— Э! Мы нэ договаривались!

— Черт с тобой, три светофора провези, на углу проспекта выйдем. Ты три штуки только что за сорок минут работы заработал, нехристь!

Получив купюры, Адын слегка расслабился и больше спорить не стал.

Выйдя из машины и перекинув через голову ремень портфеля, Егерь пробормотал:

— Перечень зон...

— Что? — спросил Стас.

— В той башне — Медуза, но и не только он. Где-то там спрятан перечень всех аномальных зон с описанием их свойств. Так говорил Гуннар.

— «Тайная книга»? — догадался Стас.

— Как назвал? — Егерь резко повернулся к нему.

— Артур... ну, Жрец, аномал, в Сети нашел сведения про некую «Тайную книгу», которую написал Чарльз Форт, американец, основатель уфологии... — Стас замолчал, заметив, как вздрогнул Егерь при упоминании этого имени. — Что такое?

— Ничего. Идем, по дороге расскажешь.

Они заспешили в сторону дома с явочной квартирой. Стас на ходу говорил:

— Этот Форт вроде бы много лет выискивал аномальные зоны и изучал их свойства. И все это записал в «Тайную книгу», но рукопись исчезла. Вообще-то я немного знаю. Недавно Артур через Интернет вышел на этот «Психотех». Отыскал по какому-то перечню экспедиций... тот совпал с аномальными зонами, которые когда-то посетил Чарльз Форт, про что писали его биографы. Можно предположить, что

«Тайная книга» попала в эту организацию и они теперь исследуют аномальные места, сверяясь с ней.

— Перечень зон, — повторил Егерь. — Институт — прикрытие, на самом деле это и есть Пси-Фронт. И Медуза там, внутри. Мы должны напасть сейчас, этой ночью.

— Так скоро? — удивился Стас. Они свернули во двор пятиэтажки. — Я думал, надо разработать план, все продумать, может, как-то раздобыть чертежи здания, подготовиться...

Егерь перебил, распахнув дверь подъезда:

— Нет времени. Сейчас курьер получит приказ доставить тебя в башню, к Медузе. И вернется сюда наверняка не один.

— Ну да, поэтому мы и договорились разыграть побег.

— Правильно, но что дальше? Когда мы исчезнем, Медуза соберет все силы, созовет агентов... Во-первых, скорее всего, нас найдут в Москве — мои адреса Пси-Фронту известны. Во-вторых, даже если не найдут, Медуза успеет опомниться и подготовиться. Нет, действовать надо этой ночью, иначе ничего не выйдет.

Последние слова Егерь произнес, входя в квартиру. В прихожей остановился, коснувшись раненого плеча. Достал из портфеля упаковку таблеток, выдавив из нее одну, бросил в рот.

— Тебе к врачу надо, — сказал Стас, шагнув в комнату. — Все время на обезболивающем собираешься сидеть? Оно ж мозги притупляет.

— Это не притупляет.

Стас сдернул с кровати покрывало, швырнул в угол. Перевернул табуретку, ударом ноги сдвинул ящик. В это время Егерь вытащил из кармана блокнот, оторвал лист бумаги, скомкал, расправил. Присев возле ящика, достал шариковую ручку и торопливо написал:

«Маг очнулся. Ранил меня. Преследую».

Бросив листок на ящик, расстегнул верхние пуговицы рубахи, плащ, стянув их с левого плеча. Приподнял край бинта. Рану покрывала корка засохшей крови.
— Ты зачем... — начал Стас.
Егерь дернул корку, и, когда из-под нее полилась кровь, уперся лбом в пол. Согнулся дугой, сгорбившись, продолжая оттягивать одежду.
— Портфель! — сквозь зубы сказал он. — Пластиковая коробка, достань белую ампулу.
Портфель стоял на полу. Стас полез внутрь, нашел ампулу, протянул. Егерь одной рукой отломил кончик, поднес лекарство к плечу, полил на рану и, выпрямившись, прижал бинтом.
— Кровь быстро останавливает, — пояснил он.
На грязном полу образовалась красная лужица, Егерь смахнул в нее записку и выпрямился.
— Может, теперь поверят. Хотя... Все, уходим.
Снаружи зашумели двигатели. Машины проезжали и раньше, но эти гудели как-то подозрительно, и Стас выглянул на освещенную фонарями улицу. Два больших черных «Лендровера» сворачивали в арку.

— Это они! Бригадой приехали.

— Наружу! — приказал Егерь, бросаясь к двери.

Стас на ходу подхватил портфель и крикнул:

— Они совсем близко, не успеем!

Когда они оказались на лестнице, снизу донеслись шаги, и Егерь проговорил одними губами:

— На крышу.

Он заспешил по ступенькам, застегивая рубаху. На пятом, последнем, этаже железная лесенка вела к люку в потолке. С лестницы внизу донеслись голоса, среди прочих — Васяни.

— Они уже в квартире, — прошептал Стас.

Егерь взобрался по лесенке. Шаги зазвучали вновь — двое или трое людей поднимались к ним. Глянув вниз, Егерь прошептал:

— Отмычка! Боковой карман!

Стас полез в портфель, поставив ногу на нижнюю перекладину. Шаги приближались, он уже слышал дыхание.

Сверху требовательно протянулась рука. Стас нащупал в портфеле «молнию», вжикнул, выхватил из бокового отделения замысловатую железяку, похожую разом на ключ, пинцет и пилочку для ногтей.

Егерь всунул ее в скважину. Провернул бесшумно — и головой поднял люк. Придержал, чтобы крышка на стукнула об пол технического этажа.

Шаги и дыхание раздавались совсем близко. Егерь ввалился на чердак, Стас — за ним. Он прикрыл крышку, и в сужающийся просвет увидел три коротко остриженные головы. Одна дернулась, бледное лицо обратилось к люку, крышка которого захлопнулась.

Стас поднял глаза. У люка на коленях стоял Егерь, в опущенной левой руке — пистолет, плащ распахнут, правая лежит на чехле дробовика.

Прошла секунда, другая, третья. Стас слышал только стук своего сердца. Сквозь него донеслись голоса, удаляющиеся шаги... и наступила тишина.

Выдохнув, он поднялся на дрожащие ноги. Егерь тоже выпрямился. Морщась — плечо не успокаивалось, таблетки уже почти не действовали, — убрал пистолет в карман, запахнул плащ и забрал у Стаса портфель.

— В доме четыре подъезда, — прошептал охотник. — Выходим через крайний слева.

В «Лендроверах» оставались водители, а может, и кто-то еще в салонах, но фонарь у подъезда не горел, и это позволило покинуть дом незамеченными. Пройдя два перекрестка, Егерь поймал такси, назвал адрес.

Они вышли недалеко от Павелецкого вокзала. За домами была большая земляная стоянка со множеством машин. Егерь сунул купюру выбравшемуся из будки дежурному, и вскоре они остановились возле зеленой «Нивы» с увеличенным клиренсом, решетками на фарах, металлическими трубами спереди и сзади. Егерь достал из портфеля ключи, пискнул «сигналкой» и распахнул дверцу.

— Садись.

— Это твоя или угнанная?

— Моя, но оформлена хитро, через доверенность.

Двигатель завелся с полоборота, и звук его был совсем не такой, как должен быть у древней машины.

— Новый движок? — спросил Стас, когда Егерь выруливал со стоянки.

— Вся начинка. Стекла бронированные, корпус тоже.

— Да, чувствуется, как тяжело на поворотах... И подвеска, наверно, усиленная?

Охотник промолчал.

— А ракетница в капоте не стоит? Или, может, пулеметы по бокам выдвигаются?

— Остряк, — буркнул Егерь.

Остановив «Ниву» перед вокзалом, он приказал: «Жди», — и вышел.

Стас проводил его взглядом. И вспомнил, что успел ощутить, неподвижно лежа на кровати в явочной квартире, прежде чем ушел Васяня. Сознание курьера было как... труба. Да-да, словно начало длинного темного тоннеля, и в конце его находилось непонятно что. Будто темный лабиринт, узел хитроумного переплетения труб, расходящихся от него в разные стороны.

Чувства других людей Стас ощущал в виде порывов ветра, этакого дуновения, приносящего ему чужие намерения и эмоции, иногда даже мысли. Так вот — по этой трубе, которой был курьер Пси-Фронта, шел сильный ток воздуха. И пах он — в психическом смысле — очень необычно. Пугающе.

Егерь вернулся с большой, тяжелой сумкой в правой руке. Раскрыл дверцу, наклонил вперед спинку водительского сиденья и стал просовывать сумку назад.

— Помогай.

Стас вылез, тоже нагнул спинку. Сдвинув сиденье вперед, пролез в салон, схватился за торец сумки. Вдвоем уложили ее, раскрыли, и Егерь сдвинул промасленную тряпку. Внутри лежал старенький АКСУ с царапинами на цевье, три «беретты» в кобурах, упаковки патронов. Еще — несколько «лимонок», трубка одноразового гранатомета и запасные магазины.

Стас поднял глаза на Егеря.

— План простой, — сказал охотник, перебирая оружие. — Мы едем туда и убиваем Чарльза Форта.

ЧАСТЬ ТРЕТЬЯ
ПСИ-ВОЛНА

Глава 1
ГОЛОСА

26 часов до Контакта

Пришло время возвращаться домой, но Титор об этом не вспоминал, тем более там его никто не ждал. Хлопот хватало, хотя его и отодвинули от основных дел Комитета. Пришлось дважды ходить на краткие оперативные совещание к Дине, потом — усмирять Якова Мирославовича, сцепившегося с завхозом, который отказывался освобождать на уровне «Тренажер» место для нового оборудования, к вечеру еще добавилось дел... Титор работал, но мысли его непрерывно крутились вокруг одного и того же.

То есть вокруг решения, которое необходимо принять, и поступка, который надо совершить потом.

Иван обдумывал все и так, и этак... и не видел другого выхода.

В девять вечера он встретил Сергея Малькова в коридоре нижнего уровня, остановился. Пристально посмотрел в глаза бывшего заместителя и сказал негромко:

— Поговорим?

Мальков выглядел усталым, но довольным — должно быть, сумел наконец перезапустить видеонаблюдение на этом уровне. Услышав вопрос, сразу подобрался, огляделся по сторонам, кивнул и повернул в обратную сторону.

На этот раз он привел бывшего шефа не в каморку под лестницей, а в куда более необычное помещение, расположенное под полом нижнего уровня.

По короткой лесенке через люк спустились в тесную бетонную коробку, в стенах которой темнели круглые отверстия, откуда тянуло сквозняком. Больше тут ничего не было. Мальков включил фонарик, подождал, пока Титор присядет на корточки, и закрыл люк. Тот находился внутри технической кладовой, что в конце коридора, рядом с камерами для аномалов.

— Интересное место, — пробормотал Иван, когда Мальков сел под стеной напротив. Их разделяло не больше полутора метров. — Ниже нас, получается, только «Глубь».

— Она в центре, прямо под стволом, а мы южнее, — возразил Мальков. — Это отключенный водопроводный узел.

— У тебя случайно нет выпить?

Бывший зам развел руками.

— Ну да, понятно... — Титор полез за портсигаром. — А я стал фляжку носить после ранения, но сейчас забыл. Тут хорошо продувает... Я закурю, ты не против?

— Вы бы сказали, что хотели, Иван Степанович.

Но Титор не собирался начинать вот так с ходу и задал еще один вопрос:

— Каким образом поступил сигнал о месте нахождения аномалов?

— Через Интернет, — пояснил бывший заместитель. — Там странная история. Письмо пришло на один из наших корпоративных почтовых ящиков. А ящик — на защищенном сервере. И вдруг там появляется письмо с названием брошенного поселка в Зоне, его координатами, с описанием, как туда попасть.

— Хм... А наши не подумали, что это может быть ложная информация? Может, даже подстава.

— К письму были пристегнуты несколько фотографий. Любительских, видимо, на мобильник сделанных, — аномалы в этом поселке, возле дома на холме, потом — в самом доме. Эксперты пришли к выводу, что снимки не поддельные. Дина Андреевна срочно подняла какие-то архивы и определила, что на фотографиях действительно Новошепеличи. Но кто прислал письмо — неизвестно, обычный мейл на «Гугле».

Титор достал сигарету, размял по старой привычке, чиркнул зажигалкой и выпустил струю дыма в сторону отверстия, куда уходил сильный ток воздуха, — все это неторопливо, обдумывая то, что собирается сказать. Наконец он произнес:

— Сергей, я сейчас буду говорить, может быть, то, что поначалу покажется тебе странным... Мы никогда не обсуждали политику, да? Это не наше дело. Мы — силовики, оперативники, спецы, как угодно назови, но не политики. Мы на службе у них.

— Предполагается, что мы на службе у народа, — заметил Мальков.

— Кем предполагается? Народом? Никто так не думает... Сегодня второе марта. Послезавтра — за кого ты будешь голосовать?

Мальков отреагировал на вопрос спокойно:

— Я не хожу на выборы, Иван Степанович. Ни разу не ходил.

— Ни разу? — Титор удивился. — Надо же... А ты не слышал утверждение, что если не голосуешь, то не имеешь права жаловаться на правительство?

— Почему так? — спросил Мальков. — Какая в этом логика? Если ты голосовал и выбрал бесчестных людей, ты в ответе за то, что они творят. Ты создал эту проблему, ты их выбрал, и у тебя нет права жаловаться. Но я не голосовал — значит, не отвечаю за них.

— Поэтому и можешь ругать все то, что они делают? — Титор усмехнулся. — Я понял мысль. Первый раз в жизни я тоже не пойду на выборы. Это просто бессмысленно. Страна куплена и продана уже давно, и мероприятие, которое состоится через два дня, не значит ровным счетом ничего. Но не для них... Не для него.

— Для кого? — спросил Мальков.

Титор наклонился ближе.

— Для человека, чей голос мы вчера слышали в кабинете Манохова. Для того, кто создал КАС. Кто хочет стать нашим президентом. Теперь он не так популярен, а? Раньше его любили, народ любил — настоящий мужчина, самец, решительный, сильный, но теперь...

— Но его же все равно выберут, — немного растерянно возразил Мальков. — К чему вы это, Иван Степанович? Ведь не кого-то из оппозиции же... Они еще смешнее, да и не имеют никакой реальной власти.

— Люди могут просто не пойти на выборы. Очень многие. Даже большинство. Ты не идешь, я не иду, из всех моих знакомых... Я прикидывал этим вечером и вдруг понял: из тех, кого знаю, никто не пойдет. Не поверишь, даже стал приставать с вопросами. Караулов сказал, что нет, а Горбонос так и вообще покрутил пальцем у виска. Манохов, Дина — им не до того, они заняты, хотя речь идет о выборах нашего Куратора. Завхоз сказал, что у него клаустрофобия и он боится избирательных кабинок. Яков Мирославович просто отмахнулся, а Гринберг удивился, оба ничего не ответили, но было видно, что они считают это бессмысленной тратой времени. Вот и скажи мне: что будет, если не пойдут все? Ну — почти все? Не из протеста — просто потому, что лень, заняты, да и понятно же: незачем, бессмысленно. Можно посмотреть телевизор, съездить на дачу, напиться, погулять с ребенком, пойти в кино — но зачем тратить время на что-то, в чем нет вообще никакого смысла? Это и будет протестом. Самым лучшим протестом, когда народу просто похуй на власть и он игнорирует выборы. Не согласен?

— Нет, почему же, вероятно, вы правы, — сказал Мальков. — Но нашего Куратора всего равно выберут.

— Конечно. Только сколько ни подбрасывай «левых» голосов, провал выборов будет очевиден. Все осознают: народ эту власть не принимает. Я понимаю, что говорю сейчас чуть ли не лозунгами. Слишком патетично, как с трибуны. Такие выборы — удар по их самолюбию, по реноме, по всему, они могут стать началом конца клана, который сейчас хозяйничает в стране. Конец будет долгим и муторным для всех... И поэтому — что они хотят сделать?

— Использовать аномалов. Жреца.

— Именно. Представь себе Куратора, который входит в голову людей, к тому же вкупе с эмоциями, настроением: «Это он — защитник Отечества, Большой Отец, Главный Самец нашей большой дружной стаи. Он и его партия спасут и защитят, ну так встань, оторви жопу от стула, пойди и отдай им свой голос!» Представь: народ вдруг понимает, что любит своего правителя. И то, что называют «мировой общественностью», видит результат: за этого человека и его партию действительно голосуют, люди выбирают именно их, и явка на выборы, по крайней мере в центре страны, огромная. — Титор развел руками. — Это начало диктатуры, Сергей. Дальше для страны уже не будет ничего хорошего, никогда. — Он говорил все более взволнованно, скептичность покинула его, Иван Титор понимал, что коснулся по-настоящему важных вещей, которых всю жизнь избегал, даже говорить о которых стеснялся. — Германия тридцатых годов или современная Северная Корея — ерунда по сравнению с тем, что начнется здесь. Потому что у тех не было и нет аномалов, а у этой власти они есть.

Мальков глядел в пол. Титор щелчком отбросил фильтр прогоревшей сигареты, которой успел затянуться всего пару раз, и тот канул в круглом отверстии в стене.

— Вы хотите убить Жреца, — заключил Мальков тихо, не поднимая глаз.

— Да. И сделать это надо до десяти часов следующей ночи. То есть до того, как произойдет Контакт. Помнишь, что в наших внутренних циркулярах подразумевается под этим словом?

— Встреча одного из аномалов с Сущностью. Но, Степан Иванович, разве это что-то даст? Аномалов ведь много...

— Наоборот, их мало, а суггесторов и того меньше. Сейчас в распоряжении Куратора есть только один, и когда появится другой — неизвестно. До тех пор многое может измениться.

Он надолго замолчал, разминая новую сигарету, но так и не закурил.

— Я не дам им сделать этого. Прямо сейчас ничего не выйдет, вокруг аномалов крутится слишком много народа. Днем... нет, вряд ли. Значит, остается завтрашний вечер. Начало ночи, когда Жреца поведут в «Глубь». Тогда я и убью его. А ты поможешь мне, если захочешь. Можешь отказаться или даже сообщить им, — Титор ткнул пальцем вверх. — Решай.

* * *

— Что ты чувствуешь?

Егерь остановил «Ниву» на том же месте, где несколько часов назад стояло такси Адына. Было около двенадцати, светились окна в будке охранников. Квадратная башня из черного стекла едва угадывалась на фоне неба. На верхушке антенны на крыше горел огонек.

Стас закрыл глаза, вслушиваясь в ментальное пространство. Вот рядом мрачное, сосредоточенное сознание охотника, и два — недалеко от ворот, это охранники. Они напоминают курьера Васяню — словно начало труб, уходящих к Черной башне, на первом этаже которой есть кто-то еще... А дальше Стас углубиться не мог.

— Ничего не могу понять, — сказал он. — Вижу только охранников, и еще внутри не то трое, не то четверо.

— «Ядро» не чувствуешь?

— «Ядро» — это Чарльз Форт, что ли?

Егерь нетерпеливо пошевелился на сиденье. Он снял плащ и пуловер, остался только в грязной клетчатой рубашке и брезентовых штанах. На одном боку в чехле висел дробовик, на другом — кобура с пистолетом. К поясному ремню крепились два подсумка с магазинами и гранатами.

— Да. Центр корпоративного сознания.

Стас вдохнул, выдохнул; подняв перед собой руки, уставился на мелко дрожащие пальцы. Медленно опустил ладони на колени, пытаясь хоть немного расслабиться.

— Я до сих пор в это не верю. Это... антинаучно.

— А твой дар — научен?

— Он... да, думаю, да. Но одно сознание на много тел? Похоже на какую-то мистику. Что точно сказал этот Гуннар? Вдруг ты чего-то не понял, перепутал и...

— Я все понял и ничего не перепутал, — оборвал его Егерь. — Форт получил свою способность во время путешествий по аномальным районам, в одном из них. Вроде бы уже в самом конце, когда заканчивал «Тайную книгу». Его дар — захватывать чужое сознание и растворять его в своем.

— Диффузия, — сказал Стас. — Есть такое понятие: диффузия, это когда молекулы одного вещества проникают в другое. Значит, его дар — «ментальная диффузия»?

— Или — ментальный захват. Та же суггестия, только в предельной степени. Он не просто подчиняет сознания, заставляя испытывать что-то конкретное, а просачивается в них, после чего люди становятся его отростками.

— Но Жрец говорил, что Форт умер в тридцатых в Америке.

— Не умер, это была инсценировка. Пока лежал в больнице, превратил в отростки медсестру, одного врача, потом другого. Чем сильнее и зрелее сознание, тем сложнее его захватить. Тело Форта там. — Стволом пистолета Егерь показал на черную башню. — В нем поддерживают жизнь.

— Но ему же лет сто пятьдесят!

— Я не знаю технологии. Но если уничтожить ядро, пси-сеть распадется.

— Но зачем они... Он или «оно», то есть Медуза, хотело убить нас с Яной?

— Другие аномалы, не ставшие частью пси-сети Медузы, — его враги. И самые главные враги — аномалы-суггесторы. Ваш Жрец может стать ядром новой Медузы, тем более если у него уже есть вы, его друзья.

У Стаса вдруг похолодели руки, а на лбу выступила испарина.

— Хочешь сказать, Артур собирался превратить нас в отростков? — сдавленно спросил он.

— Не знаю. Скорее всего, да. В любом случае, Жрец и вы все — прямые конкуренты Форта.

— А скольких он... Как много людей, то есть отростков, сейчас в его пси-сети?

— Гуннар утверждал, что около пятисот. Больше Медуза не может включить в себя, слишком сложными и запутанными становятся связи.

— И что он делает в России? Ведь он американец.

— Я тоже задал этот вопрос, но Гуннар знал только то, что Медуза появился здесь еще во времена СССР.

— При тогдашнем строе, наверное, здесь ему было легче? — предположил Стас. — Может, он хотел получить власть в стране? Для начала захватить какую-то службу, министерство, а потом стать президентом, то есть генеральным секретарем? А Политбюро состояло бы из его отростков.

Егерь уставился в лобовое стекло.

— Гуннар упоминал, что иногда при попытке включить в себя особенно сильное сознание, то есть сознание-лидер, Медуза может сломать его, — задумчиво произнес он. — Уничтожить вместо того, чтобы подчинить. Те смерти... После Брежнева довольно быстро умер Андропов, потом — Черненко.

— Он хотел захватить весь Союз, но что-то не получилось.

Отправив «беретту» обратно в кобуру, охотник взялся за ключ зажигания, торчащий из замка.

— Слишком много говорим. Пора начинать.

— Последний вопрос. Курьер, этот Васяня, изменился в Москве, а до того был обычным. Что это означает?

— Связь между отростками и ядром крепче на небольших расстояниях, — ответил Егерь, заводя мотор. — Если отросток удаляется далеко от ядра, связь утончается. Вроде бы не теряется совсем, но становится очень слабой, и отросток начинает действовать почти как самостоятельная личность. Хотя внедренные Медузой императивы все равно постоянно влияют на него.

— Но какой человек, вырвавшись из пси-сети, по доброй воле снова вернется в нее?

— А чем сеть, то есть «пси-система», отличается от обычной системы?

— Какой еще обычной системы? — не понял Стас.

— Корпорации, фирмы, государства... Офисные работники, как их называют... планктон? Все эти менеджеры, администраторы, чиновники и прочие. Они уже сейчас часть корпоративного сознания, отростки бизнеса или бюрократии, их желания подчинены системе по восемь часов в день.

— Нет, они свободнее...

— С чего ты взял? Все эти... — Егерь пожевал губами и заключил: — ...муравьи. Человеческие насекомые, мошкара в стае. Они такие же, как отростки Медузы, так же зависимы, подчинены. Они не хотят выходить из системы, то есть из ее узлов. Зачем? В ней спокойнее, комфортнее. Безопаснее. Я сам бо́льшую часть жизни служил в такой, знаю. Ну и зачем отросткам сбегать от Медузы, даже если появится возможность? Наоборот, они хотят побыстрее вернуться в сеть.

Стас неуверенно повел рукой в воздухе.

— Хочешь сказать... Ну, вроде как Форт просто довел тенденции современного общества до идеала?

— Я хочу сказать, что нам пора ехать. Ты все помнишь? Где оружие? Хорошо, бери его.

Стас поднял с «торпеды» пистолет, а с заднего сиденья — трубку одноразовой «Мухи».

— «Беретту» — пока в кобуру, иначе будет неудобно. И не пристегивайся — не сможешь нормально высунуться.

— Это я понимаю, — проворчал Стас.

— Повторяю еще раз: «Муху» надо выставить из салона целиком. Открываешь заднюю крышку, раздвигаешь трубу, поворачиваешь предохранительную стойку вниз и отпускаешь. Направляешь трубу на цель, давишь на спусковой рычаг — выстрел. Сразу назад в кабину, рот приоткрыть, глаза можешь зажмурить.

Егерь пристегнулся и, включив фары, поехал к воротам. Стас поглядел на «калаш», лежащий между сиденьями, потом на «Муху» справа под дверцей.

Друг за другом охранники вышли из будки на звук мотора.

— И помни, — сказал Егерь, — это не люди, а отростки. Просто узлы пси-сети, у них нет своей воли и чувств.

Последнее слово он произнес, опуская стекло. Высокий охранник наклонился. Даже тусклый свет, льющийся из будки, не скрывал его бледности. Взгляд охранника был устремлен в лицо водителя «Нивы» — но не в глаза, а в переносицу и потому казался отстраненным и расфокусированным.

Губы разомкнулись, но охранник не успел ничего сказать: Егерь поднял пистолет и почти в упор выстрелил ему в лоб, а потом — в голову второго, стоящего сзади.

Вдавил педаль газа. Завизжали скаты. «Нива» с форсированным двигателем, переломив шлагбаум, как спичку, понеслась через широкий двор. На стоянке было несколько иномарок, дальше — две ступени, крыльцо полукругом и черные стеклянные двери входа.

За ними что-то вспыхнуло, но не в реальном мире — в ментальном пространстве. Два... три... четыре сознания.

— Внизу их четверо! — крикнул Стас.
— Приготовься!

Егерь затормозил, машина дернулась, пару раз качнулась. Когда она вкатилась по ступеням, Стаса бросило вперед, потом вдавило в спинку сиденья.

— Стреляй!

Крик Егеря запоздал — он уже высунулся из автомобиля, положив «Муху» на плечо.

Бабахнуло так, что зазвенело в ушах. Он бросил трубу, упал на сиденье и зажмурился. Взрыв тугой волной ударил по ушам. «Нива» рванулась дальше. Бронированный капот врезался в поврежденную дверь, и машина влетела в просторный холл.

Впереди стояла длинная мраморная стойка, за ней на стене висели мониторы. Справа и слева от затормозившей машины были кресла и столики, пол поблескивал в свете тусклых ламп. По сторонам — просторные лестницы, возле той, что слева, — двери лифтов.

Кто-то мелькнул, пригибаясь, за стойкой; со стороны лифтов раздались выстрелы. Егерь крикнул:

— Пригнись! Не лезь, пока не скажу!

С дробным стуком через лобовое стекло протянулась цепочка белых крошащихся воронок. Стас сполз с сиденья, съёжился под «торпедой». Егерь, стреляя, распахнул дверцу и вывалился наружу. Зацокали гильзы о пол.

Стас впервые был в настоящем бою. Только в выдуманных историях, книгах, фильмах и компьютерных играх новички ведут себя отважно, дерзко и умело, а в реальных боевых столкновениях те, кто не прошёл специальную подготовку, гибнут первыми.

Грохнула граната. «Калашников» смолк и застучал опять — уже в стороне, ближе к лифтам. Глухой частый стук донёсся от стойки. Не выпрямляясь, Стас нащупал «беретту», потянул из кобуры. Адреналин бушевал в организме, его трясло, в ушах звенело, и яркие, неприятно-болезненные круги расплывались, выворачивались наизнанку перед глазами.

Долетел крик Егеря, но что он хочет, понять было невозможно. Машина мелко закачалась, грохот наполнил её — пули ударили в капот. Стас приподнял голову, сжимая «беретту» обеими руками. Снова взорвалась граната — теперь впереди, у стойки. В памяти всплыл эпизод из давно забытого фильма: мужик наставил пистолет на другого мужика, с ножом, пытается выстрелить... а оружие-то на предохранителе. И пока жалкий неудачник сдвигает рычажок, враг втыкает нож прямо ему в горло.

Сглотнув, Стас снял «беретту» с предохранителя. Опять закричал Егерь. Выстрелы смолкли, и в наступившей тишине донеслось: «...торожно!»

Дверца распахнулась. Прямо над Стасом возникла женщина в деловом костюме: жакетка, юбка до колен, темные колготки, туфли, аккуратная прическа. Подтянутая, спортивная, деловая чувиха, «бизнесвумен» во всей корпоративной красе... Локтем она прижимала в боку раскрытую дамскую сумочку, в руке был пистолет с глушителем.

И бледная, очень бледная. Глаза — странно безразличные, лишенные всякого выражения — уставились в переносицу Стаса. Черная трубка глушителя нацелилась ему в голову. И он выстрелил.

Это получилось само собой. Просто слишком неожиданно женщина распахнула дверцу, и как-то слишком уж откровенно, даже показушно прицелилась в него — палец Стаса вдавил спусковой крючок сам собой.

В этот момент он стоял на коленях, боком к «торпеде», сильно сгорбившись, локти прижимал к животу и держал пистолет обеими руками. Тот дернулся, но отдача была несильной.

Пуля пробила жакетку и кофточку. И плоский, мускулистый, натренированный в корпоративном фитнес-зале живот. Под обрывками ткани вспух и лопнул кровавый волдырь. Женщина отшатнулась, при этом лицо ее не изменилось, взгляд остался все таким же сомнамбулическим, и даже вскрика не сорвалось с бледно накрашенных губ.

Она опрокинулась на спину, взбрыкнув стройными ногами. Заелозила, завозилась и стала отползать на спине. Стас полез наружу. Качнул пистолетом влево, краем глаза заметив движение, но это оказался Егерь. Выстрелив в голову женщины, он схватил Стаса за плечо, рывком поставил на ноги и потащил к лифтам.

— Чувствуешь что-то? Ну!

Стас прикрыл глаза — и неожиданно для себя вошел в ментальное пространство, ярко, отчетливо ощутив под ногами...

Клубок. Ком, состоящий будто из шевелящихся насекомых, пчел и муравьев, слипшихся в бугристую шаровидную массу.

— Внизу! — выдохнул он, когда Егерь толкнул его в лифт. — Ядро внизу!

Плечо охотника сочилось кровью, снова проступившей сквозь повязку, левая рука висела плетью, автомат с перекинутым через голову ремнем он держал правой.

— Я ее убил, — сказал Стас, облизывая сухие губы. — Убил эту тетку.

— Ты обрубил отросток, — возразил Егерь. — Ядро точно внизу?

— Да. Послушай, я сейчас подумал: а зачем...

Он не договорил. Все время, пока его тащили к лифту, Стас старался не смотреть по сторонам, но после того, как Егерь вдавил кнопку подвального этажа и дверцы стали сдвигаться, окинул взглядом холл. Кровь на полу, торчащие сбоку дергающиеся ноги, тело в глубине помещения и еще один труп среди обломков взорванной стойки...

Потом дверцы закрылись. Лифт поехал, и Егерь сказал:

— Где точно находится ядро?

— Мне показалось, прямо под нами. Слушай, я не могу понять...

— Значит, выходим, убиваем его, ищем церебраторы. Гуннар сказал, если ядро будет уничтожено, отростки растеряются.

— Как это?

— Не знаю. Думаю, будут сопротивляться вяло, неумело. Как марионетки без кукловода.

— А может, наоборот, в ярость впадут?

Егерь пожал плечами, потом велел: «Приготовься!» — и опустился на одно колено, положив направленный в дверь ствол автомата на локтевой сгиб левой руки. Когда он поднял руку, кровь из плеча потекла сильнее, темное пятно на рубашке стало расползаться.

Стас, отступив в угол кабины, выставил перед собой «беретту». Все не удавалось отделаться от мысли, которую он не успел высказать: *зачем курьер Васяня ездил в «Психотех», если...*

Дверцы разошлись, открыв прямой коридор с лестницей в конце. По сторонам были одинаковые белые двери без табличек. На потолке тускло горели панели дневного света.

Егерь выпрямился, тихо сказал:

Я впереди, ты за мной, контролируй тыл.

Они пошли вперед, и лифт за спиной закрылся. Когда достигли середины коридора, слева распахнулась дверь. В проеме возник мужчина с типичной внешностью офисного работника, в поднятой руке он держал пистолет. Егерь автоматом врезал мужчине по голове. Тот выстрелил, пуля ударила в дверь напротив, пролетев между непрошеными гостями. Охотник выстрелил дважды, и мужчина отлетел в кабинет, откуда появился.

И тут же мягкое шипение донеслось сзади. Стас, машинально присев, развернулся — из лифта, который, оказывается, успел съездить наверх и вернуться, выбегали двое.

Он сам не понял, сколько раз выстрели, не то три, не то пять... И не понял, попал или нет. Над головой застучал автомат, и оба отростка упали.

— Дальше! — приказал Егерь.

Выдернув пустой магазин, он опустил руку к подсумку, чтобы достать следующий, но на лестнице застучали шаги, и охотник сунул кисть в другой подсумок.

Затем почти без замаха метнул гранату в проем, за которым была лестница. Граната застучала по ступеням, скатываясь навстречу бегущим людям, и взорвалась.

Спустившись по лестнице, Стас обнаружил три неподвижных тела: две женщины и мужчина.

— У них нет оружия, — сказал он, проходя мимо. — Смотри, ни у кого.

— Неважно, — бросил Егерь.

Через два пролета лестница закончилась железной дверью. Егерь толкнул плечом — она раскрылась неожиданно легко.

Впереди был круглый зал, накрытый высоким куполом, одинаковые двери со всех сторон, а в центре — саркофаг с прозрачной крышкой. Рядом стояла тренога со стеклянным ящиком, в котором лежала раскрытая книга.

Над дверями шел ряд больших черно-белых фотографий в тонких рамках, на всех — усатый мужчина в одежде, которую носили лет сто назад. Он позировал на фоне различных пейзажей, с тростью в руке прогуливался по горной дороге, показывал на заросшую лесом долину позади себя, стоял возле кладбища...

Саркофаг выглядел необычно: старинные, ручной работы элементы соседствовали с современными технологиями. Нижняя половина была из красного лакированного дерева и напоминала гроб, верхняя — выпуклый прозрачный колпак из толстого стекла, а может, плексигласа.

— Контролируй сектора слева и сзади, — приказал Егерь.

Направив стволы в разные стороны, они пошли к центру зала. От саркофага веяло холодом. Вблизи стало видно, что там лежит мужчина, одетый в старомодный костюм. Ввалившиеся щеки напоминали пергамент, у него не было зубов, нижняя часть лица сморщилась гармошкой. Лишь с трудом в чертах его можно было узнать человека с фотографий.

— Это Чарльз Форт? — спросил Егерь.

— Не знаю, — сказал Стас. — Я никогда его не... Вот, смотри.

На торце саркофага была золотая табличка с буквами:

> Charles Hoy Fort
> 1874 —1958

— Он мертв, как Ленин в Мавзолее, — сказал Стас. — Никакое это не ядро. Просто чертова мумия!

Егерь локтем врезал по стеклянной крышке ящика на треноге и сказал:

— Возьми книгу, спрячь.

Голос у него был ровный и очень, очень напряженный.

Осколки крышки упали на раскрытую книгу — большую, со страницами из толстой желтой бумаги. Стас прочел:

«On the thirteenth of November 1924 he visited the settlement of Greenwich near London, where he witnessed an unprecedented event...»[1]

Он поднял книгу — неожиданно легкая. Обложка была кожаной, с красивым золотым тиснением:

THE MYSTERY BOOK
Charles Hoy Fort

---

[1] «13 ноября 1924 года посетил селение Гринич близ Лондона, где стал свидетелем небывалого события, а именно...» (*англ.*)

Пожалев, что не захватил с собой сумку или рюкзак, Стас захлопнул ее, сунул под ремень на животе, закрыв курткой, сказал:

— Все-таки зачем курьер ездил сюда, если...

Его прервал женский голос, донесшийся из-под свода:

— Не трогайте книгу.

Егерь и Стас молчали, поворачивая оружие из стороны в сторону.

— Положите книгу на место, — повторил голос. — Она не имеет большой цены, вся информация давно скопирована. Это лишь память о...

— Покажись! — прокричал Егерь.

— Сейчас тело выйдет из двери напротив лестницы. Тело безоружно. Нет никакого смысла стрелять и портить его, оно полезнее других.

— Выходи, но медленно, и если замечу оружие — взорву к черту и этот саркофаг, и...

— Я давно мог бы пустить сонный газ...

Дверь раскрылась, в зал шагнула бледная седовласая дама в брючном костюме. К воротнику был прицеплен крошечный микрофон, женщина шевелила губами, и голос доносился из скрытых динамиков под сводом:

— ...еще в лифте или в холле. Но я хотел посмотреть на вас в деле.

Женщина что-то подкрутила в микрофоне, и динамики отключились, последние слова она говорила уже обычным голосом.

— Зачем курьер поехал в «Психотех», если он — часть корпоративного сознания? — спросил Стас. — Медуза знает все, что знают отростки. Ведь так?

— Лишь те из них, что находятся в пределах нескольких десятках километров, — согласилась дама; она стояла, опустив руки, голова ее не двигалась, взгляд был устремлен между непрошеными гостями.

А может — прошеными? Может, их ждали, специально вели сюда?

— Захарий Павлович Егоров, мой лучший охотник. Тебе пора присоединиться ко мне.

Егерь молчал — впервые с начала знакомства Стас видел его растерянным, и это пугало больше всего.

— Ты проверял нас? — спросил Стас. — Просто решил проверить, сможем ли отследить Васяню, а потом прорваться сюда? Гуннар соврал, нет никакого ядра, сознание распределено между всеми отростками!

— Оно везде и одновременно нигде, — произнес новый голос.

Раскрылась дверь слева от первой, в зал шагнул приземистый мужчина с квадратным подбородком и короткой стрижкой. Бледностью и безразличным взглядом он напоминал седовласую даму.

Ствол автомата дернулся к нему, но Егерь не выстрелил.

— Иногда хочется позабавиться, — произнес мужчина. — К тому же я хотел проверить, сможет ли легендарный Егерь провернуть все это: скрыться, вычислить мое...

— ...местонахождение, — заговорила дама, продолжая слова мужчины, и при этом ритм речи не сбился ни на мгновение, — а после добраться до этого места. Не думай, что Пси-Фронт — это один лишь Основатель. Нет, это...

Раскрылась дверь справа, появился Васяня, переодевшийся в форму охранника, и продолжал:

— ...все они — их знания, их умения, опыт, реакции, их...

— ...ассоциации и интуиция, — продолжала дама.

— Все это становится частью корпорации, обогащает меня...

— И твое сознание, Егерь, обогатит наше Сознание.

— ...Твои умения...

— ...Твоя выдержка...

— ...Твое мрачное упорство...

— ...Станут частью коллективного интеллекта.

— Стас Ветлицкий...

— ...Маг...

— ...Твой дар тоже пойдет на пользу...

— ...Хорошо, что я не смог убить тебя и второе тело...

— ...Когда вы бежали из КАСа...

— ...Теперь в этом нет необходимости...

— ...В КАСе есть тот, кто поможет избавиться от Жреца и других...

— ...А ты станешь частью меня и будешь жить вечно.

— Вечно.

— Вечно.

— Вечно.

Двери раскрывались, новые тела входили: старики и молодые, мужчины и женщины, офис-менеджеры, администраторы, секретари, заведующие, ассистенты, маркетологи; некоторые говорили в унисон, по двое или по трое — корпоративное Сознание неторопливо вело свою речь, это напоминало кошмар, завораживающий, безумный. Отростки говорили и говорили — о преимуществах такого существования, про Сущность и про КАС, про Егеря, Стаса, про судьбу цивилизации, про будущий всепланетный Человейник. И при этом они медленно, шаг за шагом, приближались, а потом сквозь мерный, льющийся отовсюду глас Человека-Корпорации до ушей Стаса долетел едва слышный, просящий, умоляющий шепот:

— Беги. Аномал, прикрою. Беги сейчас же! Ну!

И Стас, сбросив оцепенение, сорвался с места.

Отростки закричали, и голоса их звучали настолько слитно, что казались одним чудовищным ГЛАСОМ, льющимся со всех сторон. Стас выстрелил трижды, опрокинул кого-то и выскочил на лестницу. Позади взорвалась граната и сразу за ней — вторая, а потом застучал автомат.

На лестнице никого не было, в холле стояла тишина. Два тела, женщина в синем комбинезоне и охранник в форме, оба с оружием, шагнули навстречу. Отросток-мужчина и Стас одновременно выстрелили — одна пуля попала в грудь женщины, а вторая — в живот Стаса. Он упал на спину, будучи уверенным, что уже мертв, сел — и вторым выстрелом угодил охраннику в колено. Склонив голову, увидел разорванную рубаху и обложку «Тайной книги» с рваной дыркой посередине.

Магазин «беретты» опустел. Вскочив, Стас бросился дальше. Упавший охранник попытался схватить за ногу, но Стас вырвался. С лестницы в холл выбежали несколько тел, другие показались в развороченных дверях.

— Вернись! — десятком голосов крикнул Человек-Корпорация.

На второй лестнице тоже появились тела. Несколько отростков вышли из дверей, трое — из лифтовых кабин. Стас заметался по холлу, расшвыривая столики, перескакивая через кресла. Пробиться к выходу было невозможно.

Тогда он «рыбкой» нырнул в распахнутую дверцу «Нивы». Рванул оставшийся в замке ключ зажигания так, что отломал его — плоская головка осталась в пальцах.

Но двигатель завелся, и Стас вцепился в рукоятку передач.

Отростки были со всех сторон, они тянули к нему руки, кто-то полез на сиденье, кто-то распластался на капоте, Стаса хватали за воротник, за волосы, со всех сторон были спокойные бледные лица, со всех сторон голоса говорили в унисон, и взгляды — равнодушные, безличные взгляды корпоративного Сознания — упирались в него. Пробуксовывая на мраморном полу, «Нива» рванулась назад. Врезалась багажником в край пролома, вывалив искореженную дверную раму, слетела по ступеням, во дворе пошла юзом, крутанулась, разбросав тела в деловых костюмах, — и понеслась к воротам, прочь от Черной башни.

Глава 2
ОДИНОКИЙ ВОИН

18 часов до Контакта

Тени, узкие, как лезвия ножей, протянулись к микроавтобусу. Яна огляделась. Артур, Ксюха и Боря застыли на сиденьях, словно манекены, вскочивший Мишка тоже не шевелился: рот разинут, в глазах — страх. С водительского сиденья вставал Стас. Все застыло — и снаружи машины, и внутри. Только Яна могла двигаться в этом вязком призрачном мире. И тени, которые были все ближе. Они почти достигли бортов, готовясь пронзить машину насквозь вместе с теми, кто был внутри.

Наконец-то Яна увидела силуэты, отбрасывающие тени.

Это были... те же люди, что в машине.

Или все-таки другие? Артур отощал: кожа да кости, щеки запали, губы раздвинулись, обнажив непривычно длинные, выгнутые наружу зубы, черные круги залегли под нечеловеческими глазами, сверкающими на сером лице.

Он глядел прямо на Яну, стоящую посреди салона. Как и Ксюха, шагающая рядом с ним. Она тоже преобразилась: плечи расперло, бицепсы стали уродливо-огромными, икры, бедра, пресс — все мышцы разрослись, порвав одежду. На шее висел огромный православный крест из черного металла, с него капля за каплей на землю падала кровь.

С другой стороны машины шел, подскакивая и зависая в воздухе, раздутый кожаный шар на маленьких ножках — Мишка. Со стороны кабины приближался Стас, изменившийся меньше других, но лицо его и глаза тоже стали чужими. К багажнику ковылял, едва переставляя ноги-ходули, Борька, на месте носа, рта и глаз зияли черные дыры, в глубине которых копошилось что-то мерзкое.

К передней дверце слева подходила Яна.

Нет, настоящая Яна была внутри, но двойник, а может и не двойник, может, другая ее половина, ее темная сущность шла там. Все они быстро сходились, глядя на Яну мертвыми глазами.

Удлиняющиеся тени вонзились в машину, серым ядовитым дымом заползли в салон. Дышать стало трудно, Яна схватилась за горло, и тут женский голос произнес:

— Не бойся.

Голос был как ласковое солнце, вспыхнувшее прямо в салоне. Он изгнал удушающий серый дым, и тогда Яна поняла: здесь нет Алены! Золотистой, Феи...

Друзья в машине не шевелились. А их темные двойники снаружи исчезли, хотя узкие тени по-прежнему лежали на земле.

— Это же сосны, — сказала Яна и не услышала своего голоса. — Это просто тени от сосен!

— Конечно, — сказала невидимая Алена. — Только сосны, Янка. А все это — только видение.

— Сон!

— Да.

— И ты тоже мне снишься? Твой голос?

— Снюсь, снюсь... А может, и нет.

— Что это значит?

— Такой у меня дар, — пояснила Фея. — Проникать в чужие сны. Я могу навевать на людей сон, но это только одна особенность, главное, что я умею, — странствовать.

— Странствовать, — повторила Яна.

— Путешествовать по чужим снам. Теперь уже все дальше и дальше, и возвращаться не хочется.

— Так это ты пыталась связаться со мной и Капитаном тогда в пути? Через наши сны.

— Меня попросил Воин.

— Кажется, ты говорила нам не идти дальше.

— Воин не хотел, чтобы вы попали к Артуру. Как-то я видела его сон...

Пока они говорили, все вокруг медленно таяло. Исчезали, становились прозрачными, как стекло, стенки машины, лес вокруг, тени — мир бледнел, растворяясь.

— И что было в том сне? — спросила Яна.

— В снах Артура много боли, — сказал бестелесный голос. — Но не его боли. Он видит себя сидящим на троне из черных костей. Почему-то они железные, то есть отлиты из черного железа. Трон стоит на вершине горы из черепов. Вверху багровое небо, дует горячий ветер, несет облака.

— А что вокруг горы из черепов?

— Развалины. Они со всех сторон — дымящиеся руины, по которым бродят тени. На склоне у ног Жреца сидим все мы. Сидим и не шевелимся. Этот сон приходит к Жрецу часто. Когда я рассказала про него Воину впервые, он забеспокоился.

Пока Фея говорила, мир таял, бледные краски сменялись белизной, и, когда Алена смолкла, кроме чистого белого света вокруг не осталось ничего. Только пустота, посреди которой парила Яна.

— Алена, а ты... — начала она.

— Я не хочу больше просыпаться. Вообще никогда, — прошептал стихающий голос, и тогда Яна очнулась.

Она села на койке, протирая глаза. Огляделась, на какой-то миг решив, что находится в своей съемной квартирке недалеко от ипподрома... Нет, все то же помещение на одном из подземных уровней КАСа. Часов здесь не было, монитор в стене тоже не показывал время, и Яна не могла даже приблизительно сообразить, который теперь час, но хорошо чувствовала: скоро произойдет что-то очень важное.

* * *

Бак был полон примерно на четверть. Заглушить двигатель Стас не решился, и тот рокотал на холостых оборотах. Машина стояла возле автобусной остановки, отсюда были видны ворота в ограде КАСа, чей адрес Стасу назвал Егерь. Далековато, но ближе он подъезжать не рискнул — наверняка ведь по периметру понатыканы камеры наблюдения.

«Тайная книга» лежала на соседнем сиденье, под золотым тиснением красовалась рваная дыра. Сплющенную пулю, пробившую еще с сотню страниц, Стас нашел внутри. Это было не единственное напоминание о перестрелке, еще — крошащиеся белые пятна на лобовом стекле и вмятины в капоте.

В кобуре на боку висела «беретта». Один пистолет, два магазина к нему — и все. Как с этим брать КАС, как освобождать друзей? Это же, мать ее, государственная спецслужба! Укрепленное здание, напичканное видеокамерами, микрофонами, полное вооруженных обученных людей. Лучший вариант — подъехать туда, посигналить, а когда появится охрана, выйти из «Нивы» и застрелиться в знак протеста против своего бессилия.

Повернув зеркало заднего вида, Стас увидел свое отражение и поразился изменениям в лице. Оно сильно похудело, а ведь Стас и раньше не был круглощеким. Теперь они совсем запали, кожа натянулась на скулах, глаза стали какими-то блеклыми и сузились. Щетина, заострившийся нос... Из зеркальца на него глядел молодой угрюмый бандит, встречаться с таким на темной улице самому Стасу не хотелось бы.

Он потер кулаком щеку и повернул зеркальце, разглядывая улицу позади. Только рассвело, мрачно, холодно, людей почти нет. Дождь недавно закончился, вокруг лужи. В окошке уличного ларька возле остановки горит тоскливый, бесприютный свет. Стас откинулся на спинку, но тут же снова выпрямился — из раскрывшихся ворот Комитета выехала перламутровая «Ауди», свернула и покатила по другой стороне улицы, на которой стояла «Нива». Стас пригляделся: номера вроде обычные... Похоже на личный автомобиль кого-то из служащих, причем не последнего, наверное, служащего — такая тачка не меньше шестидесяти тысяч долларов стоит.

Автомобиль остановился прямо напротив, и Стас схватился за пистолет. Быстро заколотилось сердце, удары отдались в ушах — в последнее время этот звук стал для него привычным. Да нет же, спокойно! — если бы его засекли и решили брать, послали бы не одну машину, сначала окружили... Но что, если вторая выехала через невидимые отсюда ворота и сейчас приближается сзади?

Он заерзал, оглядываясь. По улице сзади тащилась одинокая маршрутка.

Тихо хлопнула дверца — и через проезжую часть, обегая лужи, заспешил плотный мужчина с капитанской бородкой, в дорогом пальто поверх костюма... Яков Мирославович. Стас узнал начмеда Комитета сразу, часто видел его до побега. Лицо Якова осунулось, глаза запали. Скользнув по «Ниве» невидящим взглядом, он обогнул машину и встал у ларька. Постучал в окошко.

— Эй, милейший! — донеслось до Стаса.

Сдвинулось стекло, внутри показалась заспанная рожа. У Якова зазвонил телефон, он воскликнул: «Да что же это такое?!», полез в карман, откинув полу пальто.

— Кофе у вас есть, пожалуйста? Нет-нет, какое «нескафе», в зернах... А итальянский? Нет, но... Ну, что же делать, давайте этот. В пакетик, в пакетик, конечно... Мусечка! Боже мой, а я испугался, что это снова с работы, — последние слова Яков произнес в трубку, сунув свободную руку за бумажником. — Я только выехал, представляешь? Остановился вот купить кофе, мы же обычно не пьем, но сейчас мне это будет необходимо. Да, вечером опять ехать. Мусечка, луковка моя, но что же мне сделать?! Произошли исключительные события, у меня масса работы... И осмотр пациентов тоже, но главное, надо подготовить... Ты сама понимаешь, я не могу все... Уже еду, еду!

Начмед отправил в окошко купюру, с трудом извлеченную из бумажника, который ему пришлось зажать между подбородком и плечом, и принял у продавца пакет с кофе. Сделал короткий жест, показывая, что сдачи не надо, попятился, слушая голос в трубке.

— Мусечка, я тебя умоляю! Нет, я не могу отказаться, ты будто бы понятия не имеешь, где я служу. Вот именно: служу, а не работаю! Ну, Муся, ну, луковка... Да, буду через двадцать минут. Нет, никаких завтраков, сразу спать. Днем уже не поеду, но вот вечером... Я знаю, что суббота, а завтра воскресенье, но у нас важное событие, то есть контакт. Контакт, говорю! Приказ шефа. Не надо так шутить, отнюдь не половой... — Начмед пошел обратно вокруг «Нивы». — Поеду к девяти вечера, так что ты разбудишь меня, как порядочная Мусечка, и напоишь кофейком своего Мусю... — Голос стих, когда Яков полез обратно в машину. Хлопнула дверца, завелся мотор, выхлопная труба пшикнула белым дымком, и перламутровая «Ауди» покатила прочь.

Провожая ее взглядом, Стас сдвинул рычаг переключения передач. Развернувшись прямо через сплошную, поехал за «Ауди», едва она скрылась за поворотом. Прибавил газа и успел вовремя свернуть, чтобы увидеть, как автомобиль начмеда поворачивает снова.

Они постояли на светофоре («Нива» притормозила далеко позади), снова тронулись. Стас был уверен: любой нормальный сотрудник спецслужбы давно засек бы слежку, но Яков Мирославович... Он же помнил доктора — интеллигентный, хотя внутренне жестокий или, скорее, просто равнодушный к чужим чувствам, слишком много повидавший за многолетнюю службу, чтобы сохранить эмпатию, а еще — рассеянно-суетливый, вечно теряющий то очки, то что-то еще и кричащий на помощников, чтобы срочно отыскали пропавший предмет. А сейчас он еще и уставший, судя по разговору, всю ночь не спал.

Начмед собирается ехать на службу к девяти вечера, и позже у них будет какой-то «контакт». Вряд ли под этими словами Яков подразумевал корпоративную вечеринку.

«Ауди» свернула во двор, и Стас затормозил. Поставил передачу на «нейтрал», машину — на ручник, вышел. Дом большой, не из дешевых, с полукруглыми лоджиями. Но шлагбаума на въезде нет, как и охранника. Из подъезда во двор наверняка ведет черный ход, а внутри, тоже почти наверняка, — консьерж. Да еще вон и вроде кодовый замок... В общем, в подъезд лучше не соваться — и Стас поспешил в арку.

Во дворе обнаружился ряд гаражей, но Яков к ним не поехал, а поставил машину возле других автомобилей, между высокими кустами и сеткой, огораживающий детский сад. Выйдя, закрыл дверцу, включил «сигналку», сделав два шага к подъезду, всплеснул руками, вернулся, отключил «сигналку», сунулся в машину, взял пакет с кофе и снова пошел к дому. Уже входя в подъезд, остановился — до выглядывающего из арки Стаса донеслось обиженное бормотание. Начмед достал из кармана автомобильный ключ с брелоком «сигналки», вдавил кнопку. Машина за его спиной пискнула, у зеркала заднего вида замигал синий огонек. Яков устало развел руками и скрылся в доме.

Вернувшись в «Ниву», Стас только начал отъезжать от дома, когда увидел полицейскую машину впереди. Пришлось свернуть в ту же самую арку. Остановив «Ниву» подальше от перламутровой «Ауди», за гаражами, он подождал немного — нет, менты следом не поехали.

Очень хотелось спать. Бензина осталось немного, но постоять минут сорок на «нейтрале» можно. Перед глазами кружились бездушные физиономии отростков, между ними то и дело возникало лицо Егеря, каким Стас увидел его в последний раз, когда выбегал из зала с саркофагом.

Он закрыл глаза, обдумывая план действий. Голова варила плохо, сказывалось напряжение предыдущей ночи, да что там ночи — уже несколько суток, за исключением непродолжительной передышки в Новошепеличах, не удавалось нормально поспать, а расслабиться толком не получилось и там. Стас потер щеки, поморгал, продолжая мысленно выстраивать план, но понял, что ничего толком не может продумать.

Он немного опустил спинку... и заснул почти мгновенно. Во сне было что-то смутное, метались тени, из серой мути выплывало лицо Егеря, его окружали отростки, похожие на манекены с одинаковыми лицами, а потом их, будто сухие листья, развеяло смерчем, и знакомый голос произнес: «Приди за нами. И за

Яной. Спаси ее, она мучается. Хочет видеть тебя. Забери ее до десяти вечера, иначе...» — и тут Стас проснулся.

Голос выветрился из памяти сразу после того, как раскрылись глаза, пропал вместе со сном, осталось только твердое желание действовать.

И план, который полностью оформился, пока он спал.

Было светло. И почти тепло. С чистого неба светило солнце, лужи подсохли. На детской площадке играли дети, по скверику прогуливалась женщина с коляской. За гаражами на поваленном фонарном столбе сидели трое пацанов лет двенадцати и курили, иногда с любопытством поглядывая на тихо рокочущую «Ниву». Стас кинул взгляд на часы — девять утра. Девять! Проспал больше двух часов! Датчик топлива стоял почти на нуле — еще немного, и движок сдохнет.

Но зато голова прояснилась, и теперь он знал, что делать дальше.

Он открыл бардачок, обыскал салон — нигде ни денег, ни мобильного телефона. Прижал ладонь к глазам, припоминая телефонный номер. Вспомнив, полез по карманам, откуда после долгих поисков извлек два смятых полтинника и одну сторублевку.

Выйдя из машины, направился к пацанам у гаража. Те смотрели на него. Когда Стас подошел, сидящий посередине, худой и щербатый, спросил:

— Слышь, а че у тебя тачка фурчит всю дорогу?

— Не могу двигатель заглушить, — пояснил Стас. — Если погашу — потом не заведется.

— Так ехай в ремонт. — Щербатый громко цыкнул слюной между зубов.

— Поспать надо было. Устал, в дороге всю ночь. Сейчас и поеду. Только телефон дома забыл, а я не отсюда...

— Да мы видим, что не отсюда, — пробормотал второй пацан, обладатель больших оттопыренных ушей, оглядывая мятую, грязную и местами порванную одежду Стаса. Третий мальчишка молча курил.

— Парни, одолжите трубку разок позвонить. Знакомому моему в автомастерскую. Есть же у вас мобилки наверняка.

— Ну, есть... — протянул щербатый. — И че?

Стас протянул пятидесятирублевку:

— Вот че. Бери и дай телефон.

— Да ты схватишь «трубу» и убежишь, — заметил лопоухий.

— Это вы, пацанье, таким занимаетесь, а я уже взрослый дядя.

— Сотню давай, — осклабился щербатый.

— Брось, за такое и полтинника много. Я ж говорю — мне минуту поговорить всего. И номер московский.

— Тогда сто пятьдесят! — хмыкнул лопоухий.

— Да ладно, че там, — вдруг сказал третий и достал из кармана дешевый мобильник. — Звони так.

— Ну ты лох, Минька, — разочаровался щербатый, а лопоухий пихнул третьего локтем.

Не обращая на дружков внимания, Минька передал Стасу телефон, бросил на асфальт «бычок» и раздавил подошвой стоптанной кроссовки.

— Спасибо. — Стас набрал номер, который вспомнил в машине, и заговорил, немного отойдя назад: — Привет, это Капитан. Да — я, я! Слушай, мне срочно... Ну, я знаю, что тот микроавтобус так и не вернул, но у меня... Да не прятался я от тебя, меня закрыли! А вот так вот. Слушай, автобус все равно был — старье, на ходу разваливался. Дело есть, выгодно и тебе, и мне. По твоему профилю, ага. У тебя ведь все тот же профиль? Ну, я знал — это твоя планида. Пла-ни-да, говорю, значит: судьба. Да ладно, не разводи конспирацию, скажи просто куда приехать. Делон, у меня бензин почти на нуле, а дело — реально срочное. Я тебе говорю, брат, и не преувеличиваю: вопрос жизни и смерти. Так, понял... Хорошо. Вот как... значит, я не сильно далеко, за полчаса доберусь, если тачка не станет по дороге. Будь готов. И скажи там на воротах, что у меня зеленая «Нива», номер... — Он повернулся к машине Егеря. — Не нужен номер? Хорошо, в общем, скажи, чтоб пропустили сразу, о'кей? Ну все, жди.

Он вернул мальчишке телефон и, поколебавшись, сунул ему в ладонь полтинник.

— Спасибо.

— Да ладно, — сказал тот.

Минут через тридцать «Нива» подъехала к железным воротам в длинном бетонном здании, выкрашенном белой краской. Улица была совсем раздолбанная, по обочинам грязь и мусор, на другой стороне от белого здания тянулась ограда кирпичного завода. Когда Стас свернул к воротам, возле них открылась дверь с решетчатым окошком. Шагнувший наружу мужик присмотрелся к машине, к Стасу за лобовым стеклом и ушел обратно.

Створка начала подниматься, складываясь гармошкой, и, как только просвет позволил, он въехал внутрь.

Там была автомастерская. Над бетонной ямой стоял дорогущий «Мерседес», из-под него доносились лязг и мат; на ремонтной раме — джип «Патриот», под стеной — третья машина, со спиленной верхней частью кузова и без двигателя в капоте. Движок висел на цепях, и в нем копались двое. В зале было с десяток работяг — все оглянулись на въехавшую тачку, кто подозрительно, кто равнодушно.

Под потолком тянулась бетонная пристройка с окнами, от нее вниз шла лестница. В окне мелькнуло знакомое лицо, и по ступеням начал спускаться красавец-брюнет в голубых джинсах и бархатном пиджаке, надетом на голое тело. На груди поблескивала золотая цепочка с медальоном.

— Ну, брат, давно не виделись! — На нижней ступени Делон раскрыл объятия.

Они похлопали друг друга по плечам, потискали за бока. Этого человека Стас знал давно и хорошо. В своей неуемной энергии, желании все на свете увидеть и испытать он когда-то связался с автоугонщиками и даже участвовал в трех «операциях» — но быстро понял, что это не его, и отвалил в сторону. Хорошо, что бывший подельник, теперь, судя по всему, покрутевший, не сменил телефонный номер.

Отстранившись от Делона, Стас спросил:
— Тут у тебя есть сканер? И комп. И флэшка еще.
— Ну, есть, — удивился Делон.

На лестнице вверху показался здоровенный парень с внешностью потомственного гопника, в спортивных штанах и майке.

— Делон! — рокочущим голосом окликнул он.

— Нормально, Кулак! Это кореш старый, проверенный. Все под контролем.

— Слушай, это для меня в натуре дело жизни и смерти, — сказал Стас. — Еще когда мы вместе работали, ты хвастался, что придумал новый радар, который сам подбирает частоты... Сделал тогда его?

— Вот ты вопросы с ходу задаешь! — восхитился Делон. — Это ж мой эксклюзив, секретный.

— Так сделал?

— С полгода уже пользуемся.

— Мне он нужен, Делон. Этот радар, а еще пара тысяч рублей, заряженный мобильный телефон с номером и другая машина... Вот он, — Стас показал на джип «Патриот», — вполне подойдет. За это все отдам тебе ее.

Он ткнул пальцем назад, Делон поглядел ему за спину и явно ничего не понял.

— Что отдашь... «Ниву», что ли? Ты в петросяны записался, брат? Да она и одного «Патриота» не стоит, а ты хочешь...

— Ты пока не видел, что у нее под капотом, — перебил Стас. — Сейчас увидишь — и тогда я стрясу с тебя еще шмотки и что-нибудь пожрать.

* * *

Егерь сидел в полной темноте и тишине, в двух парах наручников: одни сковывали руки за спиной, другие, с широкими кольцами, — лодыжки.

Он находился здесь уже давно, сам не знал сколько. Внутренний хронометр сбоил, хотя обычно верно определял время суток, но теперь Егерь не мог понять даже, ночь сейчас или уже давно день.

Он не шевелился и смотрел прямо перед собой, иногда закрывал глаза, иногда раскрывал — разницы никакой. И ни звука за все время, что провел здесь. Помещение было размером примерно два на полтора метра, до потолка Егерь дотянуться не мог. Из стены выпирал бетонный куб, на котором он сидел, — и все, больше тут ничего не было. Пятясь вдоль стен с поднятыми, насколько позволяла цепочка, руками, он не нащупал ни выключателя, ни замочной скважины в железной двери, утопленной в стену.

Корпорация собиралась *присоединить* его. Седовласая дама так и сказала перед тем, как трое отростков впихнули пленника сюда. Надо было только «подготовить купель», так она выразилась.

Я не позволю. Гуннар упоминал, что сложные, волевые сознания зачастую подчинить не удается, вместо этого Медуза ломает их и в конечном счете убивает. *Я не дам подчинить себя. Не стану частью пси-сети. Не буду отростком, манекеном, солдатом боевой бригады в одном из щупалец Медузы. Я не такой. Я не очень сложный, даже — простой, но у меня есть воля. И я умру, это лучше, чем быть куклой.*

Если бы комната была больше, он бы разбежался и врезался головой в стену, но Корпорация не оставила ему никаких возможностей для самоубийства. Человек не в силах заставить себя не дышать или остановить свое сердце, просто приказав ему замереть.

Я не дам сделать это, — раз за разом повторял он про себя, когда щелкнул замок, дверь открылась и сразу четверо отростков вошли внутрь. И потом, когда его привели в небольшой зал с бассейном, и когда ему вкололи что-то в основание шеи, и когда раздевали, Егерь твердил: *Я не дам сделать это с собой.* В комнате появились несколько новых отростков и двое знакомых: седовласая дама и приземистый крепкий мужик с квадратной челюстью, он входил вторым тогда в зал с саркофагом.

Дама сказала, глядя в переносицу Егеря:

— В бассейне — раствор английской соли высокой плотности. Жидкость и воздух имеют температуру человеческого тела. Ты знаешь про сенсорную депривацию? Ее еще называют флоатингом.

Егерь молчал, повторяя про себя все ту же фразу, и Корпорация продолжала:

— Странные ощущения посещают во время такой процедуры. Мозг лишается привычных раздражителей. Нет ни различий в температуре, ни дуновения воздуха, никаких звуков. Все чувства обостряются, а сознание становится особенно восприимчивым. Это облегчает присоединение.

Я не дам сделать это с собой, — повторял Егерь, когда его клали в воду, и позже, когда все ушли, когда наступила непроглядная темнота и вселенская, бесконечная тишь — уже без наручников, но не в силах пошевелиться из-за укола, он твердил и твердил, пока не ощутил прикосновение к своему сознанию, словно кто-то огромный, темный, бестелесный стал проникать, просачиваться, *диффузировать* в него, а Егерь повторял, и повторял, и повторял...

Но под этой мантрой, под той броней, которую он пытался выстроить вокруг себя с помощью слов, — червячком шевелилась предательская, подлая, страшная мысль... Ты считаешь себя одиноким воином? Ты заблуждаешься. Ты — не воин, а солдат, всю жизнь ты был частью Системы. Не только Мега-Системы огромной тоталитарной Родины, внутри нее ты по своей воле стал частью еще одной, более жесткой и властной Спецсистемы, а когда появилась возможность вырваться — сразу же, опять по своей воле, вошел в новую. Ты — не одинокий воин на пути справедливости, ты — солдат чужой войны, а значит, винтик, шестеренка, *деталь по сути своей*. Может быть, ты не хочешь понимать этого, но сознание твое понимает отлично.

Так почему ты думаешь, что оно откажется вновь стать частью чего-то большего?

Глава 3
ЧТО-ТО БОЛЬШЕЕ

8 часов до Контакта

Когда ты осознаешь, что не такой, как все, то выпадаешь из толпы, даже если находишься посреди нее. Теперь ты *вне*. Ты изменился, пусть с виду и остался обычным, у тебя другие цели, другие мотивации, желания и чувства. Шагаешь рядом с людьми, с виду неотличимый от них, а на самом деле — чужак. Тебя не интересует зарплата или новая сделка, истерики жены, капризы детей, шумные соседи, козел-начальник и тупые подчиненные, экзамен в институте или завтрашняя контрольная тебе не грозят. Наплевать на моду, новую машину, покупку дачи или продажу квартиры, штраф за парковку в неположенном месте, экономику страны, свары политиков, обещания президента, чиновников-взяточников, новые бренды, свежий хит, отпуск в Европе... Все это стало далеким, неважным, прекратило играть в твоей жизни роль, вообще исчезло из нее. Теперь у тебя другие дороги в жизни — дремучие, странные, темные тропы. Ты — аномал и шагаешь в толпе, как Нео по «матрице».

Одетый в спортивный костюм, в кроссовках, легкой куртке и с рюкзаком на плече, Стас уже подходил к центру Красной площади, когда увидел впереди бледную пару, мужчину и женщину. У него в руках была большая сумка, у нее на плече — обычная, дамская. Мимо шагали люди, на этих двоих никто не обращал внимания, хотя вели они себя не очень обычно... а вернее, необычным было то, что они не вели себя никак, просто стояли лицом к Кремлю — и всё.

Стас тоже посмотрел туда. Было тепло, просто феноменально тепло для самого начала марта, в чистом небе над Спасской башней светило солнце. Он пошел дальше, внимательно осматриваясь.

Около часа назад у него состоялся интересный разговор с тем, кто ответил по номеру, который Стас нашел через обычный справочный сайт. Мужской голос произнес: «Научно-исследовательский институт «Психотех», и Стас сказал: «Это Маг. Мне надо поговорить с Медузой».

«Тебя слушают», — тут же ответил голос.

«У меня «Тайная книга». Ты хочешь получить ее обратно?» — Стас сразу перешел к делу, заранее решив, что вилять и пытаться интриговать с тем существом, что ответило ему, нет смысла.

Голосом одного из своих отростков — возможно, какого-то младшего администратора Черной башни или поднявшего трубку охранника из холла, — Корпорация сказала: «Книга интересует меня только как память. Кроме исторической, другой ценности у нее нет. Вся полезная информация скопирована». «Ну, понятно, — сказал Стас. — Только историческая ценность... Так нужна или нет?» «Да», — раздалось в ответ.

Корпорация отвечала очень быстро, нормальному человеку для ответа даже на простейший вопрос понадобилось бы на долю секунды больше. Стас чувствовал, что общается с кем-то, кто неизмеримо хитрее, умнее, дальновиднее, коварнее и эрудированнее его... Но, может, это лишь иллюзия? Да, в Медузе объединились опыт и знания множества людей — но так же Человек-Корпорация состоит из бесчисленных связей, запутанной сетки ментальных сигналов, из накладывающихся воспоминаний, ассоциативных потоков, противоречивых устремлений, которые надо совмещать, утрясать, объединять, связывать в упорядоченную сеть. Так, может, он не настолько уж и умен?

Стас продолжал: «Я отдам Книгу в обмен на церебратор. Тот, который создает провалы и молнии». «Это была работа двух устройств», — возразила Корпорация, и в этот раз ответ на мгновение запоздал, собеседник будто запнулся, как если бы не ожидал такого поворота в разговоре — и Стас обрадовался, что сумел хоть на миг удивить корпоративное сознание Медузы, вывести его из самоуверенного равновесия. Впрочем, радость схлынула, когда в ответ на его требование «Мне нужен тот церебратор, что создает провалы» прозвучало: «Данное устройство работает на принципе переизлучения гравитонов. Инициирует всплески гравитации от полутора до пяти условных грависил в точках, заданных через систему GPS со спутниковой привязкой. Устройство весит около полутора тонн и расположено не в Москве. Обмен невозможен».

«Значит, ты не получишь книгу», — сказал Стас. Еще день или два назад он бы запаниковал, потому что такой ответ смешивал все планы, но после ночных событий, после того, что он видел в Черной башне, после схватки с отростками и бегства у него появилось чувство, будто крепкий мозолистый кулак сжимает его сердце. Не давит, скорее, надежно защищает от потрясений, которые могут произойти в будущем, — и сердце колотится быстро, зло, уверенно. Стас был готов действовать.

«Значит, не получу», — сказала Корпорация.

«Тогда я отправляю Книгу в ФСБ. А туда же, электронной почтой, сканы страниц, которые сделал сегодня утром. Вместе со списком экспедиций «Психотеха» и со своей интерпретацией происходящего. Я уже изложил события так, чтобы звучало не очень безумно. И еще, ты знаешь, что когда-то я писал статьи? — Корпорация молчала, и Стас продолжал: — Про Урал, про альпинизм, парапланы, дайвинг... Я даже числился внештатным корреспондентом пары газет. Давно этим не занимаюсь, но связи остались. Утром прозвонил, поспрашивал... И сел за статью. Конечно, для «Вокруг света» она слишком бульварная, но это не страшно. В папке «черновики» моего почтового ящика лежит письмо с этой статьей, сканами и прочим, и в поле «получателей» забито примерно тридцать адресов. Всякие желтые газеты, журналы... И еще там список сайтов, которые с радостью выложат такой материал. Представь, сколько людей, всяких эзотериков, уфологов, колдунов, экстрасенсов, контактеров и других психов придут по указанному в статье адресу и попытаются узнать, что за тайны скрываются внутри Черной башни с вывеской НИИ «Психотех»...»

Когда он закончил, пауза тянулась намного дольше предыдущей. Наконец Корпорация сказала: «Есть мобильный вариант церебратора весом около двадцати килограммов. Его мощность ограничена одной условной грависилой».

«Ты отдашь мне его в обмен на Книгу и обещание не распространять сведения».

«А что помешает тебе после распространить их?»

«То же, что помешает тебе подсунуть нерабочую модель церебратора или что-то сломать в нем, — взаимная договоренность».

И вот теперь он подходил к двум отросткам, двум телам Человека-Корпорации, безучастно замершим посреди Красной площади. Когда Стас встал перед ними, оба синхронно повернулись.

— Поставь и расстегни сумку, — велел он.

Они молча глядели на него, и Стас добавил:

— Я понимаю, вокруг много других твоих тел. Зато у меня пистолет. Если они попробуют задержать меня здесь, схватить, я начну стрелять. Перестрелка прямо у Кремля... шум поднимется большой. Может, меня схватят — и я расскажу властям всякие странные вещи, — а может, убьют, тогда мой знакомый, до которого тебе сейчас не добраться, отправит бандероль и электронные письма вместо меня.

— Я не собираюсь делать этого, — сказал мужчина, опуская сумку на мостовую, и женщина добавила:

— Я не обманываю.

Вжикнула «молния». Отросток выпрямился, а Стас присел на корточки. В сумке лежала металлическая труба размером с большой тубус для чертежей. С одной стороны она крепилась к параллелепипеду, усеянному датчиками и кнопками. Примерно на середине трубы была рукоять, а ближе к концам — скобы, к которым крепился ремень.

Отросток-женщина снова заговорила:

— Нажать клавишу включения, подождать около семи секунд, направить в нужном направлении, вдавить гашетку на рукояти, подождать около двух секунд. Отдача отсутствует. Регулятор мощности расположен слева под жидкокристаллическим экраном, показывающим силу гравитационной флуктуации в точке приложения.

— Клёво, — сказал Стас, раскрыл рюкзак, продемонстрировал глазам Корпорации содержимое и передал рюкзак отростку. Потом застегнул сумку, поднял — тяжелая! — взвалив на плечо, повернулся, чтобы идти.

— Тело Егеря передает привет, — произнесли за спиной в два голоса.

Стас-прежний, тот Стас, каким он был еще сутки назад, вздрогнул бы, но Стас-теперешний лишь немного ссутулился — и зашагал прочь.

Два голоса добавили:

— Уничтожь Жреца, иначе битва двух Медуз приведет к большим жертвам среди населения.

Глава 4
ПРОНИКНОВЕНИЕ

1,5 часа до Контакта

Делон отказался дать радар, объяснив, что тот существует в единственном экземпляре. Стас не мог гарантировать возврат устройства, и поэтому угонщик тоже отправился на дело.

«Патриот» стоял на том же месте, где утром останавливалась «Нива», то есть в стороне от перламутровой «Ауди», но так, чтобы ее было хорошо видно. Стас сидел за рулем, дверца с его стороны была приоткрыта, сумка с гравитационным церебратором давила на колени. Двигатель «Патриота» тихо урчал, а сидящий рядом Делон наставлял:

— Как только скажу, бежишь, открываешь, закрываешь. На всё — десять секунд, не больше, потом опять включится, и возникнут проблемы. Если...

— Да понял я, — перебил Стас, глянув на часы. — Ты давай работай.

Делон держал железный ящичек, полный хитрой электроники. Сверху из него торчал изогнутый раструб, как у старинного граммофона, но стальной и поменьше размером. На панели мерцали лампочки и дергалась стрелка датчика частоты. Медленно вращая рукоять, Делон то вдавливал, то отпускал круглую черную кнопку.

— Следи внимательно, — велел он.

Пискнув, отключилась сигналка джипа, стоящего неподалеку от «Ауди». Синий огонек в верхней части лобового стекла замигал быстрее, словно всполошившись... и секунд через десять-двенадцать вернулся в обычный режим. Зато отключилась сигнализация черной «Шевроле». После — соседней машины, потом следующей...

А потом дверь подъезда раскрылась, и оттуда появился Яков Мирославович, вместо пальто надевший по случаю теплого вечера шерстяную куртку.

— Твою мать! — выдохнул Стас. — Говорил же: раньше надо!

— Это он? — Делон быстрее закрутил рукоять. — Не могли раньше, радар из Люберец привезти надо было.

— Идет уже! Все, не успели...

Начмед остановился, когда окно на третьем этаже раскрылось и высунувшаяся оттуда дородная женщина бальзаковского возраста, в цветастом халате и бигуди, с полным, капризно-кокетливым лицом, окликнула его:

— Мусик, ты меня обманул!

— Луковка! — Яков задрал голову. — Как ты можешь такое говорить?!

После этого у них состоялся короткий энергичный диалог, суть которого ускользнула от Стаса — главным образом потому, что именно в этот момент сигнализация перламутровой «Ауди» негромко пискнула.

— Удачи, брат! — напутствовал Делон. — Джип поставлю через дорогу, запасные ключи у тебя.

Стас вывалился из машины с сумкой на плече, выставив перед собой указательный палец, как ствол пистолета, рванул к машине. Больше всего он опасался, что «мусечка-луковка» в окне или дородный бородатый «мусик» на тротуаре заметят его, но они были поглощены разговором, полным взаимных упреков, как море полно водой.

У Стаса было и второе опасение: не откроется замок.

И третье: «сигналка» вернется в штатный режим раньше срока.

И четвертое: багажник «Ауди» будет заполнен.

И пятое...

Выставленный вперед палец воткнулся в замок, вдавил металлический кружок. Щелкнуло. Стас рванул кверху крышку. В просторном багажнике, затянутом вишневой тканью, было пусто. Он сунул в глубину сумку, перевалился через край, упал на бок и потянул крышку вниз. Успел скользнуть взглядом по джипу — Делон уже перебирался на водительское место, а после крышка захлопнулась.

Щелкнул замок. Пискнула, включившись, сигнализация. Несколько секунд тишины... хрустя шинами по усеянной камешками земле, мимо прокатил «Патриот». Когда рокот его мотора стих, «сигналка» пискнула опять.

«Ауди» слегка качнулась, приняв в себя дородное тело Якова Мирославовича. Мягко, довольно, словно сытая кошка, заурчал мотор, и машина тронулась с места. Стас лежал, закрыв глаза, ощущая, как замедляется сердцебиение. «Беретта» давила на ребра, и он слегка изменил позу. Достал из кармана нож-выкидуху, раскрыл, закрыл и принялся ждать.

Когда фосфоресцирующий циферблат наручных часов показал, что прошло тридцать минут, «Ауди» вильнула и остановилась. Стас, просунув руку под куртку, нащупал пистолет. Донесся незнакомый голос, что-то ответил Яков. Стук, скрип... Машина снова тронулась. Накренилась — Стаса качнуло к спинкам задних сидений, отделяющих багажник от салона. Некоторое время двигались под уклон, потом «Ауди» выровнялась. Повернула раз, второй, поехала по широкой дуге, опять начала спускаться. Еще одна дуга, короткая финишная прямая — и остановка.

Мотор стих. Хлопнула дверца, пискнула сигнализация. Зазвучали и смолкли шаги, где-то в отдалении стукнула дверь — явно потяжелее, чем дверца машины.

В глухой тишине Стас глянул на часы — они показывали девять ноль семь. Он находился на территории Комитета по Аномальным Ситуациям.

* * *

— Пойду я, Василий, двое оперативников, уже видевших Сущность, Дина и наблюдатель от Куратора, — сказал Титор. — Начмеда и Гринберга не допустили.

Они с Мальковым сидели в недействующем водопроводном узле лицом к лицу. Горящий в углу фонарик посылал вверх луч света.

— Дина хотела исключить и меня, но есть обязательная инструкция для Контакта, и там сказано: начальник Службы внутренней безопасности должен присутствовать. Поэтому нас будет шестеро, то есть пять наших и один наблюдатель. Аномалов — четверо.

Мальков поднял голову:

— Четверо?

— Каприз Жреца, — пожал плечами Титор. — Он отказался что-либо делать, если их не будет с ним.

— А как мотивировал?

— Сказал — они нужны ему для охраны. Заявил, что подозревает: Воин и Фея хотят убить его.

Мальков выглядел удивленным и встревоженным.

— Но это же ерунда. Дар Феи — насылать сны, а Воин может локально искривлять пространство, что позволяет ему проходить сквозь твердые предметы не шире метра двадцати сантиметров. Это все! Что они могут сделать сильному суггестору?

— Ну, к примеру, усыпить его, а потом задушить. Воин физически самый сильный из аномалов.

— Иван Степанович, это какая-то ловушка, непонятная хитрость со стороны Жреца.

— Вероятно. Но Шут, Амазонка и Тьма не пойдут с ним в Детскую, а останутся в Тамбуре. Жрец проинструктирован и готов выполнить условия, хотя у него есть еще одно требование: чтобы Воина и Фею усыпили, причем надолго. Хотя Фея и так спит почти все время... В общем, сейчас Яков готовит снотворное, которое должно уложить этих двоих на пару суток. А мне... — Титор посмотрел на часы, — мне идти через семь минут. Что у тебя?

— Я перепроверил схему подключения сенсор-кольца, — сказал Мальков. — Его не вырубить, никак. Но можно на несколько секунд погасить тревожный монитор и сигнализацию.

— На сколько секунд?

— Три-четыре... не больше, потом охранный контур «Глуби» снова заработает.

— И ты сможешь сделать это вовремя?

— Да. Через камеру в тамбуре я буду видеть вас и все отключу в нужный момент. Иван Степанович, а вы уверены... Ведь это, скорее всего, будет означать...

— Что меня самого убьют? — спросил Титор. — Вряд ли. С собой у них оружия не будет, чтобы палить в меня просто с перепуга, а потом начнется разбирательство... Посмотрим.

— Вас уничтожат, — сказал Мальков.

— Сергей, альтернатива страшнее. Думаешь, я не обдумывал все это? Не раз и не два, тщательно, все взвешивая. Даже придумал одно слово: психократия. Вот что здесь будет через несколько лет, если допустить то, что они собираются сделать. Пси-диктатура... Всего через несколько лет, слышишь? — Титор подался вперед. — У них же есть всё, что надо: пиарщики, сетки вещаний, сила, деньги, власть... Найдутся еще суггесторы, специалисты разработают программы пси-контроля — вся страна превратится в стадо баранов.

— Да большинство уже и сейчас... — возразил Мальков.

— Сейчас кто-то слушает правительство, кто-то — церковь, одни — либералы, другие — консерваторы, кто-то уверен, что вся сила в американской демократии, а кто-то ненавидит «пиндосов»... У людей есть разные враги и разные авторитеты. Но если позволить провернуть этот финт с выборами, то через пару лет останется только один авторитет. Пчелиная королева... нет, пчелиный король. Или пастух бараньего стада. Он и его ближайшие помощники. Потом технологию пси-контроля улучшат, откорректируют и распространят на весь мир.

— Всегда находились бунтовщики. При любых империях, диктатурах, разве нет?

— Но и ситуация всегда была другой. Если власть применяла дубинки, то оппозиции оставались хотя бы камни. Если у хозяев луки и мечи, у рабов — дротики и ножи. Если у тех пулеметы, то у этих ружья. А сейчас разрыв в технологиях, в возможностях будет слишком большим. Просто представь: одна сторона владеет лазерным оружием, боевыми спутниками, ракетами дальнего действия, современными средствами связи и наблюдения, а у другой дубинки и камни. Сможет она восстать и победить? Нет, ни при каких условиях. Примерно так и будет, если у власти появятся пси-технологии. Никто не сможет восстать, на это просто не будет никаких шансов. Баранов много, пастухов — один или два да несколько псов с ними. Почему бараны не восстают? У них рога, копыта...

— Потому что им это не надо.

— Правильно. Сама мысль о бунте просто не приходит им в головы, потому что это — бараньи головы, да? Она не может туда прийти, такими баранов создали люди. Результат селекции, искусственного отбора. То же самое делают любые, хоть западные, хоть наши — любые! — власти с людьми. Манипуляции, «образ врага», прочее в этом роде... И все равно кто-то сопротивляется, бунтует, восстает. Но если к делу подключить суггесторов, которые покопаются в головах, очистят их от ненужных мыслей, то идея неповиновения пастухам даже теоретически не сможет возникнуть. Пастух станет равен богу.

— Вам нужно идти, Иван Степанович. — Мальков глянул на часы. — Да и мне пора.

— Идем, — согласился Титор.

Мальков открыл люк, и они тихо выбрались в кладовку, из которой одна дверь вела к камерам аномалов, а вторая — на лестничную площадку. Вышли на лестницу и, прежде чем разойтись, посмотрели друг на друга. Титор хотел что-то сказать на прощание — возможно, им больше не предстояло увидеться, — но не нашел нужных слов и промолчал. Мальков кивнул ему, а потом вдруг побледнел, зажмурившись, прошептал что-то едва слышно — и когда веки его поднялись, взгляд бывшего зама изменился, стал будто расфокусированным.

— Что такое? — спросил Титор.

— Ничего, — произнес Мальков, глядя ему в переносицу. — Все в порядке, Иван Степанович. Я сделаю то, о чем мы договорились.

С этими словами он зашагал прочь. Титор приподнял бровь, провожая Малькова взглядом. Струхнул тот, что ли, перед самым делом? Побледнел так резко, говорить стал по-другому... Ничего, главное, чтобы вовремя заглушил работу охранного контура, а остальное Титор сделает сам. С этой мыслью он направился к тамбуру, через который предстояло спуститься в «Глубь».

* * *

— Ты почти опоздал, — сказала Дина, когда Иван вошел в помещение.

Оно было круглым, светлым — белые стены и потолок, бежевый пол, — а из мебели только изогнутый стол под стеной. Тоже белый.

В центре комнаты по периметру широкого отверстия шло металлическое кольцо, от него спиралью спускалась короткая лестница. Заканчивалась она площадкой с дверью метрах в трех ниже пола круглого помещения.

Наверху лицами к стене стояли Амазонка, Шут и Тьма. И — спиной к стене, в расслабленной позе, сложив руки на груди, Жрец. Все были в серых пижамах-кимоно и тапочках.

Возле аномалов замерли двое из оперативного отдела. Рядом Василий покачивался с носков на пятки. Гера и Виталик, вспомнил Титор, так зовут оперативников. Оба — без пиджаков, черные сорочки перечеркнуты ремнями, из кобуры торчат рукояти служебных «глоков». У Василия такой же. Свой Титор оставил в кабинете — зачем таскаться по Комитету со стволом? На поясных ремнях Геры и Виталика в чехлах висели короткие резиновые дубинки.

Дина стояла подле высокого представительного мужчины в двубортном костюме. Галстук его стоил, наверное, столько, сколько вся одежда Титора. Если бы здесь присутствовал Варяг, командир бригады «химиков», бравших аномалов в Зоне, он бы узнал в присланном от Куратора наблюдателе «господина-из-мерседеса».

Кивнув всем, Титор скользнул взглядом по спинам аномалов, по Жрецу и сразу отвел глаза. Нечего туда пялиться, не следует слишком уж активно думать о том, что он собирается сделать, — вдруг Жрец почует?

— Спускаемся, — сказал он громко и расстегнул пиджак.

Возле стола на стене были крючки, Иван первым повесил пиджак и обратился к Наблюдателю:

— У вас нет кардиостимулятора? Каких-то имплантатов, металла в теле?

Тот покачал головой.

— Их предупредили об этом, — сухо бросила Дина.

Тогда Титор сказал Васе:

— Разоружайтесь. Ты в курсе насчет железа.

Старший оперативник, кивнув двум широкоплечим бойцам, направился к столу. Пока Гера снимал кобуру, а потом и часы с запястья, Василий избавился от оружия. Титор, вспомнив, достал портсигар, положил рядом с пистолетами. Держа руку на дубинке, Гера вернулся к аномалам, чтобы сменить Виталика.

Когда все остались без оружия и без металлических мелочей, Иван произнес:

— В каком порядке спускаемся, вам уже сообщили. Жрец — ты первый.

— Может, мы наконец пойдем? — спросил Наблюдатель. Голос у него был звучный, хорошо поставленный, громкий.

— Жрец — шагай! — приказал Титор.

Аномал, вежливо улыбнувшись, начал спускаться по спиральной лестнице. Белый, стерильный свет полоской скользнул по его ступням, бедрам, пояснице... А следом уже шли Гера и все остальные: порядок спуска Титор лично проговорил с каждым, исключая Наблюдателя — с тем общалась только Дина.

Иван двигался последним. В тот миг, когда подошва коснулась верхней ступени, раздался едва слышный щелчок... Или это был глюк, вызванный нервами, напряжением?

Титору показалось, что полоска света, лизнувшая туфли и поползшая вверх по штанинам, побледнела. Хотя и это могла быть лишь иллюзия, обман зрения.

Но уж точно иллюзией не была пристегнутая к левой лодыжке кобура с небольшим испанским пистолетом «Star PD», оснащенным магазином на шесть патронов сорок пятого калибра.

Сенсорное кольцо не отреагировало на оружие, и Титор продолжил спуск. Когда остальные уже стояли на круглой площадке, автоматически зажегся свет. Иван Титор глянул вверх, вдавил большую красную клавишу на стене — и с гудением массивная титановая плита отрезала «Глубь» от всего мира.

Глава 5
ЗОНА БОГА

30 минут до Контакта

Аккуратно сжимая футляр со шприцами, Яков Мирославович шагал по коридору. Следом топал Коля, грузный парень, с виду — неуклюжий увалень, а на деле — один из трех самых лучших бойцов среди оперативников Василия.

— Мирославович, надолго это? — пробасил он.

— Ты бы, Коленька, вопросов лишних не задавал, а делал, что скажут.

Обычно Яков Мирославович был вежливее, но сейчас сказывалось раздражение из-за того, что его не допустили к Контакту. А ведь, рассуждая по справедливости, он имел полное право присутствовать. В конце концов, это он привел теоретическое обоснование всей процедуры.

— Да ведь сверхурочно работаем, я тут с восьми утра, — пожаловался оперативник.

— Нам надо зайти к Воину, сделать укол, потом к Фее. Она, думаю, спит, как всегда, но Воин — вредный мальчишка. Будет сопротивляться — придержишь. Мне только кольнуть их двоих, и все, ты свободен.

Он говорил это, думая о другом — Яков вспоминал свою работу, ставшую теоретической основой для того, что вскоре случится на уровне «Глубь».

В лобной доле человеческого мозга «спрятаны» фантазия, творчество и чувство ответственности, затылочная воссоздает картинку окружающего нас мира... Есть речевой центр и слуховой, и от того, насколько хорошо они развиты, зависит, к примеру, разговорчивость или молчаливость человека. Еще в мозгу имеется центр депрессивных состояний, центр радости и страха.

И есть особый участок в лимбической системе[1], который Яков назвал «зоной бога». С его работой связаны мистические чувства, религиозная приподнятость, в конечном счете — вера. Большей или меньшей активностью этого участка объясняется религиозный фанатизм, духовные переживания эзотериков, атеизм, демоническая одержимость... или, к примеру, уверенность «контактеров» в их встречах с инопланетянами.

Не кто иной, как Яков Мирославович Вертинский, первым предположил, что суггестор может искусст-

---

[1] *Лимбическая система* (от лат. *Limbus* — граница, край) — совокупность ряда структур головного мозга. Участвует в регуляции функций внутренних органов, обоняния, инстинктивного поведения, эмоций, памяти, сна, бодрствования и др.

венно стимулировать «зону бога» даже у тех приземленных реалистов-прагматиков, которые отродясь не верили ни в черта, ни в дьявола, плевать хотели на мистику, всю жизнь имели бога в виду, презирали любую эзотерику, а над историями про инопланетян смеялись. Даже их сознание можно заставить работать иначе, превратив атеиста в верующего, причем какой образ суггестор загонит в «зону бога» — в то человек и уверует.

Это он, Яков Вертинский, подготовил своими исследованиями сегодняшнее, такое важное, событие... и теперь его не взяли в «Глубь»! Душу согревало лишь то, что Афанасия Гринберга, главу научного отдела, тоже туда не пустили. Политика важнее науки, вот и всё. Руководство желало, чтобы свидетелей происходящего было как можно меньше.

В ярко освещенном коридоре царила тишина, под дверями двух камер, где оставались аномалы, попарно стояли охранники. На звук шагов они повернули головы. Яков подошел к камере Воина, кивнул двум парням — в костюме и камуфляжном комбезе. Охранников предупредили о визите начмеда КАСа, и они посторонились, пропуская его к двери. Повернувшись, взяли оружие наизготовку. Коля сзади не слишком вежливо буркнул: «Дайте я...», — и, шагнув мимо Якова, глянул на экран, которым была оборудована дверь этой камеры.

— Я уже посмотрел, — заметил доктор с легким недовольством. — Читает он.

Воин сидел у монитора в углу комнаты. Коля попятился, откинув полу пиджака, кивнул. Открыть дверь он не мог, доступ в камеры был только у служащих высокого ранга.

Шевеля губами, Яков набрал код на замке, приложил к пластинке над ним подушечку большого пальца. Код он набирал долго, что-то не вспоминался тот, да и вообще — мысли путались. Стар ты, душенька Яков Мирославович, не тот уже, что раньше... Бодрячком держишься, но это только видимость, организм устал от стрессов. За спиной широко зевнул Коля, а охранник слева усиленно тер глаз. Наконец дверь открылась и Яков вошел. Воин успел повернуться на стуле, не сменив позу, смотрел на гостей.

— Боренька, милый, — начал Яков, предпочитающий обращаться к «пациентам» по имени. — У меня небольшой сюрприз для тебя, ты уж не обессудь... и...

Он смолк — язык стал неподъемным. Яков понял, что мямлит, а не говорит, а еще осознал, что идет едва ли не на полусогнутых. Ноги заплетались, колени совсем ослабли. Плохо-то как, откуда эта слабость? И дышится тяжело...

Не в силах больше стоять, начмед опустился на колени. Сзади раздался стук, не оглядываясь, Яков понял: упал один из охранников. А вот и второй свалился. Забормотал Коля, теперь Яков нашел в себе силы обернуться — оперативник сползал по стене, отведя в сторону левую руку, пытался упереться, а правой — вытащить пистолет из кобуры, да только у него не получалось ни первое, ни второе. Он тихо, вяло выругался и тоже упал. Улегшись на бок, сунул под щеку ладонь, пробормотал что-то недовольно — и заснул вместе с двумя другими, лежащими ближе к дверям.

Когда начмед повернулся к Воину, тот уже стоял над ним.

— Боренька, что же ты?.. — промямлил Яков.

Шприц выпал из ослабевших пальцев. Аномал взял начмеда за плечи и поднял на ноги.

— Зачем ты... Не ты, это Алена.... Почему...

Воин молча повел его наружу. В коридоре под дверью соседней камеры вповалку лежали еще двое охранников.

— Откройте эту дверь, — сказал Воин сухо. — Потом вы тоже заснете.

* * *

Устройство для смещения спинок задних сидений не работало — сколько Стас ни дергал рычажок в багажнике, те не двигались. Хорошо, что у него с собой был нож... Но крепкие оказались сиденья у «Ауди», крепкие, и со спинками хитрой конструкции — на то, чтобы выбраться из багажника, ушло в несколько раз больше времени, чем он рассчитывал. К тому же приходилось действовать осторожно, чтобы от толчка не сработала сигнализация. Да и камеры, наверняка понапиханные в гараже, могли засечь человека в автомобиле.

Взмокший, он уселся наконец на переднее пассажирское сиденье. Сумка с церебратором лежала сзади вместе с кожаной курткой. Осторожно отключив сигнализацию, — пригодились умения, полученные во время работы с Делоном, — откинулся на спинку и огляделся.

Просторный гараж освещали тусклые трубки на железных кронштейнах, сейчас горела лишь каждая третья. Слева и справа — квадратные колонны, сзади — пустая асфальтовая полоса, а впереди — стена. Между колоннами, по бокам «Ауди», стояли черные «Мицубиси». Наверное, здесь припаркованы не только они, но других машин Стас не видел. Зато видел дверь и окно в стене перед собой. За окном был стол с монитором и разбросанными бумагами, а дальше — железные шкафчики, между ними находилась вторая дверь, ведущая в глубину здания. Похоже на пост охраны. Поздно, все ушли, кроме дежурных да тех, кто, как и Яков Мирославович, приехал для проведения «контакта».

Где-то в наблюдательном пункте сидит пара-тройка людей, контролирующих мониторы, куда сходятся изображения с видеокамер, и в том числе — вон с той, висящей на колонне слева. Да и с той, что на стене чуть ли не прямо над машиной, тоже. Направлена она так, что не поймешь, видна ли с нее вся перламутровая «Ауди» или только задняя часть. Впрочем, Стас маячит тут уже столько, что если бы его обнаружили, успели бы поднять шум. А раз тихо, значит, непрошеного гостя пока не засекли.

Но засекут, как только он выйдет наружу.

Надо попасть в центр здания, то есть в коридор с комнатами аномалов. Или «контакт», который упоминал начмед, означает, что их увели куда-то в другое место?

Стас с трудом вытащил из сумки церебратор, положил на колени. Тяжелая все-таки штуковина. «Максимальная амплитуда флуктуации — одна условная грависила. Нажать клавишу включения, подождать около семи секунд, направить в нужном направлении, вдавить гашетку на рукояти, подождать около двух секунд. Отдача отсутствует. Регулятор мощности слева под жидкокристаллическим экраном...» Припомнив объяснения Корпорации, высказанные через отростка на Красной площади, он вдавил нужную клавишу. Внутри железного короба на торце трубы загудело. Мигнули диоды, замерцали датчики. Стас нашел взглядом тот, что показывал размер амплитуды гравифлуктуации, выкрутил верньер до предела влево, и на датчике возникли цифры: 0,10.

Это, что ли, означает «ноль целых, одна десятая «грависилы»? То есть минимальная мощность? Стас осторожно заглянул в трубу. Из глубины ее выступал мутно-прозрачный стержень, его венчали длинные лепестки, бледно-желто-розовые, будто отлитые из загустевшего меда. Немного вогнутые, с покатыми концами. Между ними дрожал едва уловимый крошечный сизый смерч, в котором поблескивали синие искры. Словно легчайшее искажение пространства.

Стас взялся за верньер, подкрутил — и лепестки немного разъехались. Покосился на датчик — тот показывал 0,25. Еще покрутил — лепестки разошлись сильнее, почти до предела, едва не упершись в стенки трубы. Смерч между ними стал явственнее, искры теперь вспыхивали чаще, и в то же время он по-прежнему будто не существовал в реальном пространстве. Что будет, если сунуть туда палец?

Делать этого Стас не стал. На датчике было 0,98. Больше, стало быть, мы не можем, это предел церебратора такой модели...

Ну, ладно. Он понял, что намеренно тянет время, и перекинул через голову широкий ремень. Расправил на плече, церебратор переложил на сиденье рядом, и оружие вдавилось в бедро. Раструб трубы ушел под «торпеду», угол короба уперся в потолок.

Когда Стас выйдет, камеры его засекут. Он же не ниндзя какой, к тому же с этой бандурой на плече... Единственный шанс — охранник отвернется от монитора. Или у него глаз замылился. В общем, надо побыстрее к той двери рядом с окном, если заперта, то вскрыть ее отмычкой и нырнуть внутрь. Потом вторая дверь, а что ждет за ней — неизвестно.

Он еще раз быстро осмотрел датчики на устройстве. Вот этот зеленый столбик с параллельными рисками показывает мощность. Каждый «выстрел» будет его уменьшать, пока столбик не съежится до последней риски, после которой энергии останется на одну, максимум две слабосильных гравифлуктуации.

Снова подкрутив верньер, Стас уменьшил цифры до 0,10, глубоко вздохнул и посмотрел на часы.

9.49. Распахнув дверцу, он выбрался наружу и побежал к двери.

Глава 6
КОНТАКТ

3 марта, 10 часов вечера

Жрец первым вошел в небольшое помещение с голыми бетонными стенами. Отсюда вели две герметичные двери, справа — обычной формы, а впереди — треугольная, металлическая, выгнутая наружу, словно сегмент большого шара.

Волны болезненной, темной дрожи наполняли комнату. Те же самые, что иногда ощущались и наверху, в камерах, только здесь они усилились. Мозг будто мелко трясся в черепе, наполняя его треском и гулом. Сзади что-то едва слышно прошептала Тьма, а Шут крякнул и хлопнул себя ладонью по лбу.

Жрец незаметно оглядел других аномалов. Амазонка, как всегда, держалась молодцом — спокойная, уверенная, единственное, что выдает ее чувства, — сжимает одной рукой крестик. Последние события усилили ее религиозность. С другой стороны, верность тоже усилилась, теперь она в прямом смысле была готова ради Артура на все. В доме на холме, когда дед Савва ударил подковой, — бросилась сразу, не раздумывая, долбанула старого психа своим даром, у того чуть сердце не встало.

Лес рубишь — щепки летят. За последнее время Жрец вполне проникся смыслом этой пословицы. И щепками для него были обычные люди. «Простые», как он называл их.

Знал бы отец, кем я стал, где я сейчас нахожусь, чего вскоре добьюсь.

Тьма казалась печальной и вялой. Жрец, экспериментируя с ее даром, постарался на время притупить реакции, чтобы она была покорной. Хорошо, что ее дар принципиально отличается от других — участок мозга, ответственный за него, надо искусственно стимулировать, а иначе способность себя не проявляет. Тьма не умеет ее контролировать. И Сущность, как подозревал Жрец, на ее дар не повлияет.

А вот Шут нервничает и храбрится, крутит головой, кусает губы. В нужный момент может подвести. Он вроде послушный, привык, что Жрец думает за него и говорит, что делать, к тому же до сих пор влюблен в Фею — то есть по-своему влюблен, без глубокого чувства, скорее чисто плотски, попросту говоря — очень хочет переспать с ней. Жрец пообещал отдать ему Фею после окончания всего, так что, можно надеяться, и Шут не подведет в опасной ситуации.

А что такая ситуация возникнет, Жрец не сомневался. Либо Воин даст о себе знать, хоть его и усыпили, как заверил Иван Титор, либо сами касовцы, когда поймут, что он собрался сделать...

Отец, ты скоро узнаешь, на что способен твой сын. А может, и не узнаешь, может, ты не очень далеко, и волна накроет тебя тоже... Что же, тогда с тобой произойдет то же, что и со всеми.

Шум шагов, дыхание за спиной — это в помещение заходили управленцы и оперативники КАСа.

— Жрец — лицом к треугольной двери! — скомандовал Титор. — Остальные — к стене между дверями, руки сцепить за спинами. Шут, ты оглох? Пальцами левой руки сожми запястье правой... Вот так.

— Это называется Тамбур, — негромко обратилась Дина к Наблюдателю. — Всего здесь три помещения: Детская, Смотровая и Тамбур. Мы пройдем сюда... — По ее знаку Василий раскрыл дверь справа.

Жрец скосил глаза. В проеме открылось длинное помещение с креслами, как в дорогом кинотеатре, и большим окном. Кресла стояли в два ряда, а под окном из стены выступал пульт. Больше всего это напоминало комнату, где свидетели преступления разглядывают всяких бандитов вместе с «подставными» через стекло с односторонней прозрачностью. Только в полицейских участках кресла, конечно, попроще.

— Располагайтесь, где вам удобнее, — добавила Дина.

— Жрец, готов? — окликнул сзади Титор.

Тот как раз думал, что надо будет сменить псевдоним. Превратить его в титул. Король — слишком напыщенно, как и Повелитель, и Владыка. Может, Хозяин? Нет, тоже не очень, а Господин — смешно... Вождь. Да — Вождь. Он кивнул сам себе, и Титор счел это ответом на свой вопрос.

— Хорошо, сейчас дверной сегмент откроется. Входишь. Он закроется. Амазонка, Шут, Тьма — остаетесь здесь. Начинаем! Дина — опускай сегмент.

Жрец знал, что других оставят в Тамбуре, не могли касовцы допустить в Детскую сразу всех, ведь Паша Сковорода рассказывал ему, что случилось в прошлый раз, когда сюда привели двух «старых» аномалов. Знал — но все равно разыграл недовольство. Повернул голову и сказал ледяным голосом:

— Мы так не договаривались.

Дина и Наблюдатель тем временем вошли в Смотровую. Сбоку от Жреца, положив руку на дубинку в чехле, стоял Виталик, а позади остальных аномалов — Василий и Гера.

— Жрец — лицом к двери, — приказал Титор.

— Мы так не договаривались!

— Лицом к двери, сказано!

Виталик потянул дубинку из чехла. Жрец отвернулся, и Титор продолжал:

— Ты всерьез думал, что всех аномалов допустят в Детскую? Мы не нарушаем договоренность. Эти трое спустились с тобой в «Глубь», их не сковали, Воин с Феей спят. Твои требования... твои просьбы выполнены, теперь ты должен сделать свою часть работы.

Воцарилась тишина, лишь громко сопел Шут. Из Смотровой Дина с Наблюдателем следили за происходящим в Тамбуре. Волны темной дрожи накатывали из-за треугольного сегмента, в их мрачном биении мозг качался, как буек на волнах, в ушах пульсировало, сжимался низ живота.

— Хорошо, — сказал Жрец. — Открывайте.

— Ну, держись, братки... — пробормотал Шут, положил ладони на стену перед собой и пошире расставил ноги.

— Учтите — у нас пластиковые наручники. Нацепим на вас, если только дернетесь, — сказав это, Титор кивнул Дине, и та повернула что-то на пульте.

— Нас волна не должна накрыть? — В звучном оперном басе Наблюдателя сквозила легкая нервозность.

Загудело, треугольная дверь перед Жрецом дрогнула и начала опускаться в пол. Он долго готовился к этому, но все же отступил на шаг — мозг волчком закружился в бешеном водовороте чуждой энергии.

Тьма слабо застонала. Шут и Амазонка застыли, у толстяка по всему лицу выступил обильный пот, даже с подбородка закапало.

А в Смотровой Дина говорила Наблюдателю:

— Детская построена в форме полусферы. Сегменты из вольфрамового сплава, в нем также золото и еще несколько редкоземельных элементов. Доктор Гринберг путем долгих опытов вывел состав, который препятствует прохождению аномальной энергии.

— То есть мы будем защищены?

— Конечно, не волнуйтесь. Как только Жрец войдет внутрь, я закрою дверь и раскрою верхнюю часть бункера. Видите, он имеет форму полусферы, внизу — круглая плита, от нее идут сегменты-лепестки. Они опустятся, собственно, я могу уже сейчас... Вот, смотрите, пошли вниз... Бетон за ними — не препятствие для пси-волны, но Смотровая защищена дополнительно, внутри этих стен тоже сплав.

— Но ведь окно... А, понял, это монитор? Просто большой телевизор.

— Конечно, монитор высокого качества. Изображение передается с камер внутри. Позвольте спросить, где сейчас наш э... Куратор?

— Вместе с ближайшими помощниками вылетел... Это секретная информация. Манохов сказал, что волна накроет участок диаметром около тысячи километров. Куратор с некоторыми членами правительства находится за его пределами.

— Такую цифру нам назвал Гринберг. Вывел ее на основе предыдущих экспериментов с Сущностью.

За спинами аномалов Гера с Виталиком по знаку Василия достали дубинки, замахнулись, но не били — просто приготовились.

Жрец не видел этого, но хорошо ощущал перемещения конвоиров, да вообще почти любые движения в Тамбуре — он теперь чувствовал сознания всех *простых*, находящихся в «Глуби», их страхи, привязанности, явные желания и скрытые намерения...

И сделав шаг вперед, он вдруг отчетливо осознал, что стоящий в центре Тамбура человек собирается убить его. Прямо сейчас. Намерение раскаленным угольком горело в сознании Ивана Титора. Жрец понял и кое-что еще: оно не спонтанно, Титор спустился сюда именно с этой целью, и он должен осуществить задуманное сию секунду, потому что иначе будет поздно.

— Начинайте! — выкрикнул Жрец и прыгнул вперед, в треугольный проем.

Прямо к темноглазой, обритой наголо, бледной, одутловатой, одетой в серую пижаму девочке. Она сидела посреди Детской, поджав ноги, неподвижно глядя перед собой, и монотонно раскачивалась: взад-вперед, взад-вперед, взад-вперед...

* * *

Отмычка помогла справиться с двумя дверями и достигнуть тускло освещенной узкой лестницы, по которой Стас заспешил вниз. Церебратор, подвешенный на ремне, он придерживал левой рукой, направив трубу к полу — в такой тесноте им вряд ли толком воспользуешься. Сперва он уменьшил мощность, потом опять увеличил, не зная, на какой цифре остановиться.

Этажом ниже за приоткрытой дверью горел яркий свет, и Стас осторожно выглянул. Из коридора за дверью не доносилось ни звука. Впереди на полу лежали четверо, двое в камуфляже, двое в костюмах. Пара мужчин валялась у одной двери, пара — у другой. А двери-то знакомые, за ними находятся камеры аномалов... Стас и сам совсем недавно жил в такой.

Из ближней камеры торчали ноги в здоровенных ботинках. Выставив перед собой трубку церебратора, Стас приблизился и посмотрел. Перед ним на боку лежал крупный мужик с грубым лицом, совершенно по-детски подсунувший ладонь под щеку. Больше в комнате никого не было. Мужик тихо посапывал, иногда беззвучно шевеля губами во сне.

Стас подошел к другой двери, тоже не запертой. В камере под стеной храпел, свесив голову на грудь, Яков Мирославович. Присев рядом, Стас толкнул начмеда, тряхнул за плечо — не помогло. Тогда он несколько раз ударил Якова по щекам.

— Куда повели аномалов? Отвечайте! — крикнул он и влепил пощечину посильнее.

Яков пошевелился, неразборчиво забормотал, веки дрогнули, но глаза так и не открылись. В коридоре раздались быстрые тихие шаги. Стоя на коленях, выставив перед собой трубу церебратора, Стас выглянул — и встретился взглядом с Горбоносом. Следом за прапорщиком спешили двое бойцов, вооруженных пистолетами-автоматами.

Наверное, в охранном центре, куда сходятся сигналы с видеокамер наблюдения, подняли тревогу. Горбонос, узнав Стаса, очень удивился, сбился с шага, но тут же пришел в себя и заорал:

— На пол, руки за голову!

Стас вдавил гашетку на рукояти устройства, включенного заранее, еще в гараже. Дальность действия была выставлена на семь метров — расстояние, на котором должна была возникнуть флуктуация, регулировалось отдельным верньером.

За две секунды Горбонос успел рвануться вперед, крикнув бойцам: «Не стрелять в аномала!» А потом за спинами охранников в глубине коридора полыхнуло синим. Воздух ударил туда, будто втянутый гигантской пастью. Горбоноса, уже опускающего приклад на голову Стаса, качнуло назад, приклад смазал по лицу, разбил нос.

Задняя часть коридора провалилась. За спинами касовцев сильно накренился пол, камуфляжные посыпались туда. С треснувшего потолка полетели обломки. Потемнело, погасли все лампы, сквозь треск и грохот едва прорывался мат Горбоноса, покатившегося вслед за остальными.

Заработало аварийное освещение — красный, неприятный, пульсирующий свет.

По лицу текла кровь. Слизывая ее с губы, Стас прищурился. В дальнем конце коридора возник пролом, где исчезли охранники. Перекрытие, служившее полом для коридора и камер, сильно накренилось в ту сторону.

Он глянул на датчик, показывающий силу флуктуации — 0,88, почти максимум. Но ведь Стас в последний раз вроде ставил его на 0,30?.. Хотя потом дважды или трижды менял настройку, не зная, какая мощность может понадобиться в ближайшее время.

Часто поглядывая в сторону пролома, он перевел мощность на 0,50, затем, подумав, на 0,30. А то слишком уж круто вышло, да и зеленый столбик датчика заряда опустился почти на сантиметр. Рукавом несколько раз вытер кровь, но она текла и текла.

Раздалось невнятное бормотание, Стас оглянулся — Яков стоял на четвереньках и качал головой.

— Где аномалы? — Стас схватил начмеда за плечо и сильно тряхнул. — Ну?!

Яков Мирославович наконец разлепил веки — глаза были мутные, взгляд не фокусировался. Начмед просипел что-то невнятное, сглотнул, снова попытался выдавить из себя слова, но как ни кривил губы, не мог произнести ничего членораздельного. Так и не ответив, он поник, веки сомкнулись, и голова свесилась.

— Да говори же!

Но Яков уже спал. Стас выпустил его, и начмед, завалившись на бок, растянулся на накренившемся полу.

Выбравшись в коридор, Стас медленно двинулся под уклон. Красный свет выхватывал из мрака изломанные поверхности, повсюду лежали густые тени.

Сзади доносились приглушенные стоны, что-то осыпалось, стучали падающие камешки, в глубоком проломе ворочались, матерясь, раненые касовцы.

Он почти достиг двери на лестницу, когда тени слева шевельнулись. Подсвеченный красным коридор дрогнул, сбоку что-то сместилось. Верхний, зримый слой реальности будто истлел, обнажив нечто странное, спрятанное за ним, — жутковатую, пугающую подкладку мира... И вдруг оттуда к Стасу шагнул человек.

— Борька!

За руку он вел Алену.

Опустив церебратор, Стас шагнул к нему, они обнялись, но Боря сразу отстранился. Алена улыбнулась. Выглядела она очень сонной и заторможенной.

— Что с ней? — спросил Стас.

— Она теперь почти все время спит.

А вот Воин был такой же, как всегда. Одет не в серую пижаму, как Фея, а в черные спортивные штаны и майку, на ногах — легкие кеды. Спокойный, собранный...

— Нам срочно надо вниз, в место под названием «Глубь», — сказал Боря. — Сначала нужно попасть в центральный ствол, я попробовал прорваться, но вокруг полутораметровые стены, моей силы не хватает. В двери — какая-то гадость, вольфрам, кажется, и что-то еще, сквозь нее тоже не могу. Что здесь произошло? — Воин оглядел накренившийся коридор.

— Работа этой штуки, — Стас хлопнул по устройству, висящему на плече.

— Что это такое?

— Называется «церебратор», и он... Слушай, долго объяснять, не до того сейчас. Где остальные?

— Внизу. Там Жрец, он собирается сделать что-то очень плохое. Я не знаю точно... Пошли, я расскажу по дороге. Ну же, быстрее!

* * *

Ее звали Светочка, и ей было пять, когда мама с папой, геологи и туристы, взяли дочку в первый поход — на Ладожское озеро. На косе, где решили разбить лагерь, девочка занервничала, но родители решили, что это из-за смены обстановки и обилия новых впечатлений. Пока ставили палатку, она собирала чернику на краю полянки... а потом исчезла. Родители искали ее в лесу, обошли всю косу и уже решили, что ребенок утонул, хотя вода в озере холодная, а песчаный берег пологий; совершенно непонятно, зачем Светочка полезла бы в воду, и ведь случайно свалиться она не могла, нигде никакого обрыва... Но потом папа в поисках мобильного телефона заглянул в палатку — и обнаружил там спящую дочку.

Как она попала туда, когда успела зайти незамеченной, как смогла закрыть молнию под герметичным клапаном? Светочка спала, свернувшись калачиком, даже не сняв сапожки. Папа схватил ее, потряс, крикнув жене, чтобы бежала сюда. Дочка заморгала, открыла сонные глазки... и папа с криком выронил ее.

Девочка тоже закричала. Глаза у нее потемнели, хотя раньше были светло-голубыми. И еще Светочка не узнала своих родителей. Она не помнила и боялась их, она не помнила себя, своего имени, она не помнила ничего.

Потом было много всего. И дикие показания энцефалографов, и кошмарные видения, возникающие у некоторых людей в присутствии странной Сущности, в которую превратился ребенок, и допросы родителей людьми из недавно сформированной секретной спецслужбы, истерики матери и угрозы отца «все рассказать прессе»... и их смерть в автокатастрофе на пригородной трассе.

Вот уже два года Сущность была заключена внутри бункера-полусферы под нижним горизонтом КАСа.

...Иван Титор знал: надо действовать прямо сейчас, еще немного — и станет поздно. На него, стоящего в центре Тамбура, никто не глядел. Дверь в Смотровую была справа, в Детскую — прямо перед ним.

Наблюдатель и Дина, которая через пульт дала команду сегментам бункера опуститься, негромко переговаривались в Смотровой.

Амазонка, Шут и Тьма стояли лицами к стене между дверей, за их спинами застыли Василий и Гера, оба — с дубинками в руках.

Жрец повернулся к опускающемуся треугольному сегменту. Позади него, немного левее, находился Виталик, как и остальные оперативники, готовый вломить подопечному дубинкой. Виталик раньше служил в охране ИТК усиленного режима и «вламывать» умел будь здоров.

Все очень просто: пуля в затылок Жреца, а потом, если получится, — Амазонки, Шута и Тьмы. Жаль, что здесь нет Мага, Воина, Феи. Хотя пистолет шестизарядный, на всех пуль не хватило бы.

Титор ведь давно хотел это сделать. Убить аномалов. Он ощущал в них угрозу для всех... да и попросту боялся. Теперь есть шанс избавить человечество хотя бы от четверых.

Он присел, вздернув левую штанину, чтобы выхватить пистолет.

— Начинайте! — с криком Жрец прыгнул вперед.

И Амазонка начала. Шут еще только поворачивался (и одновременно дубинка Геры опускалась на его затылок), когда она, упав на колени, развернулась и вскинула руки ладонями вперед. И громко выдохнула, словно при сильном карате-ударе: «Ха!!!»

Силуэт стоящего ближе всех Василия смазался — он задергался весь, затряслась голова, руки, ноги, торс заходил ходуном. Глазные яблоки вылезли из орбит, в волосах заискрилось, и он рухнул на пол.

Дубинка Геры ударила Шута по плечу. Амазонка повела в сторону ладонью. Со сдавленным воплем оперативник отскочил и свалился на спину, содрогаясь, будто эпилептик.

Гера с матом прыгнул в Детскую за Жрецом. Титор как раз вскинул пистолет, но массивное тело оперативника перекрыло линию огня.

— Дина — поднять заслонку! — взревел Титор, переводя оружие на Амазонку.

Ее ладони обратились к нему.

Ивана пару раз било током — обычным бытовым «двести двадцать» — но тут было кое-что похуже. Продрало от макушки до пяток, зубы застучали как кастаньеты, глаза судорожно заморгали сами собой, мир превратился в череду вспышек и мгновений тьмы. Рука с такой силой стиснула рукоять пистолета, что казалось, еще немного — и сплющит ее. Указательный палец вдавил спусковой крючок и разжаться уже не смог.

«Star PD» выстрелил, пуля выбила облачко цементной крошки из стены возле головы Амазонки. Ее глаза сверкнули, и Титор упал на бок, дергаясь.

В Смотровой что-то всполошенно басил Наблюдатель. Треугольная дверь поднималась.

— Шут! — крикнула Амазонка.

Громко сопя и потирая плечо, по которому получил дубинкой, толстяк перемахнул через тела оперативников. Встал в дверях Смотровой, поднял перед собой руки и взревел, как раненый буйвол.

Передний ряд кресел сорвало с креплений, они пронеслись вдоль помещения, сшибли с ног склонившуюся над пультом Дину, опрокинули Наблюдателя. Шут отступил, зажмурившись, согнул руки в локтях — и резко подался вперед, выставив ладони перед собой, словно толкал что-то тяжелое. С десяток кресел и два человеческих тела вдавило в дальнюю стену, превратив в бесформенную кучу. Руки Шута опустились, он открыл глаза и попятился. Увидев, что произошло в Смотровой, крикнул с безумной радостью:

— Ну, я даю!

Груда из обломков кресел с хрустом и треском осела, когда Шут перестал давить на нее. Между искореженными подлокотниками торчала нога Дины в туфле со сломанным каблуком. Нога слабо дергалась.

Титор почти вырубился, когда его схватили. Несколько раз ударили по голове, потащили куда-то. Потом ему показалось, что все вокруг дрогнуло, словно где-то в глубине здания произошел обвал, донеслось удивленное восклицание Шута... А может, это были глюки — чувствовал он себя совсем хреново. Из мозга словно выпарили всю жидкость, превратив его в шар спрессованного пепла и трухи.

Более-менее очнулся он только сидя возле Дины в кресле второго, не пострадавшего от удара Шута, ряда. Из карманов оперативников аномалы достали пластиковые наручники и приковали обоих касовцев к подлокотникам. Под стеной в груде обломков валялся Наблюдатель — большая часть тела завалена, но Титор видел голову, приоткрытый окровавленный рот с раскрошенными зубами и стеклянные глаза.

У него самого перед глазами двоилось, да к тому же текли слезы. Пришлось несколько раз моргнуть, потом с силой зажмуриться, чтобы отчетливее видеть окружающее.

Амазонка стояла слева от экрана, спиной к двери и вполоборота к Титору, а Шут — справа, возле груды обломков и мертвого Наблюдателя. Тьмы не видно — должно быть, осталась в Тамбуре.

Экран исправно отображал происходящее в Детской. Сущность оставалась в той же позе и, кажется, вообще не замечала ничего вокруг. Бункер и правда был оформлен под детскую комнату — кроватка, веселенькие обои, шкаф с игрушками, маленький пластиковый столик, стульчики, грифельная доска с разноцветными мелками. По полу разбросаны куклы и плюшевые звери.

А еще у шкафа стояла капельница. Титор почти не бывал здесь, но со слов Гринберга и Якова знал: иногда в Сущности пробуждается частичка ребенка, которым она была когда-то, и она принимается играть или рисовать, вот только делает это с пугающей механической отчужденностью. Как правило, такие занятия заканчиваются истерикой, после которой она снова впадает в транс. А картинки... Лучше бы она не рисовала их. Сейчас на доске висела одна из работ, выполненная одновременно и очень по-детски, и с такими деталями, которые не может воссоздать нормальный ребенок: что-то вроде красной галактики, похожей на глаз, даже с подобием зрачка в центре, и в зрачок этот, будто в яму или в око смерча, со всех сторон летят тела, причем по большей части — расчлененные. Десятки искаженных лиц, конечности, вороха тщательно прорисованных внутренностей...

Девочка сидела посреди разбросанных игрушек и качалась взад-вперед. Раньше она носила другой псевдоним, «Усилитель», сменили его недавно. В этом и заключался дар Сущности — она неимоверно усиливала возможности других аномалов, причем, судя по всему, несознательно, на психофизиологическом уровне, так же рефлекторно, как люди дышат.

В Детской было полутемно. Жрец стоял спиной к экрану, сложив руки на груди, рассматривал что-то. Попятился, шагнул в сторону и повернулся, скупо улыбаясь. Стала видна подставка между капельницей и шкафом, с большой цветной фотографией премьера, который в синей рубашке с коротким рукавом сидел, кажется, на кухне, положив руки на стол. Перед ним была вазочка с сушками. Он улыбается — мило, тепло, по-домашнему.

— Это, — заговорил Жрец, показав на фотографию, и голос его зазвучал в Смотровой через скрытые динамики, — я и должен был заслать в головы людей?

Дина зашевелилась в кресле, качнула окровавленной головой и хрипло спросила:

— Чего ты хочешь, Жрец?

— Вождь, — поправил тот. — Теперь называйте меня так. То, что я хочу, я сейчас и сделаю, вам останется только наблюдать. Жаль, что остальные погибли, хотелось бы... больше зрителей. Хотя это не очень важно. Вы знаете, в месте, где мы скрывались, жили двое стариков. Экспериментируя с пси-волной, я наслал ее на старуху. Та залезла на крышу и прыгнула головой вниз на поленницу. Убилась насмерть. А дед как-то понял, что виноват я, наверное, его зацепило краем волны, и он догадался, где источник... затаил злобу. Неважно, теперь мне просто хочется, чтобы вы посмотрели на это.

Жрец щелкнул пальцами. Только сейчас, когда зрение прояснилось, Титор понял, что аномал, хотя пытается бодриться, чувствует себя в такой близи от Сущности не слишком хорошо. На лице его поблескивал пот, а руки Жрец сложил на груди, чтобы не дрожали. Но когда поднял одну, стало видно, что она трясется.

Слева из тени под стеной бункера выбрел, шатаясь, Виталик. В каждом шаге, в каждом движении оперативника было напряжение, лицо искажено, глаза вращались. Он неразборчиво мычал. Виталик шел не по своей воле — пытался сопротивляться, но его тянули, как марионетку, заставляя переставлять ноги. Титор понял: он под контролем. Жрец целиком владеет им, это не оперативник, это он переставляет чужие ноги.

— Хочу, чтобы вы посмотрели, — продолжал Жрец. — Сейчас этот человек хочет освободиться. А сейчас...

Что-то произошло в Детской. Незримое возмущение колыхнулось между Жрецом и Сущностью, сидящей посреди разбросанных игрушек. Девочка закачалась быстрее. Аномал резко и глубоко, со свистом, втянул в себя воздух...

И в этот же миг он «отпустил» Виталика — оперативник качнулся, едва не упал. Разъяренно повернулся к аномалу, сжал кулаки... и сразу разжал.

Потом он закричал.

Это был самый страшный крик из всех, что слышал Иван Титор в своей жизни. Грубое, невыразительное лицо Виталика исказилось смертельным ужасом. Казалось, он вдруг заглянул внутрь самого себя — и увидел там адскую бездну. Оперативник глянул в одну сторону, в другую и бросился к стене бункера, как бык на тореадора, нагнув голову.

Дина, тихо вскрикнув, отвернулась, но Титор не отвел глаз. Виталик врезался в стену и свалился на пол. Встал на колени — и принялся биться лбом, откидываясь назад и резко наклоняясь вперед. Раз, второй, третий, четвертый... Глухой стук доносился из динамиков. Оперативника хватило на шесть ударов, потом треснула кость, он упал.

И больше не шевелился.

Все замерли, только Сущность быстро раскачивалась. Вдруг девочка встала, подойдя к Жрецу, попыталась взять его за руку. В первый миг он потрясенно отпрянул, потом оттолкнул ее. Она попятилась, повернувшись к нему спиной, ссутулилась и застыла маленьким странным изваянием.

— Артур, э, Жрец... — подал голос Шут. Он был бледен и старался не смотреть на тело с разбитой головой, лежащее у стены бункера. — Слушай, а ты уверен... Ну, зачем так? Как-то это слишком. Что, все люди на кучу километров вокруг — головой об стену или из окна прыгнут? И дети? Зачем это?

— Зачем? — переспросил Жрец. — А чего ты хотел, Шут? Как думаешь, какое будущее нас ждет? Мы — уроды, уроды в стране нормальных людей... то есть простых, очень простых, обычных людей. Мы во враждебной среде обитания, понимаешь? Что, по-твоему, надо сделать?

— Я не знаю, — развел руками толстяк.

— Мы должны изменить ее, изменить среду, чтобы она стала дружественной к нам.

— Но не так ведь...

— Именно так! — Жрец рубанул воздух ладонью. — Заткнись и просто делай, что я тебе...

Слева раздался выстрел. Титор, который все это время незаметно дергал руками, стараясь расшатать подлокотники кресла, услышал звук сквозь раскрытую дверь Тамбура — и одновременно увидел последствия выстрела на мониторе. Пуля ударила Жреца в плечо, он едва не упал, оступился.

— Ксюха! — крикнул Жрец.

— Артур! — Амазонка бросилась к двери.

В голове Титора лихорадочно заметались мысли. В Тамбуре осталась Тьма, стреляла она из его пистолета, значит, ведущая в Детскую треугольная дверь все еще опущена...

Из Тамбура донесся звук удара, вскрик, еще один удар. Жрец исчез из поля зрения — пошел ко входу в бункер. Сущность не шевелилась. Титор рванулся что было сил, кресло затрещало, но выдержало.

— Эй, а ну замри! — крикнул Шут, прыгнув к нему, и поднял руку, словно собирался толкнуть, как до того сделал со всем первым рядом кресел. Титор знал: аномал не способен двигать органику, но он вполне мог сорвать кресло с креплений в полу и вместе с человеком швырнуть о стену.

— Шут... Михаил, ты же видишь, он сошел с ума! — быстро заговорила Дина. — Совсем свихнулся, останови его!

— Помоги нам освободиться, — добавил Титор. — Пока они там, сними наручники.

Толстяк неуверенно смотрел на них, закусив губу. И тут все вокруг с грохотом содрогнулось. Ряд кресел отклонился назад, через экран поползла трещина. Синие отблески заметались по Смотровой, а возле Титора на пол рухнул большой кусок перекрытия. Голову осыпала цементная крошка, вскрикнула Дина.

Кто-то спрыгнул из пролома, образовавшегося в потолке.

— Борька! — изумился Шут.

Он вскинул обе руки — с пола взлетел острый кусок бетона, но Воин уже исчез. Колыхнулись тени — и его просто не стало на прежнем месте.

И тут же Воин возник опять, сбоку от Шута, и врезал толстяку кулаком в подбородок.

* * *

Когда раненый Жрец вбежал в Тамбур, Амазонка еще била Тьму, скорчившуюся у стены. Он успел заметить, как ребро ладони опускается Тьме на плечо, потом как кулак врезается под ребра, и крикнул:

— Стой, хватит!

Амазонка сразу выпрямилась, шагнула назад. Ноздри ее раздувались, обычно спокойное лицо пылало от гнева — Яна только что едва не застрелила ее Артура! Несмотря на боль в плече и злость, он криво улыбнулся ей. В конце концов, такая преданность тешит самолюбие любого мужчины.

Из разбитых губ Тьмы текла кровь, одну руку она неловко подвернула под себя, а другой пыталась дотянуться до отлетевшего в сторону пистолета.

— Ты... вы все — звери! — выдохнула она в лицо наклонившегося к ней Жреца, и он понял, что девчонка опять стала той, прежней Яной, какой была до события на Косе Смерти. — Уроды! А ты — самый главный урод, Артурчик! Не зря я всегда тебя козлом считала!

— Ну и дура, — пожал он плечами, и тогда она плюнула кровью ему в лицо.

Жрец в ответ ударил Яну по щеке — тыльной стороной ладони, сильно, так что привставшая девушка растянулась на полу. Бил Жрец левой рукой, но боль все равно пронзила раненое правое плечо.

Когда он выпрямился, Амазонка сказала:

— Надо заняться раной.

— Потом, — возразил он, — сначала закончим дело. Ты знаешь, боль обостряет восприятие. Она поможет мне создать более интенсивную волну...

Его слова заглушил грохот. Дрогнули и Тамбур, и Смотровая, тяжело скрипнули сегменты бункера. Пелена серой пыли затянула дверь в Смотровую. Сверху в ней скользнул силуэт — Жрец ждал этого человека и поэтому узнал сразу.

— Воин! — крикнул он Амазонке. — Убей его!

— Но он может... — начала она.

— Я заглушу его дар! Пистолет... Застрели или убей руками.

Подхватив с пола пистолет, Амазонка прыгнула в проем. Жрец, преодолевая сильную боль в плече, схватил сопротивляющуюся Тьму, поставил на колени, развернул лицом к двери. Еще в Новошепеличах он научился стимулировать ее дар, направляя его не круговой волной, которая глушила и собственные способности Артура, но лучом — и теперь направил этот луч на Воина.

Тьма закричала и, всхлипнув, потеряла сознание, но Жрец продолжал удерживать ее в той же позе.

Серая пелена в Смотровой оседала. Грохнул выстрел, второй. Бросив Тьму на пол, Жрец поспешил обратно в Детскую — что бы ни случилось, он собирался довести задуманное до конца.

***

Стас присел, заглядывая в пролом, созданный гравитационной флуктуацией. Алену они с Борей оставили в коридоре, по которому подошли к центральному стволу (она просто села у стены, улыбнулась им, прикрыла глаза и, кажется, тут же заснула).

Увидев сквозь пролом, как прямо под ним Борис ударом кулака сшибает с ног Мишку, Стас спустил ноги, приготовившись прыгнуть. Церебратор на боку мешал. Внизу раздался выстрел, второй. Стас увидел в дверном проеме Ксюху с поднятым пистолетом.

И вдруг уши его будто зажали сильные ладони. Возникло то же ощущение, что уже посещало в Новошепеличах, когда Артур экспериментировал с даром Яны.

Ксюха выстрелила еще раз, и голова Бори, больше не способного мгновенно сместиться с линии огня, взорвалась кровью.

Прижав церебратор локтем к боку, Стас начал соскальзывать вниз, когда раздался тяжелый скрип и в поле зрения возник Иван Титор — он шагнул на полусогнутых ногах откуда-то сбоку, сильно нагибаясь вперед. К его спине и заду словно прилипло кресло. С хриплым криком Титор бросился на Ксюху, и тогда Стас спрыгнул.

***

Иван врезался в повернувшуюся к нему Амазонку, ударив головой в плечо, сбил с ног и рухнул сверху. Она пнула его коленом в живот. Кресло наконец не выдержало — с треском разломилось за спиной распрямившегося Титора. Встав на колени, он нанес несколько тяжелых, вязких ударов. Амазонка пыталась защититься, но он просто сломал ее блоки. Четвертый удар большого кулака пришелся в голову, пятый — в грудь. Что-то тихо хрустнуло, девушка взвизгнула. Схватив упавший пистолет, Иван вскочил и ринулся к двери Тамбура. Он считал выстрелы и знал — остался один патрон.

* * *

Вбежав в Детскую, Артур налетел на Сущность, развернул девочку лицом к себе и опрокинул на колени. Опустившись сам, схватил за плечи и уставился в бездонные, черные, нечеловеческие глаза.

Круговая волна аномальной энергии покатилась от них.

* * *

Титор перескочил через пытающуюся встать Яну и прыгнул к треугольной двери. Что-то рванулось навстречу ему, хлынув в проем, — жгучая, яростная волна... Иван Степанович Титор внезапно осознал весь ужас своего существования, всю свою мерзость, вспомнил боль, которую причинил другим. Бесполезно, все бесполезно! Зачем он живет, какое право имеет жить — после всего, что совершил? Но главное — смысл, для чего жить?!! Это надо прекратить, прямо сейчас! Рука с пистолетом взметнулась...

Но почти утонув в океане ненависти к себе, краешком сознания Иван Титор еще понимал, что происходит, и палец нажал на спусковой крючок за секунду до того, как ствол уперся ему в лоб. То есть в тот самый миг, когда пистолет был нацелен на Жреца.

Пуля попала в спину между лопаток. Ахнув, Жрец завалился вперед, но Сущность с неожиданной силой отпихнула его. Пальцы соскользнули с узеньких детских плеч. Жрец качнулся назад, но отвел руку за спину и уперся в пол. Девочка выпрямилась, продолжая всматриваться в его глаза, толкнула, и Жрец мягко завалился на бок. Тогда она отошла подальше, села, поджав ноги, и неподвижным взглядом уставилась на тело перед собой.

* * *

— Яна! — Вбежав в Тамбур, Стас сразу подскочил к ней и попытался поднять. — Что случилось?!

— Сюда! — Вцепившись в него, чтобы не упасть, она шагнула к треугольному проему, в котором, держась за края обеими руками, стоял Иван Титор. — Жрец хочет всех поубивать, надо его остановить!

Их толкнули так, что оба упали, причем Стас свалился на Яну, и она охнула под его весом. Мимо пронеслась Ксюха. Титор начал поворачиваться, получил удар в горло и свалился в проеме. Ксюха перескочила через него, увидела лежащего в луже крови Артура, бросилась к нему. Перевернула на спину, заглянула в лицо. Артур слабо шевелил губами, пытаясь что-то сказать.

Титор медленно сел, держась за горло. Удар пришелся в кадык, Иван едва дышал, каждый вдох и выдох сопровождала острая боль. Привалившись спиной к косяку, он увидел Мага с Тьмой, вставших над ним.

Амазонка в центре Детской вскинула голову. Лицо ее стало маской ненависти, глаза пылали. Жрец, лежащий затылком на ее коленях, не шевелился. Она подняла руку, обратив ладонь к Титору и двум аномалам в треугольном проеме.

И тогда Стас вдавил гашетку на рукояти церебратора.

Один датчик показывал «0,98», на втором была цифра «7».

Примерно столько и отделяло его от Ксюхи с Артуром — и по истечении двух секунд гравитационная флуктуация сформировалась на уровне пола прямо под ними.

На участке в пару метров сверхпрочная плита, усиленная сеткой из вольфрамового сплава, превратилась в труху. Локальное искривление гравитационного поля сломало, размозжило, искромсало тела двух аномалов, которые булькающим красным супом, наполненным цементной крошкой, пролились вниз.

— Пусти меня! — сказала Яна. — Там ребенок, пусти...

Шагнув в бункер, она обежала пролом. Схватила сидящую позади него девочку на руки и поспешила обратно. Стас попятился, глядя на Титора. Тот все еще держался за горло. Мысли в голове Ивана путались, искусственно созданная ненависть к себе схлынула, но все еще не исчезла полностью, хотя становилась все слабее... Дышалось немного легче, но Титор знал: в ближайшие минуты боец из него никакой. А запасного магазина к пистолету нет.

Из Смотровой появились Мишка с Борисом — первый придерживал второго, шатающегося, за плечи. Пуля оставила на голове Бори кровавый пробор, сбрив волосы вместе с кожей, но кость не пробила.

— Как нам выйти отсюда? — спросил Стас у Титора. Тот молчал, и он повысил голос. — На этой двери кодовый замок — какой шифр? Мы все равно вылезем в пролом, но это дольше. Говори код, иначе...

Он направил на Титора трубу церебратора. Иван подобрал ноги, чтобы Яна, с трудом удерживающая малышку, смогла выйти из бункера. Иван уже видел, на что способна эта штука в руках Мага. Погибнуть теперь, когда Жрец мертв и самого Титора вряд ли смогут обвинить в преднамеренном убийстве, максимум — в нарушении пункта служебной инструкции, касающегося проноса огнестрельного оружия в «Глубь»... Нет, сейчас погибнуть было бы попросту глупо.

Мучительно сглатывая и запинаясь, держась за горло, он назвал цифры. Яна первая подошла к двери, стала набирать их, поставив девочку на пол и крепко держа за руку.

— Я на самом деле против Жреца был! — частил Мишка, прислоняя Бориса, по лицу и вискам которого текла кровь, к стене. — Правду говорю, я ж не знал, что он учудить собирается. То есть сначала — за него, я ему помогал, но... Блин, да он же сказал: нас хотят убить, нужно бороться! Откуда мне было знать, что он затеет вот такое?! Он говорил, что хочет как бы подчинить всех, ну, типа, заставить полюбить аномалов... Нет, правда, Борька, не брешу!

— Заткнись, — бросил тот, и Мишка с готовностью заткнулся. — Стас, где Артур с Ксюхой?

— Их больше нет, — ответил он.

Яна закончила набирать код, и дверь на лестницу, ведущую вверх по стволу, поползла вбок.

В Смотровой зашевелилась, застонала Дина, лежащая на полу вместе с перевернутым креслом. Яна с девочкой, за ней — Мишка, Борис и, последним, Стас вышли на лестницу. Когда он был уже в дверях, сзади раздался голос:

— Спрячьте ее.

Стас обернулся. Иван Титор пытался встать, медленно распрямляя ноги и упираясь спиной в край проема, одной рукой он все еще держался за горло, другую прижал к верхней части груди.

— Этого ребенка. Унесите, спрячьте подальше. Чтобы не нашли. Правительство, ученые — никто. Спрячьте, а лучше убейте.

Ничего не сказав, Стас направился вверх по лестнице. Голоса остальных доносились до него. Вдруг Яна вскрикнула, потом заголосил и быстро смолк Мишка.

— Что там?! — Он рванулся по ступеням, выставив перед собой церебратор.

Достигнув коридора, где они с Борей оставили Алену, резко остановился.

Друзья столпились возле выхода с лестницы, а на другом конце коридора находились шестеро бледных мужчин в одинаковых темных комбинезонах, коротких куртках и черных шерстяных шапочках. Двое опустились на одно колено под стеной справа, двое — слева, двое стояли впереди. Один из них, самый старый в отряде, с морщинистым угрюмым лицом, держал в руках небольшой пистолет-пулемет, как и бойцы за его спиной. Какое-то импортное оружие, Стас не знал, что это за модель.

У второго, стоявшего впереди, рядом с угрюмым, был черный пистолет с глушителем. Лицо — серьезное, с правильными, как у манекена, чертами — ничего не выражало. Стас узнал его: помощник Ивана Титора, хотя ни имени, ни фамилии этого человека он никогда не слышал.

«Манекен» прижимал к себе Алену, глушитель упирался ей в висок.

Когда Стас появился в коридоре, он заканчивал говорить:

— ...можем просто застрелить всех.

Стас побыстрее шагнул вперед между Мишкой и Яной, высоко подняв церебратор, громко сказал:

— Ты знаешь, что это. Он включен, и у меня палец на гашетке. Мощности хватит на максимальный разряд.

— Стас, они хотят забрать эту девочку, — сказала Яна.

— Сущность? — удивился он. — Но...

И понял. У всякого дара есть свои ограничения. Есть они и у Медузы. Егерь упоминал, что Человек-Корпорация состоит примерно из полутысячи тел... Наверное, больше он просто не способен контролировать. Но если Сущность усилит его дар — Медуза получит возможность разрастись, быть может, до размеров всего человечества.

Или все-таки нет?

— А ты уверен, что справишься с этим? — спросил Стас. — С такой сложной сетью? Представь связи, которые возникнут... Можешь сойти с ума.

Голосом «манекена» с пистолетом Медуза ответил мгновенно:

— Я рискну.

— О чем ты говоришь, Капитан? — спросила Яна.

Борис, прижимающий к голове свою майку, повернул залитое кровью лицо.

— Ты з-наешь эт-тих людей? — Голос его плыл, становясь то громче, то тише, а еще он заикался — такое бывает при сотрясении мозга.

— Вроде того, — сказал Стас, не сводя трубы церебратора с группы отростков в коридоре. — Вернее, не «этих людей», а «этого аномала». Он и дал мне штуку, которая у меня в руках.

— Но для чего им девочка? — Яна крепко прижимала к себе Сущность. — Я ее не отдам!

— Так он же убьет Аленку! — выпалил Мишка. — Ты этого хочешь, что ли?

— Не хочу!

— Ну, отпусти ребенка, и все тут!

— Нет!

Человек с лицом манекена заговорил вновь:

— Я кратко опишу ситуацию и перспективы. Как только Маг задействует церебратор, эти тела начнут стрелять. У них будет около двух секунд, за это время все вы будете убиты либо тяжело ранены. Затем в результате разрушения, вызванного гравитационной флуктуацией, тела погибнут, но, возможно, не все. Если какие-то из них останутся живы и если останется в живых Сущность, что более чем вероятно, поскольку в нее стрелять не будут, то выжившие добьют вас, возьмут Сущность и уйдут. Охрана здания нейтрализована, никто не помешает. Если же все присутствующие здесь тела будут уничтожены флуктуацией, то Сущность не достанется никому, но вам от этого лучше не станет. Теперь решайте, как поступить.

Алена, которую «манекен» прижимал к себе, стояла молча. Лицо ее оставалось сонным, глаза были полуприкрыты.

— Но есть и другой вариант? — предположил Стас.

— Вы отпускаете Сущность, я отпускаю Фею. Она идет к вам, Сущность идет сюда. Потом мы расходимся. Было бы неплохо, если бы ты положил церебратор...

— Нет.

— Все равно его мощности надолго не хватит, а в устройстве вы разобраться не сможете.

— Он останется у меня.

— Хорошо, — мгновенно согласился «манекен». — Пока что здесь тихо, шум внутри здания никто не слышал, но произошло аварийное отключение энергии. Точно неизвестно, куда поступил сигнал об этом, я не могу рисковать и ждать долго. Я считаю до десяти, потом тела открывают огонь. Раз...

— Они убьют нас, — сказал Мишка. — Вы чего молчите? Да хрен с ней, с этой девчонкой... Не, я понимаю, ребенок, жалко, но — вы видели, какое у нее лицо? Глаза? Да она не человек давно! Эй! — Он беспокоился все больше. — Блин, да вы охренели все?! Они убьют Аленку, потом нас! Стас, Боря! Скажите ей, чтобы... — Он шагнул к Яне, но Борис молча толкнул его назад.

— Яна... — начал Стас.

Она колебалась еще несколько секунд, пока «манекен» не досчитал до восьми, а тогда молча отстранила от себя девочку. Наклонившись, заглянула в черные глаза и повернула спиной к себе.

С того самого момента, как Яна привела ребенка в Тамбур, Стаса непрерывно трясло. Ноги дрожали, а взбегая по лестнице, он едва не упал. Все чувства, эмоции, все текучие образы и чехарда мыслей, переполняющие, как правило, головы людей, проникали в его сознание — пришедшие от Мишки, Бориса, Яны... Даже от Алены, которая замерла в руках «манекена», что-то доносилось. Стас изо всех сил старался не подать виду, но хорошо понимал: он не сможет долго находиться рядом с этим ребенком, его просто раздавит чужой ментальностью.

Яна слегка подтолкнула девочку в спину, и одновременно «манекен» отпустил Алену.

— Иди сюда! — позвал Мишка.

Фея направилась к ним. Девочка сделала несколько шагов и вдруг опустилась на пол, поджав ноги. И стала раскачиваться.

Алена прошла мимо нее, грустно улыбаясь.

Отросток с морщинистым лицом, стоящий рядом с «манекеном», мягко скользнул вперед, взял девочку на руки и попятился.

Это был Егерь — Стас узнал его, как только очутился в коридоре. Взгляд бывшего охотника Пси-Фронта изменился, стал отрешенным, расфокусированным, на Стаса он обращал внимания не больше, чем на остальных аномалов.

Церебратор по-прежнему был направлен на отростков. Как только Егерь достиг места, где находился «манекен», стоящие на коленях тела выпрямились. Все они пятились, лишь «манекен» повернулся спиной к аномалам — Медузе нужна была хоть одна пара глаз, которой он видел бы заднюю часть коридора, чтобы, словно шахматные фигуры, перемещать туда свои тела.

Алена подошла к друзьям, Мишка схватил ее за руку, потянул к себе и смачно поцеловал в щеку. Она улыбнулась ему, потом остальным.

Отростки исчезали в дверях. Предпоследним туда шагнул «манекен», а последним — Егерь с ребенком на руках.

Прежде чем исчезнуть из виду, он скользнул взглядом по Стасу. И что-то мелькнуло в его глазах, на долю секунды там проявилась осмысленность — словно на дне глубокого мутного омута, переполненного чужой волей, шевельнулась спрятавшаяся в иле старая рыба.

А может, Стасу это лишь почудилось.

— К гаражу, — решил он, шагнув вперед. — Сейчас бежим туда. Если этот не соврал и охрана нейтрализована, сможем по-тихому выбраться отсюда. У меня тут неподалеку джип, садимся в него и жмем подальше, нас как раз пятеро, влезем.

— Но куда ехать? — спросила Яна. — Где мы можем спрятаться?

— Тихое место всегда найдется, — уверенно сказал он.

ЭПИЛОГ: РАВНОВЕСИЕ

11 мая, где-то в Южной России

«Патриот» уже примелькался, местные не обращали на него особого внимания. Патрульные, иногда проходящие по главной площади города, как-то проверили у Стаса документы и больше не приставали. Документы эти сделал Мишка, то есть не он сам, а друзья его отца, известного белорусского вора в законе и вот уже девять лет — смотрящего какой-то крупной ИТК. Это они оплачивали обучение единственного сына старого кореша в дорогом российском интернате, и они же помогли Мише с «ксивами», когда тот обратился за помощью.

В общем, тут проблем не было, так что Стас без опасения заезжал в этот небольшой, всего на три с половиной тысячи человек, городок. На центральной площади находился единственный местный компьютерный клуб, совсем занюханный по столичным меркам: семь маломощных машин с тормознутым Интернетом, на которых пацаны рубились в старый «Дум» и «Квейк».

Сидя на скрипучем стуле с банкой пепси в руках, Стас еще раз проглядел PDF-файл, шевеля губами, прочитал текст на английском, в котором не был силен:

«Через область под названием Забайкалье мы с моим провожатым, русским мужчиной по фамилии Синицын, добрались до Каревска. Я слышал, что там произошел необычный случай с близнецами Машей и Витей. Они исчезали и вскоре опять появлялись, но не узнавали никого из тех людей, которых знали раньше. Дети забыли свои имена и все, что было с ними в прошлом. У них быстро выпадали волосы, а глаза меняли цвет. У мальчика странным образом сузились ноздри, а у девочки ногти приобрели темно-зеленый оттенок. Хотя дети проявляли минимальный интерес к окружающему, но старались всегда держаться рядом, а при попытке разлучить их впадали в истерику. Когда местный врач попытался увезти девочку в столицу, оставив мальчика одного, оба ребенка после непродолжительного буйства впали в длительный эпилептический припадок, причем, как было определено позже, произошло это одновременно. В дальнейшем вокруг близнецов происходили небывалые, нелепые и пугающие случаи, некоторые из которых я перечислю ниже».

Решив дочитать остальное позже, Стас закрыл файл. Вытащил флэшку (он никогда не копировал информацию оттуда на клубный компьютер, всегда читал только с нее) и встал.

— Закончил, Станислав? — лениво протянул толстый парень, листающий за столиком администратора журнал под названием «Ужасные случаи и катастрофы», с подзаголовком «Вся правда про экстрасенсов, ведьм, НЛО и гипноз». На цветастой обложке был коллаж из летающей тарелки, пирамиды Хеопса, человека со светящимися глазами, из которых били два луча, и фотографии горящего леса.

— Да, Жора, бывай. — Бросив на стол мятую купюру, Стас направился к двери.

Впервые приехав сюда, он, по своему обыкновению, сразу перезнакомился со всеми — Стас всегда был общительным, имя в новом паспорте стояло прежнее, так что не возникало никаких неловкостей. Ну и новая фамилия, Груздев, его вполне устраивала.

«Патриот» бодро рокотал двигателем, и вскоре городок остался позади. Закончилась асфальтовая дорога, пошла грунтовка, которая быстро превратилась в «колдобинку», как он про себя ее называл. Проехать здесь на чем-либо, кроме полноприводного джипа или вездехода, было невозможно.

Лужи, оставшиеся после ночного дождя, ухабы и выбоины, рощицы, пустырь, болотце, заросшее бурьяном поле, лес... В деревню Малые Гребенки он попал уже за полдень, хотя из клуба выехал, когда не было еще и одиннадцати утра.

Россия — лоскутная страна. Сверкающие неоном города, широкие трассы, ряды фонарей, пестрая реклама, огни высоток, Большой Бизнес и Очень Большая Политика сменяются лесами без конца и края, свалками, заброшенными стройками, дикими деревнями и закрытыми заводами посреди пустырей, напоминающих пейзажи планеты, пережившей техноапокалипсис. Недалеко от какого-нибудь центрального города могут встретиться едва живые поселки, куда доехать можно разве что на тракторе... Примерно к таким и относились Гребенки, где, не считая аномалов, проживало двенадцать человек.

Стас остановил джип возле двухэтажного дома на краю деревни. Его никто не встречал, за домом раздавались приглушенные голоса. Выгрузив немногочисленные покупки из багажника (деньги, выделенные друзьями Мишкиного бати, заканчивались, приходилось экономить), занес их в прохладный дом, положил на стол. Заглянул в дальнюю, полутемную комнату — там на кровати, укрывшись одеялом почти с головой, спала Алена. Стас вернулся на кухню, снял рубашку, скинул сандалии и полез по приставной лестнице к люку в потолке.

Вскоре, закатав джинсы до колен, он лежал на плоской крыше веранды. Снизу доносилось посвистывание Мишки, стук топора, а иногда — тихий хлопок и зудящий свист щепки, пропарывающей воздух. Толстяк научился метать их по-настоящему далеко и сильно, и к тому же более или менее прицельно, а если вместо щепок использовал что-то металлическое, то лупил не хуже, чем настоящей пулей.

Во дворе затрещали ветки, потянуло запахом костра — значит, Мишка решил не разжигать печку. Холода́ давно закончились, не было надобности топить ее каждый вечер. Скорее всего, на ужин ожидается свиной шашлык.

Мясо дала бабка Нюра с другого конца деревни за то, что помогли вспахать огород. Боря тоже принимал в этом участие — последствия сотрясения мозга прошли, хотя шрам на голове до конца так и не зарос и, наверное, не зарастет никогда.

Бабка Нюра подбрасывала еще картоху и прочие овощи в оплату за мелкие работы по дому. Дед Степан делился домашним самогоном, который особливо полюбился Мишке, а одноногий забулдыга Петрович научил ловить рыбу в пруду.

Стас лежал, сонно жмурясь на солнце. Из-за дома донесся скрип колодезного ворота — Яна набирала воду. Зашелестела трава, стукнула дверь дома. Он услышал шаги по крыше веранды, шуршание джинсов — а потом ощутил дыхание на лице. Стало темнее, Стас приоткрыл один глаз. Яна склонилась над ним.

— Все еще спит, — пожаловалась она. — Представляешь? Я посчитала: за эти сутки — уже семнадцать часов. Это же вредно!

— Но Мишка гоняет ее делать зарядку каждый раз, как просыпается. И сам с ней делает. По-моему, она не растолстела за эти месяцы. И пролежней, наверное, нет, а?

— Откуда знаешь насчет пролежней? — хмыкнула Яна.

Стас пожал плечами и прикрыл глаз. Девушка добавила:

— Она стала более странная, чем раньше.

— А по-моему, обычная, — возразил он.

— Да нет же, говорю тебе! Теперь иногда рассказывает такие вещи... Говорит, что видит другие места, понимаешь? Очень чудны́е.

— Ну так это же в снах других людей. Сама знаешь, иногда что-то как приснится.

— Нет-нет, не во снах. Она утверждает, что видит... ну, вроде другие миры. Параллельные, что ли. Может путешествовать по ним, потому что теперь научилась проникать в грезы людей или существ, которые в тех мирах живут.

— Да брось, это она не всерьез.

— Не знаю, не знаю.

Яна замолчала, Стас тоже молчал, ощущая ее беспокойство и желание поделиться чем-то... Наконец она не выдержала:

— А Борька уже может перемещаться на два метра. Даже немного больше. По-моему, он немного отошел от смерти Ксюхи, только стал еще более нелюдимым. Молчит почти все время.

— Почему ему надо было отходить?.. — начал Стас и запнулся.

— Ты что, не знал? — удивилась Яна. — Ну, ты даешь, Капитан! Все вы, мужики... дубы.

— Хочешь сказать, он в нее влюблен был?

— Ну, конечно.

Для Стаса это было неожиданностью, и он не нашелся что сказать.

— А Мишка вчера гвоздь в стену амбара так загнал, что мы его и не нашли, — продолжала она. — Так что его дар тоже растет. А ты? Как у тебя?

Стас знал: собственный дар Яны отличался от других. Не только необычностью — в том смысле, что это был некоторым образом метадар, способный влиять на все остальные, — но еще и тем, что она сама практически не контролировала его. До сих пор лишь Жрецу удалось влиять на способность Тьмы к «подавлению». С момента его гибели дар никак не проявлял себя, не усиливался... Яна просто не умела включать его, задействовать по собственному желанию.

И она, кажется, ревновала. К способности Бори исчезать, мгновенно окутавшись мутными, неприятными с виду тенями, на которые лучше было не смотреть, потому что после этого раскалывалась голова. Исчезать и тут же появляться где-то неподалеку — пока еще неподалеку, но с каждой неделей немного дальше от места исчезновения. Ревновала к снам Алены, к ее нереальным, фантастическим мирам, а еще — к медленно, но неуклонно возрастающим «швырятельным» возможностям Мишки...

Чтобы показать свою солидарность, чтобы Яна не расстраивалась лишний раз, Стас ответил:

— Мой никак не меняется. Даже, кажется, ослаб.

— Да врешь ты.

— Не вру, не вру.

Немного потемнело — Яна склонилась ниже, и он приоткрыл глаза, наблюдая за ней.

— В чем ты и правда изменился — спокойнее стал, — заметила Яна. — Спокойнее и как-то увереннее. Раньше тебя все время бросало то туда, то сюда, а теперь вроде такое... Равновесие, что ли, в тебе. Повзрослел, а?

Вместо ответа он, обхватив ее за шею, притянул к себе и поцеловал. Яна упала ему на грудь, сначала отстранилась, но потом расслабилась, положила руку ему на плечо, а другую запустила в волосы.

Они замерли. Ощущая ее тело на себе, дыхание на шее, легчайшие прикосновения ресниц к виску, Стас вслушивался и вглядывался в ментальный мир. Сознание девушки, как всегда, напоминало небольшое яркое солнышко, искрилось и пело. Мишка... ну, он тоже как обычно. Суета поверхностных мыслей, бодрый, беспричинно-веселый, никакой глубины. Борис, находившийся на заднем дворе, — закрытый глухой подвал, ничего не доносится оттуда. Лишь иногда — смутное шевеление, но не разобрать, чего он хочет, что испытывает. А внизу, в доме, Алена — как река тумана, мерно текущего меж пологих берегов. Текущая в такие дали, каких не узнать ни одному из них, потому что в реальном мире их не бывает...

Еще Стас ощущал сознания нескольких стариков, живущих в округе, в виде блеклых огней. И не только стариков — при желании он мог увидеть мириады этих огней, со всех сторон, безбрежный океан, целую галактику человеческих сознаний. Его дар не ослабевал — усиливался. То есть это Стас усиливал его, тренируя каждый день.

— Ладно, пойду, — сказала Яна. — Обещала Мишке с обедом помочь. И ты подходи, там овощей кучу резать.

Потрепав его по волосам, она встала и ушла.

А Стас остался лежать, лениво щурясь на солнце и припоминая свои разговоры с Мишкой, который много нарассказывал о планах Артура. С мотивами Жреца и с его поступками пришлось разбирались долго. Скорее всего, через Павла Сковороду он узнал о готовящемся контакте с Сущностью, тогда и решил, что воспользуется этим для своей «волны самоубийства». А еще он знал, что Борис постарается его остановить. Кроме того, Жрец, благодаря своему дару, ну и уму, конечно, раньше других осознал, в чем заключаются способности Тьмы. Но в КАСе разобраться со всем происходящим у него не было возможности, и он организовал побег. Отсиделся в тихом месте в Зоне отчуждения, покопался в Интернете, насобирал сведений, все обдумал, потренировал свой дар, набрался сил. Вот только Артуру не удалось прихватить с собой Яну, а она была нужна, чтобы научиться управлять ее способностью и, при необходимости, нейтрализовать Бориса. Поэтому Артур и подослал тогда Мишку к санитару. Ему надо было спешить, ведь до дня запланированного Контакта оставалось всего ничего, и, заполучив Яну, Артур начал эксперименты с ней. Быстро разобрался, как стимулировать ее дар, — и сразу же сдал место нахождения аномалов касовцам, просто отправив письмо с координатами на мейл, который раньше узнал от Паши. Таким образом, Артур опять очутился в КАСе, где, как он понимал, его почти сразу поведут к Сущности — и тогда он смог бы воплотить свой план в жизнь.

То есть на самом деле — не смог.

Стас уселся, обхватив колени руками. Судя по тому, что конец знакомого мира пока не наступил, Человеку-Корпорации не удалось существенно расшириться благодаря дару Сущности. Возможно — пока не удалось. А может, Медузы уже нет, может, он рассыпался, погребенный лавиной новых ментальных связей, затопленный водоворотом ассоциаций, намерений и желаний? Хотя в это Стас не верил. Медуза жив и копит силы, все дальше распространяя психическую паутину своего «Я». Ловит в нее сознания-мушки, запускает в них пси-яд, растворяющий чужие личности, подчиняет себе и превращает в новые узелки, новые элементы ментальной сети.

И однажды аномалы увидят возле дома бледных людей с безличными взглядами, направленными в лицо, но не в глаза.

Стас потянулся и встал. Вокруг были крыши домов, поля и кроны деревьев, а за рощей поблескивала на солнце гладь пруда. Раньше он не выдержал бы в такой глухомани и пары недель, а теперь сам себе удивлялся — ведь уже больше двух месяцев здесь.

Но скоро этому придет конец. Он знал, что пора уезжать, что пришло время отправиться туда, где мириады человеческих сознаний складываются в галактику света.

ОТ АВТОРА

Я должен поблагодарить многих. Прежде всего в этом списке будут создатели сериала «Misfits», а еще Стивен Кинг с его «Воспламеняющей взглядом». Не обойдется и без авторов «Людей-Х», хотя я не читал эти комиксы, а из фильмов мне понравился только последний на данный момент, режиссером которого был тот же чувак, что снял «Пипец».

Отдельно хочу упомянуть Стивена Холла, автора отличного (лучшего, чем «Воспламеняющая взглядом») романа «The Raw Shark Texts», на русский переведенного почему-то как «Дневник голодной акулы», за идею человека-корпорации. Справедливости ради замечу, что подобная же идея присутствовала в одном моем старом романе (только там был «человек-банда»), так что нельзя сказать, что я целиком украл ее. Да и вообще, мысли о человеческом (или уже нечеловеческом?) сознании, управляющем сразу множеством тел, посещали меня давно.

Также в этом списке свое достойное место займет Сергей «Ion» Калинцев, администратор сайта «Литсталкер» и группы «Печатный S.T.A.L.K.E.R.» — просто за то, что он есть на этом свете и озаряет его подобно звезде, готовящейся перейти в состояние сверхновой.

А еще я благодарю Хемуля, Сергея Паскевича и Виктора Шинкаренко — не игровых, а настоящих сталкеров, точнее — самоходов, то есть людей, посещавших Зону отчуждения, ночевавших в ней, хорошо знающих те места и оказавших неоценимую помощь в той части книги, которая касалась Страхолесья, Новошепеличей и окрестностей.

И конечно же список будет неполным без упоминания Алексея Бобла, Сергея Грушко, Виктора Ночкина-Исьемини, Льва Жакова, Виктора Глумова и Джорджа Карлина... Ну куда же без них.

Содержание

ПРОЛОГ: СОБЫТИЕ 6

Часть первая. ДВОЙНОЕ ПРЕСЛЕДОВАНИЕ
Глава 1. ПОБЕГ 20
Глава 2. МИССИЯ ТРЕБУЕТ ЖЕРТВ 39
Глава 3. НА КОРОТКОЙ ДИСТАНЦИИ 64
Глава 4. ПОГОНЯ 97
Глава 5. ГРАНИЦА 118
Глава 6. ВІЛЬНА УКРАЇНА 140
Глава 7. ВСТРЕЧА 155
Глава 8. АНОМАЛЬНАЯ ЗОНА 166

Часть вторая. ТЕНЕВЫЕ СИЛЫ
Глава 1. ГЕОКРИСТАЛЛ 188
Глава 2. ДАР ТЬМЫ 214
Глава 3. КУРАТОР 229
Глава 4. ЗАХВАТ 246
Глава 5. КАС 268
Глава 6. ПСИ-ФРОНТ 287

Часть третья. ПСИ-ВОЛНА
Глава 1. ГОЛОСА 300
Глава 2. ОДИНОКИЙ ВОИН 325
Глава 3. ЧТО-ТО БОЛЬШЕЕ 341
Глава 4. ПРОНИКНОВЕНИЕ 347
Глава 5. ЗОНА БОГА 358
Глава 6. КОНТАКТ 366

ЭПИЛОГ: РАВНОВЕСИЕ 399
ОТ АВТОРА 409

Литературно-художественное издание

Андрей Левицкий

АНОМАЛЫ
ТАЙНАЯ КНИГА

Фантастический роман

Зав. редакцией *М.С. Сергеева*
Технический редактор *Т.П. Тимошина*
Корректор *И.Н. Мокина*
Компьютерная верстка *Ю.Б. Анищенко*

Издание подготовлено при участии ООО «Издательство АСТ»

ООО «Издательство Астрель»
129085, г. Москва, проезд Ольминского, д. 3а

Наши электронные адреса:
www.ast.ru
E-mail:astpub@aha.ru

По вопросам оптовой покупки книг
Издательской группы «АСТ»
обращаться по адресу:
г. Москва, Звездный бульвар, 21 (7-й этаж)
Тел.: 615-01-01, 232-17-16

Издано при участии ООО «Харвест». ЛИ № 02330/0494377 от 16.03.2009.
Ул. Кульман, д. 1, корп. 3, эт. 4, к. 42, 220013, г. Минск, Республика Беларусь.
E-mail редакции: harvest@anitex.by

Республиканское унитарное предприятие
«Издательство «Белорусский Дом печати».
ЛП № 02330/0494179 от 03.04.2009.
Пр. Независимости, 79, 220013, г. Минск, Республика Беларусь.

НОВЫЙ ПРОЕКТ

Андрея Левицкого

территория выживших

Александр Шакилов

ЭПОХА ЗОМБИ

АТАКА ЗОМБИ

Цивилизации больше нет.

Города окружены огромными стенами.

А вокруг раскинулись
ЧУЖИЕ ЗЕМЛИ.

Кто новый хозяин планеты?

СЕРГЕЙ ТАРМАШЕВ

**ЕЩЁ ЗАГАДОЧНЕЙ!
ЕЩЁ ОПАСНЕЕ!
ТАК ЖЕ ИНТЕРЕСНО!!!**

ДЛЯ ВСЕХ ПОКЛОННИКОВ ЛЕГЕНДАРНОГО РОМАНА БРАТЬЕВ СТРУГАЦКИХ «ПИКНИК НА ОБОЧИНЕ». НОВЫЙ ПРОЕКТ ОТ АВТОРА «НАСЛЕДИЯ», «РАССВЕТА ТЬМЫ» И ЦИКЛА «ДРЕВНИЙ»!

Нашествие на Землю закончено? Нет! Для героя этой книги оно продолжается! Молодой землянин становится объектом чудовищного эксперимента. Теперь он — Ксандр, лишенный памяти, он — боец великой Орды, один за другим покоряющей миры. И только он знает, где скрыто Забвение, грозное оружие прошлого. Несколько сил стремятся первыми добраться до этой тайны. Бывший землянин в одиночку противостоит разведке могущественных кланов. Что выберет Ксандр: войну или мир? А ведь выбирать придется именно ему...